Morgen ben ik weer thuis

Van Simone van der Vlugt verscheen bij uitgeverij Anthos

De reünie
Beste thrillerdebuut 2004 door Crimezone
Nominatie voor de NS Publieksprijs 2005

Schaduwzuster

Het laatste offer
Nominatie voor de NS Publieksprijs 2007

Blauw water
Nominatie voor de NS Publieksprijs 2008
Nominatie voor de Gouden Strop 2008
Winnaar Zilveren Vingerafdruk 2009

Herfstlied

Jacoba, Dochter van Holland

Op klaarlichte dag
Winnaar NS Publieksprijs 2010
Beste Nederlandstalige thriller 2010 door Crimezone

In mijn dromen
Nominatie voor de NS Publieksprijs 2012

Rode sneeuw in december

Aan niemand vertellen

Met Wim van der Vlugt
Fado e Festa. Een rondreis door Portugal

Simone van der Vlugt ontving in 2006 de Alkmaarse Cultuurprijs voor haar tot dan toe verschenen werk.

Simone van der Vlugt

Morgen ben ik weer thuis

Anthos | Amsterdam

MIX
Papier van verantwoorde herkomst
FSC® C110751

ISBN 978 90 414 2445 7 (gebonden)
ISBN 978 90 414 2414 3 (paperback)

Omslagontwerp Roald Triebels, Amsterdam
Omslagillustratie © Mark Owen/Trevillion Images
Foto auteur Wim van der Vlugt

Verspreiding voor België:
Veen Bosch & Keuning uitgevers n.v., Antwerpen

1

Ze ziet het niet aankomen. Niemand ziet het noodlot naderen, waardoor het des te harder en meedogenlozer toeslaat. Haar gedachten nemen haar zo in beslag dat ze geen aandacht voor haar omgeving heeft. De belangstelling waarmee de onbekende man haar bekijkt, ontgaat haar, ze ziet hem niet eens staan.

Britt was zo blij toen juf Madeleine haar net, na afloop van de turnles, wenkte. Haar hart begon meteen hoopvol te bonzen. Ze keek om naar Emma, die het gebaar van de juf ook gezien had en even in verwarring was. Toen duidelijk werd dat juf Madeleine alleen haar, Britt, wilde spreken, was Emma langzaam weggelopen.

'Ik heb goed nieuws voor je, Britt,' zei juf Madeleine opgewekt. 'We hebben er gisteren over vergaderd en we vinden allemaal dat je een enorme sprong hebt gemaakt. Letterlijk en figuurlijk.' Ze lachte erbij, alsof ze een grap maakte, en Britt glimlachte terug, al begreep ze niet precies wat de juf bedoelde.

Wat ze wel begreep was het nieuws dat ze geselecteerd was om op een hoger niveau te gaan turnen. Stralend hoorde ze de complimenten aan. Dat ze over zoveel kracht en souplesse beschikte, en dat ze zich zo snel ontwikkeld had. Ze zou nu wel de jongste van de groep zijn en een tijdje op haar tenen moeten lopen, maar de juf had er alle vertrouwen in dat ze zich zou handhaven.

Met een brede lach op haar gezicht was Britt de sportzaal uit gelopen. De kleedkamer was nagenoeg leeg, alleen Ilse en Fiona stonden er te kletsen terwijl ze uitgebreid hun haren kamden. Emma was weg. Bezorgd kleedde Britt zich om, sneller dan ze normaal deed. Emma zou toch niet zonder iets te zeggen zijn weggegaan?

Britt greep haar tas en liep haastig de gang in. Eenmaal buiten keek ze rond en tot haar opluchting stond Emma daar, met haar fiets aan de hand.

'Hé,' zei Britt, terwijl ze snel op haar vriendin af liep. 'Ik dacht dat je al weg was.'

'Het duurde zo lang, ik dacht ik wacht buiten wel,' zei Emma een beetje nors.

Dat sloeg natuurlijk nergens op, alsof buiten wachten minder lang duurde. Britt vermoedde dat Emma weg had willen gaan, maar dat ze op het laatste moment had besloten dat ze dat niet kon maken. Zwijgend keek ze haar vriendin aan, die nergens naar informeerde en wat aan haar fietsbel draaide. Uiteindelijk moest Emma wel opkijken, en met enige tegenzin zei ze: 'Dus je gaat naar het selectieteam.'

Britt knikte, ook met tegenzin. Als de selectie haar de vriendschap met Emma zou kosten, wist ze niet of ze er wel blij mee was.

Emma zei niets, feliciteerde haar ook niet. Dat hoefde ook niet, als ze alsjeblieft maar weer normaal ging doen. Deze teleurgestelde, jaloerse Emma kende Britt niet. Het gaf haar een rotgevoel.

'Ga je nog even mee naar mijn huis?' stelde Britt voor.

Dat deden ze elke zaterdag, de ene keer bij Emma, de andere keer bij haar. Het verraste haar niet dat Emma nee schudde, maar het bezorgde haar wel een pijnlijke steek in haar maag.

'Ik heb een beetje hoofdpijn,' zei Emma, zonder haar aan

te kijken. 'Ik denk dat ik maar naar huis ga. Nou, doei. We bellen nog wel.'

Met die woorden stapte ze op haar fiets en reed weg. Britt keek haar na en voelde zich opeens lang niet meer zo blij.

Nu, terwijl ze naar huis rijdt, heeft ze spijt dat ze er niet op aangedrongen heeft dat Emma met haar meeging. Emma heeft nog nooit een uitvlucht verzonnen om niet af te spreken. Dat is ook nog nooit nodig geweest. Er zijn maar weinig uren van de dag die ze niet samen doorbrengen.

Op school zitten ze naast elkaar en zaterdag, dinsdag en woensdag zien ze elkaar tijdens de turntrainingen. Iedereen verbaast zich erover dat ze nooit ruzie hebben.

'Het is dat jullie geen spat op elkaar lijken, anders zou ik denken dat jullie zusjes zijn,' zei meester Tim laatst nog, en Emma's vader noemt haar dikwijls zijn derde dochter.

Dat vindt Britt fijn. Ze zou graag in een gewoon gezin opgroeien, met een vader en een broer of zus. Emma heeft een oudere broer én een jonger zusje, zij is alleen met haar moeder. Maar dat is wel de jongste, coolste moeder van het schoolplein, dat zeggen al haar vriendinnen. Waar andere ouders moeilijk doen als hun kinderen voorstellen om in een tent in de tuin te slapen, stelt haar moeder zelf de gekste dingen voor. Zoals vorige maand, toen ze met een paar vriendinnen een pyjamafeestje mocht houden omdat Tinkerbel, haar poes, jarig was.

Britt fietst langzaam door naar huis. Haar gedachten keren terug naar Emma, die nu ook alleen naar huis rijdt en vast een rotmiddag zal hebben. Maar zij kan er ook niets aan doen dat zij doorgaat naar het selectieteam en Emma niet. Ze trapt met trage, bijna onwillige slagen. De afstandelijkheid van Emma neemt haar zo in beslag dat ze voor haar omgeving totaal geen oog heeft.

2

'Je raadt nooit wat ik heb gekocht,' zegt Tessa, haar stem vol ingehouden plezier.

Lois kijkt vanaf haar werkplek op politiebureau Mallegatsplein uit over de zonovergoten Kanaalkade. Ze heeft inderdaad geen idee wat haar zus heeft gekocht. Aangezien Tessa voortdurend de meest uiteenlopende zaken aanschaft, kan het van alles zijn.

'Een inloopkoelkast?' zegt ze voor de grap.

'Bestaan die, inloopkoelkasten?' vraagt Tessa geïnteresseerd.

'In slagerijen wel. Maar dat is het dus niet.'

'Nee, ik heb een hond genomen,' zegt Tessa zelfvoldaan. 'Guido wilde dat ik er een nam. Voor de gezelligheid en omdat ik hem nodig heb.'

Het kost Lois een paar seconden om dat bericht te verwerken. 'Waarvoor heb je dan een hond nodig?'

'Dat heb ik je toch verteld! Omdat er af en toe een vent bij het hek staat.'

Lois zwijgt onthutst en probeert terug te halen wanneer Tessa deze niet onbelangrijke informatie met haar gedeeld heeft.

'Dat heb ik je verteld, hoor,' zegt Tessa ongeduldig.

'Ik kan het me niet herinneren. Maar goed, er stond dus een vent bij je hek.'

'Ja, en ik heb daar geen goed gevoel bij. Heb jij dat nooit, zo'n seintje uit je onderbewustzijn dat je waarschuwt voor onraad?'

Dat heeft Lois voortdurend, maar meestal komt dat door een concrete situatie. 'Soms,' zegt ze.

'Ik heb dat heel sterk. Er is iets niet in orde, Lois. Het is niet dat ik me onveilig voel, maar helemaal op mijn gemak ben ik ook niet. En daarom wilde Guido dat ik een hond nam.'

'Wat voor een?' vraagt Lois. 'Een rottweiler of een dobermannpincher of zo?'

'Nee zeg, zie je mij met zo'n griezel lopen? Het is een West Highland white terriër.'

Aangezien Lois niet zo thuis is in hondenrassen, googelt ze de naam snel. 'Dat is zo'n Caesarhondje!' zegt ze. 'Zo'n klein witje, uit die hondenvoerreclame.'

'Ja, is hij niet schattig?' zegt Tessa genietend.

'Maar Tes, dat is toch geen waakhond? Wat heb je daar nou aan?'

'Dat zei Guido ook al, maar vergis je niet. Die hondjes kunnen erg fel zijn.'

'Kuitenbijtertjes zijn het. Eén schop en ze liggen in de struiken.'

'Ze blaffen,' zegt Tessa. 'Ze blaffen als een gek en dat is voor mij genoeg. Dan weet die stalker dat hij niet ongezien op ons terrein kan komen.'

'Heb je een pup? Want ik ben bang dat hij dan voorlopig alleen maar wat gepiep laat horen.'

'Ja, het is een pup. Hij is zo schattig! Jacinta heeft een nestje en vroeg of ik er een wilde. Hij heet Scottie.'

'Nou, ik zie hem vanavond,' zegt Lois. 'Ik ben benieuwd. Jij en een hond, wie had dat gedacht. Vroeger was je er zo bang voor.'

Ze kon zich Tessa ook al niet met een grote zwarte vechthond voorstellen. Zo'n klein wit hondje past veel beter bij haar – en bij de kleuren van haar interieur.

Ramon, haar teamleider, verschijnt in de deuropening. 'De balie belde net dat er een vrouw beneden staat die aangifte wil doen van de vermissing van haar dochter. Wil jij die even opnemen?'

'Komt in orde,' zegt Lois, en tegen Tessa: 'Ik moet ophangen. Er is werk aan de winkel.'

'Hoe laat kun je er vanavond zijn? Ik ga pasta carbonara maken. Ik dacht trouwens dat je vrij was vandaag. Het is zaterdag!'

'Er is vanochtend een roofoverval geweest op een snackbar, dus ik werd opgeroepen,' zegt Lois. 'Ik ben nog twee uurtjes bezig met verhoren en verslagen schrijven, maar om zes uur kan ik bij je zijn.'

'Oké, dan zie ik je om zes uur. Werk ze, zus.'

'Dank je!' Om Tessa niet de gelegenheid te geven haar langer aan de praat te houden, verbreekt Lois meteen na die woorden de verbinding. Haastig verlaat ze de recherchekamer en loopt de trap af naar de hal. Iemand die aangifte wil doen van vermissing laat ze niet graag wachten.

Bonnie, die achter de balie zit, steekt groetend haar hand op en wijst in één beweging naar de vrouw.

Met uitgestoken hand en een vriendelijke glimlach loopt Lois op haar af. 'Goedemiddag, ik ben rechercheur Lois Elzinga. U wilt aangifte doen van vermissing?'

Een goedverzorgde vrouw van eind dertig drukt haar de hand. Ze is blond en heeft schouderlang haar waar veel aandacht aan moet zijn besteed, gezien de perfect gestylde lagen. Haar gezicht staat echter niet alsof ze op dat moment erg geïnteresseerd is in haar uiterlijk.

'Ik ben Mirjam Strijbis. Mijn dochter is al de hele middag weg en ik maak me grote zorgen,' zegt ze met zachte, beschaafde stem.

'Komt u maar mee naar achteren, dan gaan we even rustig zitten.' Lois maakt een uitnodigend gebaar en neemt mevrouw Strijbis mee naar een verhoorkamertje. Ze wijst haar een stoel tegenover haar en gaat zelf achter de laptop zitten.

'Ik ga eerst uw gegevens noteren,' zegt Lois. 'Mag ik uw naam en adres?'

Met een vermoeid gebaar strijkt Mirjam Strijbis een dikke lok haar van haar voorhoofd. Ze spelt haar voor- en achternaam en geeft een adres op in Oudorp. Daarna begint ze zonder dat Lois iets vraagt te vertellen. 'Mijn dochter Britt is vanochtend niet thuisgekomen van turnles. Ze is daar op de fiets naartoe gegaan.'

'Waar zit die turnclub? In Oudorp?' vraagt Lois, en ze begint te typen.

'Nee, in Alkmaar-Noord. Daar hebben we vroeger gewoond. Twee jaar geleden zijn we verhuisd en Britt wilde graag op haar oude club blijven. Ik heb de gegevens bij me.' Mirjam schuift een adreskaartje met de naam van de turnclub over tafel en Lois neemt de informatie over.

'Hoe oud is uw dochter?' vraagt ze.

'Elf. Ze is een maand geleden elf geworden.' Mirjams stem trilt licht.

'En hoe ziet Britt eruit? Kleur haar, ogen? Lengte?'

'Ze is blond en heeft blauwe ogen. Ze is vrij klein en tenger voor haar leeftijd. Ongeveer één meter dertig.' Mirjam haalt haar telefoon tevoorschijn en laat Lois een foto zien van een vrolijk lachend meisje.

'Wilt u die foto naar me mailen? Dan zet ik hem er meteen bij,' zegt Lois.

Mirjam knikt en toetst het e-mailadres in dat Lois noemt. 'Meestal breng ik haar weg en haal ik haar op,' zegt ze zacht. 'Maar ze is al elf. Ze vindt dat ze zelf wel naar turnen kan fietsen en daar heeft ze natuurlijk gelijk in. Dus de laatste paar keer ging ze zelf. Alleen bij slecht weer ging ik met haar mee, met de auto.' Ze bijt nerveus op de nagel van haar wijsvinger.

Lois werkt haar vragenlijstje af, zoals de kleding die Britt draagt en het merk en de kleur van haar fiets. Daarna schuift ze de laptop iets van zich af. De belangrijkste gegevens heeft ze genoteerd, nu wil ze zich concentreren op het gesprek.

'Wat is Britt voor meisje? Komt ze altijd meteen na turnen naar huis of gaat ze weleens met een vriendinnetje mee?' vraagt ze.

'Natuurlijk gaat ze weleens met een vriendin mee. Vooral met Emma, haar beste vriendin. Maar dan weet ik het van tevoren, of ze belt me. Ik heb haar voor haar elfde verjaardag een iPhone gegeven, zodat ze altijd bereikbaar is. Dat vond ik wel een prettig idee.'

'Had ze vanmorgen haar telefoon bij zich?'

'Ja, ze neemt hem overal mee naartoe. Hij staat ook altijd aan. Maar nu niet. Ik heb haar de hele middag geprobeerd te bereiken, maar ik krijg geen verbinding. Bij Emma is ze niet, bij haar andere vriendinnen ook niet. Ik heb alle namen en adressen van meisjes met wie ze omgaat en ik heb ze allemaal gebeld, maar niemand weet waar ze is. Volgens Emma fietste Britt gewoon naar huis toen de turnles afgelopen was.'

'Ze zijn niet een stukje met elkaar op gefietst?'

'Nee, Emma woont de andere kant uit. Ik heb haar natuurlijk gevraagd naar hun plannen voor vanmiddag, maar die hadden ze niet. Emma is naar huis gegaan en Britt ook. Alleen is ze niet thuisgekomen.'

'Weet u dat zeker? Kan ze niet thuis zijn gekomen toen u even weg was?'

Mirjam schudt haar hoofd. 'Ik ben niet weg geweest. Vanmorgen heb ik boodschappen gedaan en vanmiddag was ik in de tuin aan het werk. Ik kan haar onmogelijk hebben gemist.'

Lois kijkt nadenkend naar haar beeldscherm en typt een korte samenvatting van wat Mirjam haar net verteld heeft. De kans is natuurlijk groot dat Britt bij een ander vriendinnetje zit, iemand aan wie haar moeder niet heeft gedacht, maar voor hetzelfde geld is er iets anders aan de hand.

'Hoe was Britt vanochtend? Ik bedoel, in wat voor stemming? Gedroeg ze zich anders dan normaal?' vraagt ze als ze klaar is met typen.

'Nee, ze was even vrolijk als altijd. Ze had zin in turnen, ze is er ook heel goed in. Ze hoopte dat ze naar het selectieteam mocht. Dat betekent dat je een niveau hoger gaat en mee mag doen aan clubwedstrijden. Dat zou ze vandaag te horen krijgen.'

'Betekent dat veel voor haar?'

'Ja, nogal. Ze is erg ambitieus als het om turnen gaat.'

'Hoe denkt u dat ze zou reageren als ze te horen kreeg dat ze niet naar het selectieteam doorging?'

'Dan zou ze natuurlijk erg teleurgesteld zijn. Maar dat is niet het geval. Emma vertelde me dat ze juist wél door is en dat Britt erg blij was. Daarom is het zo raar dat ze mij niet gebeld heeft en helemaal niet thuisgekomen is. Ze is altijd zo enthousiast, ik weet zeker dat ze niet kon wachten om het me te vertellen.' Mirjam knippert om de opkomende tranen tegen te houden.

'Gaat het?' vraagt Lois vriendelijk. 'Wilt u een bekertje water?'

'Nee, dank u wel. Het gaat wel.' Mirjam bet haar ogen met een zakdoekje en glimlacht naar Lois in een zwakke poging moedig te zijn.

'Hoe is de situatie thuis? Hebben jullie onlangs ruzie gehad?' gaat Lois door.

'Nee, helemaal niet. Alles ging prima. We zouden vanavond gaan barbecueën, daar is Britt dol op.'

'En haar vader? Hoe is haar relatie met hem?'

'Ik ben gescheiden,' zegt Mirjam. 'Al sinds Britt een baby was. Ze heeft geen contact met haar vader.'

'Helemaal niet? Is er geen omgangsregeling getroffen?'

'Nee.' Mirjam zwijgt even en zegt dan, met enige tegenzin: 'Hij zit vast.'

Lois kijkt haar verrast aan. 'Waarvoor?'

Mirjam haalt haar schouders op. 'Voor van alles en nog wat. Hij zit voortdurend vast. Ik hou me er niet meer mee bezig.'

'Maar hoe weet u zo zeker dat uw ex op dit moment in de gevangenis zit? Kan hij niet op vrije voeten zijn?'

'Nee. Ik sprak laatst mijn schoonouders en die zeiden dat hij nog zeker een halfjaar moet zitten.'

'Heeft Britt weleens aangegeven dat ze er behoefte aan had om haar vader te zien?'

'Helemaal niet. We hebben het nooit over hem.'

'Dus u gelooft niet dat ze naar de gevangenis is gegaan om haar vader op te zoeken?'

'Zonder iets tegen mij te zeggen? Echt niet. Bovendien, hij zit helemaal in Vught. Hoe zou ze daar moeten komen?'

Voor ondernemende meisjes zijn er mogelijkheden zat, maar die noemt Lois liever niet. Het is wel iets wat ze kan natrekken en ze neemt zich voor dat straks ook te doen. Ze vraagt naar de naam van Britts vader en noteert 'Roy de Graaf'.

'Wat gaan jullie nu doen?' De hoopvolle klank in haar stem verraadt dat Mirjam verwacht dat ze meteen met een groot opsporingsteam naar Britt op zoek gaan.

'Ik ga het met mijn chef bespreken,' zegt Lois. 'We zullen natuurlijk Britts signalement verspreiden en surveillancewagens naar haar laten uitkijken. Meer kan ik op dit moment niet beloven.'

Vol ongeloof kijkt Mirjam haar aan. 'Is dat alles?'

'Ik zou graag een lijst willen hebben van namen en adressen van Britts vriendinnen. En ik wil u vragen om nog eens goed na te denken waar Britt nog meer kan zitten. Kijk in haar dagboek of agenda of er namen in staan die u niet kent. Check al haar klasgenoten. Misschien is ze iemand tegengekomen met wie ze normaal gesproken niet omgaat, maar vandaag wel. Ze kan de tijd vergeten zijn.' Lois denk even na en vraagt: 'Heeft ze een vriendje?'

'Zover ik weet niet. Ik kan me dat ook moeilijk voorstellen. Ze speelt nog met barbies.'

Lois knikt, al vindt ze dat geen argument. Ze kan zich de verwarrende periode dat ze belangstelling begon te krijgen voor jongens nog goed herinneren. De ene dag was ze een jongensachtig kind dat buiten speelde en in bomen klom, om vervolgens in een verlegen meisje te veranderen zodra het onderwerp van haar aanbidding in het gezichtsveld verscheen.

Ze neemt afscheid van Mirjam en drukt haar op het hart om onmiddellijk te bellen als Britt mocht opduiken.

'Maar wat gaan jullie intussen doen? Jullie gaan toch wel naar haar op zoek?' zegt Mirjam wanhopig.

'Ik ga alles wat u hebt verteld doorgeven aan mijn chef,' zegt Lois nogmaals. 'En dan worden de nodige stappen ondernomen.'

'De nodige stappen?'

Lois slaakt een onhoorbare zucht. In een opwelling legt ze haar hand op Mirjams arm en zegt: 'Ik ga erachteraan. Dat beloof ik.'

Ze kijken elkaar een paar seconden in de ogen, dan ontspant Mirjam zich. 'Bedankt,' zegt ze uit de grond van haar hart. 'Heel erg bedankt.'

3

Zodra ze Mirjam heeft uitgelaten, loopt Lois naar de kamer van haar chef. Zijn deur staat open, wat betekent dat ze binnen mag komen.

'Er wordt een meisje vermist,' zegt ze zonder omwegen. 'Elf jaar oud, niet het type om zonder iets te zeggen weg te blijven. Haar vader zit vast.'

Ramon kijkt met een ruk op van het dossier waar hij over gebogen zit. 'Waar?'

'In Vught. Volgens de moeder heeft hij geen contact met zijn dochter. Ik heb de gegevens naar je gemaild.'

Haar chef opent meteen zijn mail en leest vlug door wat Lois hem gestuurd heeft. 'Een jong meisje dat een uur of vier uur zoek is,' zegt hij. 'Ze kan natuurlijk elk moment boven water komen, maar het zint me niet dat haar telefoon uitstaat.'

'Die kan ze zelf uitgezet hebben. Omdat ze even niet gevonden wil worden door haar moeder.' Lois laat zich op een stoel zakken. 'Toen ik die leeftijd had, wilde ik winkelen in Amsterdam. Ik had het wel gezien in Alkmaar. Natuurlijk mocht dat niet. Dus ging ik stiekem, samen met Tessa. Mijn ouders waren razend toen we ver na het avondeten kwamen aankakken. We zeiden dat we in het winkelcentrum hadden rondgehangen en niet meer naar huis durfden. Dat was ook zo, maar we hebben nooit verteld dat we in Amsterdam zaten.'

'Ik ken dat. Mijn dochter is nu veertien en vertelt me niets meer. Het lijkt wel alsof die meiden van nu steeds jonger volwassener worden.'

'Ik heb gezegd dat we Britts signalement zullen verspreiden en de surveillancewagens naar haar laten uitkijken.'

'Dat sowieso. Bel even met Vught of die vader inderdaad vastzit en of zich daar een meisje van elf voor het bezoekuur heeft gemeld. Als ze de trein heeft genomen, moet haar fiets bij het station staan. Ga na of dat het geval is. Breng daarna meteen verslag uit.'

Lois knikt en komt overeind. Op weg naar de recherchekamer botst ze bijna tegen haar collega Fred op. Dat is niet zo heel moeilijk, want Fred lijkt steeds ronder en steviger te worden. Een halfjaar geleden was hij nog van plan om met pensioen te gaan, maar dat idee heeft hij opgegeven en nu probeert hij af te vallen en aan zijn conditie te werken.

'Is er iets?' vraagt hij als Lois hem haastig voorbijloopt.

'Er is een meisje verdwenen,' antwoordt Lois over haar schouder. 'Ik ga er nu achteraan.'

'Hulp nodig?' Fred volgt haar naar de recherchekamer.

'Graag. In negen van de tien gevallen is er niets aan de hand, maar ik heb hier een onderbuikgevoel bij.'

'Kan dat te maken hebben met al die groentesapjes die je de laatste tijd drinkt?' vraagt Fred grinnikend.

'Dat zou jou ook geen kwaad doen, vriend,' merkt Lois op. 'Hoeveel kilo ben je nu kwijt?'

'Vijf. Volgens Nanda hadden het er veel meer moeten zijn. Ze denkt dat ik stiekem op mijn werk eet.'

'En dat is niet zo?'

'Zie jij mij weleens stiekem eten?'

'Ik heb wel wat anders te doen dan op jou te letten. Wil je advies?'

'Dat zegt Nanda ook aldoor, dat ik naar jou moet luisteren. Maar als ik moet leven zoals jij, ga ik liever dood.'

'Maak je geen zorgen, dat gebeurt zeker,' zegt Lois droog. Ze schuift achter haar bureau en zoekt op internet het telefoonnummer van de penitentiaire inrichting in Vught op.

'Mail me even de gegevens, dan ga ik naar de meldkamer om de surveillancewagens te waarschuwen,' zegt Fred.

Lois doet wat hij vraagt en pakt dan de telefoon. Na een gesprekje van tien minuten weet ze dat Roy de Graaf inderdaad vastzit in Vught wegens een gewelddadige roofoverval, en dat er geen jong meisje aan de poort is geweest.

'Misschien komt ze vanavond,' zegt Lois. 'Willen jullie me dan bellen?'

Ze hangt net op als Fred terugkomt. 'Er wordt naar haar uitgekeken,' zegt hij. 'Ze gaan nu eerst kijken bij stations Centraal en Noord of haar fiets er staat. Een roze meisjesfiets, die kan niet moeilijk te vinden zijn.' Hij kijkt op als Ramon de recherchekamer binnenkomt.

'En?' vraagt hun teamchef.

Lois draait haar stoel naar hem toe. 'Roy de Graaf zit inderdaad vast, vanwege een roofoverval. Britt is daar niet gesignaleerd. Ze bellen als ze verschijnt.'

Ramon knikt goedkeurend. 'Afdeling Zedenzaken heeft een melding gekregen dat zich de laatste tijd een man heeft opgehouden rond die turnschool,' zegt hij. 'Ook vanochtend. Dus als er vlak daarna een meisje verdwijnt, zit me dat niet lekker. We gaan er werk van maken.'

'Een pedofiel?' vraagt Lois ongerust. 'Zit er een in die buurt?'

'Een paar zelfs,' antwoordt Fred somber. Hij kijkt op naar Ramon en vraagt: 'Gaat Zeden daar achteraan?'

'Eerst wil ik een buurtonderzoek en wat duidelijker verklaringen over die man. Hoe hij eruitzag, of hij zich echt in het struikgewas verschool of dat hij alleen maar in de buurt van die bosjes stond, dat soort dingen. Voor hetzelfde geld was het een vader die zijn dochter van turnen kwam halen. Lois en Fred, jullie gaan naar de plek waar het meisje voor het laatst gezien is en praten met de omwonenden.' Ramon draait zich om naar een paar rechercheurs die erbij zijn komen staan. 'Silvan, stroop het internet af. Dat meisje zit vast op Facebook of andere sociale media. Nick en Claudien, zorg dat er een sms-alert en een bericht op Burgernet uitgaan en hou de tips bij. Intussen ga ik zorgen dat het rechercheteam uitgebreid wordt. Aan de slag, mensen.'

4

De eerste stap in een vermissingszaak is zoveel mogelijk informatie verzamelen. De tweede stap is een onderzoek instellen op de plek waar de vermiste voor het laatst gezien is.

Samen met Fred rijdt Lois naar de turnschool die Britt drie keer per week bezoekt. Het gebouw ligt midden in een woonwijk in Alkmaar-Noord. Lois en Fred parkeren de auto in de buurt en gaan naar binnen. Ze hebben een afspraak met de directrice van de school, Ellen van Duijn.

In de beslotenheid van de koffiekamer geeft Ellen met duidelijke tegenzin toe dat het haar is opgevallen dat er nu en dan een man in de bosjes rond de school staat. Ze heeft dat ook aan de politie doorgegeven, maar behalve dat ze een keer kwamen kijken toen de man allang weg was, hebben ze weinig met die melding gedaan.

'Wat ik erg vreemd vind,' zegt Ellen van Duijn met een beschuldigende uitdrukking op haar gezicht. 'Ik heb die man nooit vertrouwd, maar de politie gaat er heel nonchalant mee om. Zo van: "maar nu is hij er niet, dus dan wordt het lastig om hem aan te spreken". Ik vroeg nog of ze niet wat vaker konden surveilleren in de buurt, vooral rond de tijd dat onze leerlingen aankomen en weggaan, maar daar hadden ze de mankracht niet voor. En nu wemelt het hier opeens van de agenten. Lekker op tijd.'

'Hebt u zelf iets ondernomen, mevrouw Van Duijn?' informeert Lois. 'De leerlingen gewaarschuwd bijvoorbeeld, of hebt u de ouders aangeraden hun kinderen te brengen en halen?'

'Nou, ik heb wel iets in die richting gezegd, natuurlijk.'

'Maar u hebt geen briefje meegegeven aan de leerlingen, of de ouders opgebeld?'

'Nee,' zegt Ellen op verdedigende toon. 'Is het daarmee opeens mijn schuld dat die man daar rondhing? Als ik zoiets meld bij de politie, verwacht ik dat ze er iets mee doen. Of moet ik zelf naar buiten stormen met een wapen in mijn hand?'

'Dat beweert niemand,' komt Fred sussend tussenbeide. 'Kunt u een beschrijving geven van die man?'

Nog niet helemaal gekalmeerd wendt Ellen zich af, haalt een paar keer diep adem en denkt na. 'Ik heb hem niet goed kunnen zien,' zegt ze uiteindelijk tegen Fred. 'Hij droeg een groene jas. Meer kan ik er niet van zeggen.'

'Was hij groot of klein? Blond of donker? Brildragend?' helpt Fred haar op weg.

'Volgens mij was hij van gemiddelde lengte,' zegt Ellen aarzelend. 'Hij droeg geen bril. En ik geloof dat hij blond was. Ik weet het eigenlijk niet meer zo goed.'

'Maar u hebt hem toch meermalen gezien?' zegt Lois. 'Ik kan me voorstellen dat je de eerste keer niet echt goed kijkt, maar als je iemand voor de tweede, derde of zelfs vierde keer ziet staan...'

Ellen werpt haar een geïrriteerde blik toe. 'Hij stond niet bepaald recht voor mijn neus. Het is erg moeilijk om iemand te beschrijven die in een groene jas tussen de bomen staat. Zelfs als dat de tweede, derde of vierde keer is.'

'Dat begrijpen we,' zegt Fred onverstoorbaar. 'Als we u een foto laten zien, zou u hem dan herkennen?'

'Hebt u een foto bij u?'

'Nee, maar dat kan altijd nog. Als het nodig mocht zijn.'

'Dan help ik u graag,' zegt Ellen. 'De veiligheid van mijn leerlingen gaat voor alles.'

'Ongetwijfeld,' zegt Fred vriendelijk. 'Zouden we nu Britts turnlerares kunnen spreken?'

'Natuurlijk. Ik zal haar even halen.' Ellen knikt hen afstandelijk toe en verlaat met geheven hoofd de koffiekamer.

Als ze alleen zijn, grinnikt Fred. 'Wat maak jij toch gemakkelijk vrienden. Was het nou echt nodig om zo streng te doen tegen die vrouw?'

'Ach, het irriteert me gewoon dat mensen altijd zoveel commentaar hebben. Ze hebben gebeld, er werd niets gedaan en kijk wat er gebeurt. Terwijl ik zeker weet dat er wel degelijk iets met die melding is gedaan. Pedofielen worden goed in de gaten gehouden. Bij het minste gevalletje hebben ze meteen Zeden op de stoep staan. Ik had er laatst nog een heel gesprek over met Christiaan en Jacco.'

'De mensen weten dat niet,' zegt Fred. 'Dat komt omdat we ze niet alles vertellen.'

'Nee, als ze wisten dat er drie pedo's in deze buurt wonen, zou er moord en brand geschreeuwd worden. Maar als je iemand nogal verdacht tussen het struikgewas ziet rondscharrelen, informeer je niet de ouders. Ze zouden hun kinderen weleens van turnen af kunnen halen. Het is allemaal zo schijnheilig.'

Fred gebaart Lois dat ze stil moet zijn en knikt naar de gang, waar een vrouw met een blonde paardenstaart aan komt lopen. Met een nerveuze glimlach stapt ze de koffiekamer binnen en stelt zich voor als Madeleine van Vliet.

Het gesprek duurt niet lang. Madeleine beschrijft Britt als een vrolijk, levenslustig meisje met een uitzonderlijk talent voor turnen.

'Ze is zo lenig, zo soepel. Iedereen kan leren turnen, maar

om op een hoger niveau te komen moet je een aangeboren souplesse hebben. Britt heeft die. Bovendien is ze niet bang. Ook heel belangrijk, want bij veel oefeningen mag angst je niet in de weg staan.'

Fred vraagt of haar vanochtend iets is opgevallen aan Britt. Of ze zich anders gedroeg dan normaal, of ze misschien ruzie heeft gehad met iemand en met wie ze vertrokken is.

'Ik weet het niet,' zegt Madeleine weifelend. 'Volgens mij was Britt gewoon zichzelf. Ze is altijd opgewekt maar niet echt uitbundig, dus als ze ergens mee zat, zou ik dat niet snel gemerkt hebben. Ze had trouwens net goed nieuws gekregen, want ik kon haar vertellen dat ze door was naar het selectieteam. Dus ze was erg blij.'

'Weet u wie haar vriendinnen zijn hier?' vraagt Fred.

Madeleine noemt de namen van de meisjes: Emma van Rijn en Leonie Dijkstra, en Fred schrijft ze op.

Terwijl hij dat doet, vraagt Lois naar de man in de bosjes, maar die heeft Madeleine nooit gezien. En nee, ze heeft de ouders van haar leerlingen ook niet op de hoogte gesteld toen ze over de gluurder hoorde. Als ze geweten had dat de kinderen gevaar liepen, zou ze dat zeker gedaan hebben.

'Denkt u dat die kerel Britt heeft ontvoerd?' vraagt ze bezorgd.

'Dat weten we niet,' antwoordt Fred. 'In deze fase van het onderzoek sluiten we niets uit.'

Dat is precies het probleem, bedenkt Lois als ze de turnschool verlaten. Een vermissingszaak is zo complex. Bij moord weet je waar je aan toe bent; je hebt een lijk en een plaats delict. In dit geval is het mogelijk dat Britt toch bij een vriendin zit, maar er kan haar ook iets zijn overkomen. Dat maakt het onderzoek zo lastig.

5

Het is een kwartiertje fietsen naar huis, maar Britt fietst langzaam. Het is prachtig voorjaarsweer, zonnig en warm. Ze had haar witte zomerjasje wel uit kunnen laten. In plaats daarvan stroopt ze haar mouwen op. Als Emma nu naast haar zou fietsen, vrolijk kletsend als altijd, zou alles helemaal goed zijn. Natuurlijk is ze evengoed blij, en eigenlijk zou ze heel hard moeten fietsen om haar moeder het goede nieuws zo snel mogelijk te vertellen, maar Britt heeft geen haast. Eerlijk gezegd heeft ze geen idee wat ze de rest van de dag moet doen. Emma en zij brengen zoveel tijd samen door dat ze niet goed weet hoe ze zich alleen moet vermaken.

Emma's reactie heeft haar van haar stuk gebracht. Ze zal toch niet echt jaloers zijn dat zij door is naar het selectieteam? Misschien belt ze straks wel. Britt hengelt haar mobieltje uit haar tas, die aan haar stuur hangt. Daarbij slingert ze even, zodat ze veiligheidshalve afstapt. Ze kijkt of haar telefoon wel aanstaat. Dat is het geval, maar Emma heeft niet ge-sms't. Terwijl ze heel goed weet dat ze fout zit. Haar batterij is trouwens bijna leeg, hij staat al in het rood. Vanmiddag de oplader even zoeken.

Om de batterij verder te sparen, zet Britt haar telefoon uit en laat hem in de zak van haar jasje glijden. Terwijl ze opstapt en verder rijdt, klinkt achter haar de motor van een auto.

Britt kijkt over haar schouder en ziet een wit busje achter

haar rijden. Ze gaat zo veel mogelijk aan de kant, zodat de bestuurder erlangs kan, maar hij blijft achter haar. Ze verlaat de woonwijk en rijdt een brede weg op. Het busje passeert haar niet. Britt kijkt weer over haar schouder en gaat wat harder fietsen.

Echt bang is ze niet, al vindt ze het wel vreemd. Om van haar achtervolger af te komen slaat ze onverwacht rechts af, opnieuw een woonwijk in. Het busje volgt.

Nu wordt ze een beetje zenuwachtig. Ze gaat steeds harder fietsen, slaat links af, rechts af, schiet een steeg door, een bruggetje over dat alleen toegankelijk is voor fietsers, en dan ze is haar achtervolger kwijt.

Britt remt, zet één voet op de grond en kijkt om. Het busje is echt weg. Ze glimlacht. Waarschijnlijk was het iemand die haar een beetje wilde pesten. Daar heeft ze dan mooi mee afgerekend. Alleen heeft ze nu geen idee waar ze zit.

Op goed geluk blijft ze het fietspad volgen dat door de woonwijk voert. Auto's mogen daar niet komen, ze komt alleen een paar mensen tegen die hun hond uitlaten en twee jongens met een skateboard. Op een gegeven moment komt het fietspad uit op een doorgaande weg die haar bekend voorkomt. Hier heeft ze weleens met haar moeder gereden, als ze haar met slecht weer met de auto naar turnen bracht. Als ze links afslaat, zou ze moeten uitkomen op het grote fietspad dat naar station Alkmaar-Noord leidt. En dan is het niet ver meer naar huis.

Neuriënd fietst Britt door, genietend van de warme zon op haar gezicht. Als Emma niet zo raar had gedaan, hadden ze vanmiddag kunnen gaan zwemmen. Of zonnen in de achtertuin. Nou, ze gaat wel in haar eentje zonnen, met een colatje en de nieuwe *Tina*.

Britt fietst langs het station en steekt het kanaal over via het fietsbruggetje. In de buurt van het station werd het fietspad nog druk gebruikt, maar hoe verder ze ervandaan fietst, hoe stiller het wordt. Er is ook even geen bebouwing meer, alleen weilanden. In de verte ziet ze het kerktorentje van Oudorp.

Britt slaat links af, de hobbelige Munnikenweg in. Een haas schiet over het pad, in de sloot zwemt een moedereend met vijf kleintjes achter haar aan. Britt kijkt er vertederd naar.

En dan ziet ze het busje staan, halverwege de Munnikenweg. Het staat langs de kant, met de motorkap open. Een man in een roze T-shirt staat eroverheen gebogen.

Britt remt af. Er rijden wel meer witte busjes rond, het zou toeval kunnen zijn. Toch voelt ze zich slecht op haar gemak. Zal ze omkeren? Via de andere kant van het station naar huis fietsen?

Ze staat op het punt om dat te doen als de man de motorkap dichtgooit en weer instapt. Hij besteedt geen enkele aandacht aan haar, kijkt niet in haar richting, wacht haar niet op, niets. Sterker nog, hij start de motor en rijdt een stukje achteruit.

Ze besluit zo hard mogelijk langs hem heen te fietsen. Ze is nu zo dicht bij huis, het zou belachelijk zijn om zo ver om te rijden. Ze zet haar fiets in de derde versnelling, klemt haar handen om de handvatten van het stuur en begint als een razende te trappen.

En dan gaat alles heel snel. Het ene moment zit de man in het busje en kijkt hij niet eens naar haar, het volgende moment springt hij naar buiten en komt op haar af. Britt ziet hem aankomen, met lange doelbewuste passen. Hij heeft iets in zijn hand dat haar in verwarring brengt, maar het is de uitdrukking op zijn gezicht die haar angst aanjaagt. In een fractie van een seconde signaleert ze dit alles, maar het is al te laat, hoe hard ze ook fietst. Op het moment dat zij het busje passeert, is de man bij haar en trekt haar van haar fiets. Tegelijk duwt hij een doek tegen haar neus. Voor ze beseft wat er gebeurt, heeft ze het spul ingeademd. Het ruikt zoetig en is zo sterk dat het haar naar adem doet happen. Een duizeling overvalt haar en ze voelt haar benen slap worden.

Terwijl ze van de grond wordt getild en naar de achterkant van het busje wordt gedragen, draait ze haar hoofd weg en stoot een schorre kreet uit. Het gevolg is dat een grote hand zich over haar mond sluit, zodat ze bijna geen adem meer krijgt. Ze probeert te bijten en slaagt daarin als zijn hand door de worsteling een stukje naar beneden zakt. Haar beet is fel en ze laat niet meer los. Boven haar hoofd klinkt een schreeuw van pijn, gevolgd door gevloek. Dan krijgt ze opnieuw de doek in haar gezicht en weer zakt ze weg. Lang genoeg voor de man om haar handen samen te binden en een prop in haar mond te duwen. Hij trekt de deur van de laadruimte open en duwt haar naar binnen. Even ligt ze duizelig en misselijk op de vloer, dan kruipt ze naar de deur. Zo hard ze kan schopt ze ertegenaan, maar hij gaat niet open.

Na een paar seconden opent de man de deur zelf en gooit haar fiets naar binnen. Met twee voeten tegelijk schopt Britt de man tegen zijn benen, maar hij gooit eenvoudigweg de deur weer dicht, zodat ze haar benen terug moet trekken. Het wordt donker om haar heen en even gebeurt er niets. Hijgend van angst ligt ze op de vloer te wachten.

Dan hoort ze hoe de motor wordt gestart. Het busje maakt een scherpe draai, hotst en botst over de keienweg en Britt rolt opzij, van de ene wand naar de andere.

6

Op haar fiets na is de laadruimte van het busje leeg. Britt probeert tegen haar rijwiel aan te gaan liggen zodat ze in de bochten niet van links naar rechts geslingerd wordt. Maar haar fiets verschuift ook, zodat ze toch elke keer hard een van de wanden raakt. Uiteindelijk blijft het busje langere tijd rechtdoor rijden en voelt ze alleen de hobbels in het wegdek nog. Gelukkig is het niet helemaal donker, er valt licht door een raam in de tussenwand die haar van de man scheidt.

Met enige moeite werkt Britt zich omhoog in zittende positie en leunt tegen de wand. De bewegingen veroorzaken een golf van misselijkheid en een snel toenemende hoofdpijn. Als ze maar niet moet overgeven, straks stikt ze nog in haar braaksel. Er lijkt ook iets mis te zijn met haar zicht. Ze ziet twee fietsen liggen, en als ze haar hoofd draait, verschijnen er langgerekte strepen voor haar ogen, als op een bewogen foto.

Ze laat haar hoofd tegen de tussenwand rusten en sluit haar ogen. Haar hele lichaam trilt en haar hart klopt als een bezetene. Ze kan gewoon niet geloven wat er net is gebeurd, het is te veel. Wie is die man en wat moet hij van haar? Is ze ontvoerd?

Ze begint nog heviger te trillen en er wellen tranen op in haar ogen. Ze wil huilen, maar de prop in haar mond zit in de weg zodat ze het alleen maar benauwder krijgt. Britt dwingt zichzelf haar tranen in te houden, wat met moeite lukt. Het enige wat ze niet onder controle krijgt is haar hart, dat met snelle, felle slagen het bloed door haar lichaam jaagt.

Het duurt lang voor ze wat rustiger wordt. Elke keer als het busje vaart mindert, is ze bang dat het zal stoppen, want wat gaat er dan gebeuren? Ze herinnert zich een foto uit de krant van een meisje dat was meegenomen – en vermoord. De paniek welt weer in haar op, haar ogen schieten wild heen en weer. Niet aan denken, gewoon niet aan denken.

Ze heeft weleens een film gezien over een ontvoerd meisje en ze probeerde zich voor te stellen hoe dat moest zijn. Ze had gedacht dat ze het in haar broek zou doen en de hele tijd zou huilen. Dat scheelt ook niet veel, maar ze neemt liever een voorbeeld aan dat meisje, dat heel dapper was en haar tijd besteedde aan bedenken hoe ze haar ontvoerders te slim af kon zijn. Die mannen waren ook niet al te snugger, dat scheelde. En het was maar een film.

Ze kan maar niet bevatten dat dit echt gebeurt. Dat ze zomaar is weggerukt uit haar vertrouwde wereldje.

Haar moeder zal ook wel ongerust worden als ze niet thuiskomt, dat is ze altijd heel snel. Daarom heeft ze die telefoon ook gekregen voor haar verjaardag, met abonnement. Dat heeft zelfs Emma niet, en die wordt behoorlijk verwend door haar ouders.

'Het is voor noodgevallen,' zei haar moeder toen ze hem kreeg, en toen heeft ze allerlei alarmnummers in haar telefoonboek gezet.

Die zouden nu goed van pas komen. Als ze haar handen kon gebruiken, had ze haar telefoon uit de zak van haar jasje kunnen halen en om hulp kunnen bellen. Dan was de politie al met gillende sirene achter hen aan gekomen.

Later, stelt ze zichzelf gerust. Ik krijg nog wel een kans. Zodra die man mijn handen losmaakt.

7

Door de openstaande raampjes drijft de geur van barbecuevlees de auto in. Het doet Lois' maag rommelen. Ze kijkt in het dashboardkastje, vindt een bruin geworden banaan en deelt die met Fred.

Voorlopig komen ze aan eten niet toe, want het buurtonderzoek heeft haast. Bij alle huizen die aan de turnschool grenzen, en vooral die op de bosschages uitkijken, bellen ze aan en ondervragen ze de bewoners. Gelukkig zitten de dag en het tijdstip mee; de meeste mensen zijn thuis.

Het nieuws dat er een meisje is verdwenen en dat er onderzoek wordt verricht naar een pedofiel gonst dan ook door de buurt. Fred en Lois hoeven amper aan te bellen, de buurtbewoners komen uit eigen beweging naar hen toe. Als ze weer in de auto stappen, hebben ze een schat aan informatie – die helaas behoorlijk tegenstrijdig is.

'Hij is blond, hij is kaal, hij droeg een groene jas, nee een bruine. Daar hebben we lekker veel aan.' Mismoedig leest Lois haar aantekeningen door.

'Gelukkig zijn de meeste verklaringen eenduidig: dun blond haar, groene jas, klein van postuur. Hopelijk kan Zeden daar wat mee,' zegt Fred.

Een licht getinkel klinkt. Lois haalt haar telefoon uit haar broekzak en bekijkt het sms'je dat is binnengekomen.

'Tessa,' zegt ze tegen Fred. 'Shit, helemaal vergeten.' Haastig tikt ze een berichtje in en stuurt dat naar haar zus.

'Hadden jullie afgesproken?' vraagt Fred.

Lois knikt. 'Ik zou bij haar komen eten. Stom van me om niet af te bellen.' In gedachten ziet ze haar zus voor zich, zittend aan een mooi gedekte tafel waar de pasta carbonara staat koud te worden.

'Dan heb je iets goed te maken,' zegt Fred. 'Later.' Terwijl hij dat zegt komt bij hem ook een sms'je binnen.

'Over een uur briefing op het Mallegatsplein,' zegt hij na een blik op zijn telefoon.

'Zullen we in de tussentijd Britts route van de turnschool naar haar huis nalopen?' stelt Lois voor.

'Dan moeten we wel weten welke route ze altijd neemt.'

'Gewoon, de meest waarschijnlijke. En daarna controleren we de andere routes.' Lois toetst het adres van Britt en Mirjam op haar mobiel in en kijkt aandachtig naar het kaartje dat op het display verschijnt. 'Allemaal fietspaden,' zegt ze. 'Eigenlijk zouden we moeten lopen of fietsen.'

'Dat kost te veel tijd. Het lijkt me wel geoorloofd om even over het fietspad te rijden. Welke kant moeten we op?'

Op aanwijzing van Lois volgen ze Britts route. Die voert door een woonwijk naar het dichtstbijzijnde fietspad, waarlangs een doorgaande weg loopt.

'Dat kind kan natuurlijk alle kanten op gefietst zijn, maar dit lijkt me de meest waarschijnlijke route,' bromt Fred. 'Het is in ieder geval de kortste.'

'Maar wel druk,' zegt Lois. 'Zowel het fietspad als de weg ernaast wordt veel gebruikt. Als je hier een meisje van haar fiets wilt trekken, neem je wel een risico.'

'En wat doe je met de fiets? Snel in de bosjes gooien. Je hebt geen tijd om hem zorgvuldig te verbergen, dus hij zou in het oog moeten springen.'

Ze rijden verder, steken de ringweg over en blijven het fietspad volgen.

'Het kan overal wel gebeurd zijn,' zegt Fred. 'En die fiets kan gewoon ergens zijn gedumpt. Als hij niet op slot staat, is hij zo weg.'

'Of ze is met fiets en al meegenomen. Maar dat kost wel meer tijd.'

'En het valt op.'

Ze rijden langs station Alkmaar-Noord naar het kanaal en daar staan ze stil. Het enige wat de beide oevers met elkaar verbindt, is een houten fietsbruggetje.

'Daar is ze vast overheen gegaan,' zegt Fred. 'We moeten even omrijden.'

Hij slaat af, het fietspad op dat langs het kanaal voert. Aan de andere kant van het water rijdt hij terug tot ze bij het fietsbruggetje zijn en verder kunnen. Vanaf dat punt wordt de omgeving landelijker en stiller.

'Hier zou ik mijn slag slaan,' zegt Fred, als ze langzaam over de hobbelige Munnikenweg rijden. 'Er is hier geen kip te zien.'

Nagenoeg stapvoets volgen ze de kasseienweg en speuren met hun ogen de berm en de sloot af.

'Je hebt hier geen enkele vorm van dekking,' zegt Lois, 'maar het is inderdaad wel heel rustig. En die sloot is diep genoeg om een fiets in te laten verdwijnen. Laten we het hele pad nalopen.'

Aan het einde van de weg trapt Fred op de rem en opent Lois het portier. Ze stapt uit en kijkt om zich heen. Inderdaad, een perfecte plaats om iemand op te wachten. Links van haar ligt een stuk grasland, begrensd door een rij huizen, maar die staan vrij ver weg. Rechts strekken zich weilanden uit, met daarachter niets dan het Noordhollands Kanaal en een paar molens.

Ze begint terug te lopen en scant de weg die voor haar ligt. Erlangs loopt een al even hobbelig fietspad, dat door een grasstrook gescheiden wordt van de sloot. Op een plek waar voorjaarsbloemen en grassprieten zijn geplet, tekenen zich duidelijk bandensporen af.

Lois hurkt erbij neer en kijkt op naar Fred, die met grote stappen naar haar toe loopt. Hij knielt enigszins moeizaam bij de bandensporen neer en zegt: 'Hier heeft iemand dicht naast de sloot geparkeerd. Kijk maar, de banden zijn in de berm weggezakt. Dat betekent dat hij er een tijdje is blijven staan. De vraag is waarom.' Met een half ingehouden kreun komt hij overeind.

'Moet ik je helpen?' vraagt Lois met een lach.

'Het is mijn rug. Daar heb ik al weken last van.'

'Dat komt dan slecht uit. Over een paar weken is de fitheidstest.'

'Daar ben ik niet zo bang voor. Ze houden me wel tot aan mijn pensioen. Het is maar wat ze liever hebben: iemand die snel kan rennen of iemand die snel kan denken.'

'Dan moet je blauwe bessen eten. Die beschermen de hersenen tegen aftakeling,' zegt Lois, haar blik op de bandensporen gericht.

'Blauwe bessen? Zijn die er al?'

'Ze worden ingevoerd. Wat denk je hiervan?'

Fred strijkt bedachtzaam over zijn kin terwijl hij de bandensporen bekijkt. 'Ik denk dat de technische recherche hier maar even moet komen kijken. En ik denk dat ze moeten drcggcn in dic sloot.'

Lois maakt met haar telefoon een paar foto's van de bandensporen. Daarna loopt ze wat heen en weer over het fietspad. Als de auto hier stond, waar zou Britt dan van haar fiets getrokken zijn? En is die toen gevallen?

Ze kijkt aandachtig naar de kasseien. Niet ver van de bandensporen trekt iets glimmends haar aandacht. Ze bukt zich en raapt een stukje rood plastic op. Op een van de stenen is een roze verfschilfer zichtbaar.

‘Een gebroken achterlicht,’ zegt Fred, die naast haar komt staan. ‘En roze verf.’

‘Ja,’ zegt Lois, en ze maakt ook daar een foto van.

Ze zoeken verder, naar bloedsporen of wat dan ook. Maar er is verder niets te zien.

Niets dan een stukje rood plastic en een schilfertje verf op een verlaten weg.

8

De briefing van die avond is kort en vindt, gezien de nog geringe omvang van het team, plaats op Ramons kamer. Twee rechercheurs van Zedenzaken, Christiaan Olthof en Jacco Rijnaarts, zijn eveneens aangeschoven en luisteren naar Freds verslag over de bandensporen en het gebroken achterlicht dat Lois en hij ontdekt hebben.

'Het hoeft niets te betekenen te hebben,' eindigt hij. 'Iemand kan een rare manoeuvre hebben gemaakt, of een bekende hebben zien fietsen die hij wilde spreken, maar de bandensporen bevinden zich niet ver van Britts huis. En dat er uitgerekend vlak bij de plek een stukje achterlicht en roze verf zijn aangetroffen, is wel toevallig.'

Ramon kijkt nadenkend voor zich uit en krabt aan zijn kin. 'Hebben jullie dat achterlicht en die schilfer meegenomen?'

Lois schudt haar hoofd. 'Ik heb er een foto van gemaakt. Ze hoeven natuurlijk niet van Britts fiets te komen.'

'Ik wil er evengoed een proces-verbaal van hebben. Vanavond nog,' zegt Ramon. Er valt een korte stilte, die hij zelf verbreekt. 'Wat me zo verontrust,' zegt hij, nog steeds voor zich uit kijkend, 'is dat vanaf het moment dat de turnles afgelopen was, die telefoon uitstaat. Dat wijst op de handeling van een volwassene.' Hij pauzeert om die woorden op zijn rechercheurs te laten inwerken en neemt een slok water uit een flesje.

'Volgens Mirjam Strijbis waren er geen problemen thuis,' zegt Lois. 'Britt gedroeg zich net zoals altijd en ze hadden geen ruzie. Britt was blij en gelukkig na de turnles, want ze had te horen gekregen dat ze door was naar een hoger niveau. Niets wijst erop dat ze is weggelopen. Wat natuurlijk niet wil zeggen dat dat niet is gebeurd, misschien was er thuis wel wat aan de hand. Of op een ander vlak, op school of zo. Zelfs moeders die een zeer goede band met hun kinderen hebben, weten niet precies wat zich in hun leven afspeelt.'

Ramon kijkt naar Jacco en Christiaan. 'Hoe staat het met die pedofiel?'

Jacco gaat wat rechter zitten en schraapt zijn keel. 'Degene die het meest aan de beschrijving voldoet is Leo. We hebben hem aangesproken en hij zweert bij hoog en bij laag dat hij niets van de verdwijning van dat meisje weet. We hebben ook niets voor een doorzoeking.'

'Wat is het voor een type?'

'Tweeëndertig jaar, woont alleen. Er is ooit kinderporno op zijn computer aangetroffen, voornamelijk van jonge meisjes. Jaren geleden is hij veroordeeld wegens misbruik van een buurmeisje. Meisjes van een jaar of tien, daar gaat zijn belangstelling naar uit. Hij is behandeld, vrijgekomen en ik moet zeggen dat hij zich de laatste jaren goed gedraagt.'

'Op een gegeven moment krijgen die gasten het toch weer op hun heupen,' merkt Christiaan op. 'De drang is zo groot, daar kunnen ze bijna niet tegenop. Negen keer slagen ze erin zich in te houden en de tiende keer vergrijpen ze zich weer aan een kind.'

Lois schiet overeind. 'Als het zo duidelijk is, waarom gaan we dan niet zijn huis binnen? Voor hetzelfde geld zit Britt daar!'

Om haar heen wordt instemmend geknikt, maar ook moeilijk gekeken, onder meer door Ramon.

'Ik zou niets liever willen,' zegt hij. 'Helaas hebben we op dit moment inderdaad niet genoeg om dat huis te doorzoeken.' Hij kijkt naar Jacco en Christiaan. 'Hebben jullie Dijssel gevraagd of jullie binnen een kijkje mochten nemen?'

'Ja,' zegt Jacco. 'Hij weigerde.'

'Wat niet heel vreemd is,' vult Christiaan aan. 'Wie onverwacht het huis van een pedofiel binnenloopt, vindt altijd wel iets.'

'Een meisje bijvoorbeeld,' zegt Lois gespannen. 'Een meisje dat wacht op hulp die niet komt omdat wij ons druk maken over regeltjes.'

'Die zijn er niet voor niets, Lois,' wijst Nick haar terecht. 'Dat heb je op je opleiding geleerd, weet je nog?'

Lois werpt hem een vernietigende blik toe. Vanaf het moment dat ze hier kwam werken, is de samenwerking met Nick Verhage moeizaam geweest. Ze weet niet waarom, maar die spanning hangt nog steeds duidelijk voelbaar tussen hen.

'Wat ik ook geleerd heb,' zegt ze vinnig, 'is het bestaan van artikel 3 van de politiewet: "Hulp verlenen aan hen die dat behoeven". Dit lijkt me een geval waarin we moeten handelen in plaats van zuchten dat we niets kunnen doen. We kunnen wel degelijk wat doen!'

Ramon kijkt haar vriendelijk en vol begrip aan. 'Lois, ik begrijp heel goed hoe je je voelt. En eerlijk, ik ben het met je eens. Maar in dit geval er is echt te weinig aanleiding voor een doorzoeking. Niemand heeft Leo vanochtend een meisje zien aanspreken bij de turnschool. Of zijn er getuigen die iets anders vertellen?'

Lois reageert niet direct en daarom antwoordt Fred voor haar. 'Nee,' zegt hij. 'En als hij er was, moet hij hard gerend hebben om Britt op een stille plek van haar fiets te kunnen trekken. Hij heeft namelijk geen auto, niet eens een rijbewijs.'

Lois kijkt van opzij naar hem. 'Dus jij denkt ook dat Leo er niets mee te maken heeft.'

'Het is niet onmogelijk, maar we moeten ons er niet op blindstaren. Ik ben meer geïnteresseerd in Britts vader. Een crimineel die nooit contact heeft gehad met zijn dochter. Misschien heeft hij daar spijt van en wilde hij wat tijd met haar doorbrengen.'

Onverwacht geeft Ramon een klap op tafel, het teken dat ze tot actie overgaan. 'Genoeg gepraat. Ik laat de technische jongens een kijkje nemen op de Munnikenweg. Voor de zekerheid ga ik met de Nationale Recherche overleggen of we een AMBER Alert kunnen uitsturen. Intussen zoeken jullie uit wat er te weten valt over de vader van Britt. En ik wil twee man die bij Leo's huis posten. Bij de minste verdenking dat daar iets aan de hand is, gaan jullie naar binnen.' Hij kijkt daarbij naar Christiaan en Jacco, die bevestigend knikken.

'Claudien en Nick, als familierechercheurs onderhouden jullie het contact met Britts moeder. Ik wil dat jullie haar het hele verhaal nog een keer laten vertellen. Misschien komen er nieuwe feiten aan het licht. Lois, ga jij even mee om hen aan elkaar voor te stellen. En neem Britts computer, iPad, laptop of wat ze ook heeft mee, dan kunnen Silvan en Susan uitpluizen wat daarin opgeslagen staat. Fred en Jessica, jullie doen een buurtonderzoek bij de huizen die op de Munnikenweg uitkijken. Iemand die op de bovenverdieping voor het raam staat, zou iets gezien kunnen hebben.' Hij denkt even na en voegt er dan aan toe: 'Intussen ga ik bij de officier van justitie toestemming vragen om een tap op de mobiele en vaste telefoon van Mirjam te zetten. Als dat meisje is ontvoerd, zal de dader contact met Mirjam opnemen, en dat telefoontje mogen we niet mislopen. En ik wil ook een printertap op de gsm van Britt. Dat toestel zal wel niet meer gebruikt worden, maar we nemen geen enkel risico. Als ze erin slaagt hem aan te zetten, weten wij waar ze zit.'

9

Een tenger blond meisje, te klein voor haar leeftijd, dat alleen met haar moeder woont en geen enkel contact heeft met haar vader. Dat verhaal komt Lois bekend voor. Ze heeft het zelf ook een deel van haar jeugd zonder vader moeten doen. Zonder moeder ook trouwens.

In de eerste weken na het overlijden van haar jongste zusje Maren hing er een loodzware somberheid bij hen in huis. Haar vader was er vaker niet dan wel, haar moeder zocht een uitweg in alcohol. Op een avond, toen haar moeder laveloos op bed lag, zat Lois met Tessa op de bank. Het werd langzaam donker, ze voelden zich alleen en waren bang. Bij elk geluidje keken ze elkaar verschrikt aan, tot ze ervan overtuigd waren dat er iemand om het huis sloop. Lois ging naar boven en schudde aan haar moeders arm, maar de enige reactie die ze kreeg was een gekweld gekreun. Ze had geen idee waar haar vader uithing, Tessa zat beneden te huilen op de bank, dus ze moest wat doen. Het beste dat ze op dat moment kon bedenken was naar de buurvrouw gaan, die meteen mee kwam. En dat niet alleen, ze bleef slapen en zorgde dat Tessa en zij de volgende ochtend op tijd op school kwamen. Daarna had de buurvrouw een lang gesprek met haar moeder, Paulette, waarna het weer even goed ging. Ze dronk wat minder, in ieder geval zo weinig dat ze redelijk kon functioneren. Lois' vader was ook vaker thuis om de zorg voor zijn dochters op zich te nemen, en een tijdlang leken ze een normaal gezin. Tot het opnieuw misging en Lois de hulp van de buurvrouw weer inriep. Jeugdzorg kwam eraan te pas, maar zag te weinig grond om de meisjes uit huis te plaatsen. En zo rommelden ze voort, tot ver in hun puberteit. Paulette bleef drinken, de relatie met haar echtgenoot werd steeds slechter en op een dag vertrok Mart Elzinga. Zonder een woord van afscheid ging hij 's morgens de deur uit en kwam niet meer terug. Het enige contact bestond uit de correspondentie rond het afhandelen van de scheiding. Hij stuurde nog een paar keer een kaart naar zijn dochters en daar bleef het bij.

Overspoeld door herinneringen rijdt Lois naar de straat in Oudorp waar Mirjam woont. Je verleden achter je laten lukt nooit helemaal. Het verbaast haar elke keer weer dat de kleinste dingen zo'n stroom van herinneringen op gang brengen.

Ze is blij als ze bij Mirjams huis arriveert en ze zich op haar werk kan concentreren. Claudien en Nick zijn haar gevolgd en parkeren een eindje verderop.

Zodra Lois haar auto in een van de parkeerhaventjes zet, gaat de deur van Mirjams huis open. Weggedoken in een lang grijs vest, haar armen kouwelijk om zich heen geslagen, verschijnt Mirjam op de drempel en wacht tot Lois naar haar toe komt lopen.

'Hé,' zegt ze slechts. Haar ogen speuren vliegensvlug Lois' gezicht af.

'Ze is nog niet thuisgekomen?' vraagt Lois, al is het vragen naar de bekende weg.

Mirjam schudt haar hoofd. Haar gezicht is bleek en afgetobd, haar ogen staan dof van de zorgen. 'Ik hoopte dat jij met nieuws zou komen.'

'Het spijt me als ik je valse hoop heb gegeven,' zegt Lois zacht. Achter haar klinken voetstappen en ze draait zich om. 'Dit zijn Claudien en Nick, collega's van me. Zij zullen het contact met je onderhouden.'

Er worden handen geschud.

'Zullen we naar binnen gaan?' stelt Lois voor.

Op straat staan een paar mensen nieuwsgierig naar hen te kijken. Mirjam doet een stap opzij zodat het drietal de gang in kan, en sluit de deur.

'Zijn jullie al begonnen met zoeken?' vraagt ze, haar armen weer om zich heen geslagen.

'Ja,' zegt Nick. 'Helaas hebben we nog geen nieuws.'

Verslagen kijkt Mirjam van de een naar de ander, dan haalt ze triest haar schouders op.

'Ik kan gewoon niet geloven dat dit echt gebeurt. Als je kinderen krijgt, is je grootste angst dat hun iets overkomt, dat je ze uit het oog verliest en dat ze worden meegenomen. Of dat ze een ongeluk krijgen. De eerste uren was ik bang, al had ik nog wel hoop dat Britt onverwacht voor mijn neus zou staan. Met duizend verontschuldigingen, of juist met zo'n onverschillige houding van "waar maak je je druk om, mens". Het afgelopen halfjaar is ze gaan puberen.' Mirjam sluit een moment haar ogen en opent ze weer, met een gepijnigd lachje. 'Dat hoor je toch altijd, dat kinderen dan dingen gaan doen die ze anders nooit zouden doen? Ik kon niet geloven dat Britt de hele dag weg zou blijven zonder mij te bellen, maar ik hield er wel rekening mee. Dat doe ik nu niet meer.' Haar ogen glijden naar de klok en met schorre stem zegt ze: 'Het is al acht uur geweest. Ze is niet thuisgekomen om te eten. Waar zit ze?'

In die laatste drie woorden schuilt zoveel wanhoop dat Lois intens met haar te doen heeft.

'Wat versta je onder puberen?' vraagt ze.

Mirjam haalt haar schouders op. 'Niets bijzonders, hoor. Brutaal doen, af en toe te laat thuiskomen. Maar dít is nog nooit voorgekomen.' Weer glijdt haar blik naar de klok.

'Hoe zit het met Britts vader? Heb je onlangs nog contact

met je ex gehad?' vraagt Claudien.

'Welnee, waarom zou ik? Hij heeft nog nooit iets van zich laten horen. Voor zover ik weet zit hij vast voor een gewapende overval.'

'Dat klopt, dat hebben we nagetrokken,' zegt Lois. 'Had Britt het weleens over haar vader?'

'Nee, helemaal niet. Hij keek niet naar haar om en zij niet naar hem. Ze kan zich nauwelijks iets van hem herinneren, en dat is maar goed ook. Sinds de dag dat hij me tegen de grond sloeg en mijn keel dichtkneep, heb ik elke vorm van contact tegengehouden.'

'Hij heeft dus niet recentelijk, of wat langer geleden, aangegeven dat hij Britt wilde zien?' vraagt Nick.

'Absoluut niet.'

'En Britt? Zou het kunnen dat zij stiekem contact heeft gezocht met haar vader?' vraagt Nick door.

'Achter mijn rug om? Nee. Dat heb ik vanmiddag ook al tegen Lois gezegd.'

'Ze is geen klein kind meer, Mirjam,' zegt Lois. 'Misschien was ze nieuwsgierig naar haar vader, maar durfde ze niet tegen jou te zeggen dat ze hem wilde zien.'

'Nee, dat zou ik geweten hebben. Britt is een open boek voor mij,' zegt Mirjam beslist.

Lois is niet zo onder de indruk van haar stelligheid, maar gaat er niet op door. 'Heeft ze een computer?' vraagt ze, en als Mirjam knikt: 'Die zou ik graag mee willen nemen. Om te kijken waar ze de afgelopen tijd mee bezig was.'

'Dat heb ik al gedaan. Ik heb haar mails gelezen en op haar Facebook-pagina gekeken. Er staat niets bijzonders op.'

'Ze kan berichten hebben verwijderd. Onze digitale recherche is daar zo achter.'

Verwijtend richt Mirjam haar blauwe ogen op Lois. 'Jij denkt dat ze iets uitgehaald heeft. Dat ze misschien wel op weg is naar haar vader. Dat geloof ik niet. Zo is Britt niet, ze zou me nooit in ongerustheid laten zitten.' Mirjams stem hapert, de tranen zitten weer hoog.

'Dat denk ik ook niet,' zegt Lois zacht, al is dat niet helemaal waar. 'Maar we moeten alles onderzoeken. We mogen niets uitsluiten, begrijp je?'

Mirjam knikt door haar tranen heen, veegt ze weg met de mouw van haar vest. 'Het kost allemaal zoveel tijd. Tijd die jullie veel beter kunnen besteden. Aan die pedofiel die bij de turnschool gesignaleerd is, bijvoorbeeld. Hebben jullie hem al opgepakt?'

'Dus daar weet je van,' zegt Lois. 'Nee, we hebben hem niet opgepakt. Niet in die zin dat hij gearresteerd is. Mijn collega's van Zeden hebben wel met hem gesproken.'

'Gespróken? Laat me raden, hij ontkende dat hij er iets mee te maken heeft. En toen gingen jouw collega's weer naar huis,' zegt Mirjam bitter. 'Ik hoop dat in ieder geval zijn huis wordt doorzocht. Mijn god, straks houdt hij Britt daar vast en doet niemand iets!'

Het is dezelfde redenering die Lois tegenover Ramon heeft geuit, nu moet ze antwoorden met zijn woorden.

'Geloof me, die pedofiel is nog niet buiten beeld, maar voorlopig wijst niets erop dat hij Britt ontvoerd heeft. Eerlijk gezegd zijn we geïnteresseerder in Roy.'

'Roy zit vast, hij kán hier niet eens iets mee te maken hebben,' zegt Mirjam. 'Doorzoek in godsnaam het huis van die pedo voor hij mijn dochter iets aandoet. Als het al niet te laat is. Echt, als jullie het niet doen, doe ik het zelf. Er heeft zich al een buurtcomité gevormd dat heeft voorgesteld om een kijkje bij die man te nemen. Een van hen weet waar hij woont.'

'Doe dat alsjeblieft niet,' zegt Lois geschrokken. 'Laat het aan ons over, Mirjam.'

Met een onverwacht felle blik kijkt Mirjam haar aan.

'Waarom zou ik?' zegt ze. 'Ik krijg niet de indruk dat jullie zoveel doen. Dus waarom zou ik zelf niet in actie komen?'

10

Ze gaan stoppen, Britt voelt het aankomen. Ze hebben eindeloos lang gereden, over de snelweg, aan het verkeer om hen heen te horen, maar nu neemt het busje een afslag en mindert vaart.

Britt houdt haar adem in. Zijn ze er? Wat gaat er nu gebeuren? Gespannen wacht ze af. Het busje rijdt langzaam voort, alsof de bestuurder op zoek is naar een parkeerplaats. Dan maakt het een scherpe draai en stopt. De motor wordt uitgeschakeld en opeens is het erg stil.

Onrustig schuifelt Britt heen en weer. Dit is het moment, hij komt haar halen. Wat hij ook met haar van plan is, het gaat nu gebeuren. Ze zou willen schreeuwen, maar het enige wat ze kan doen, is in een hoekje wegkruipen. Als een bang, ineengedoken vogeltje wacht ze af.

Buiten klinken voetstappen en het gerammel van sleutels. Dan gaat de deur van de laadruimte open en valt het licht in brede banen naar binnen. Het is zo fel dat Britt in eerste instantie alleen het silhouet van de man ziet.

'Kom,' zegt hij.

Ze reageert niet, blijft met van angst opengesperde ogen in haar hoekje zitten.

'Nou, kom op,' reageert de man ongeduldig, maar als hij ziet hoe bang ze is, verandert zijn toon. 'Ik zal je niets doen. Kom naar buiten, dan krijg je wat te drinken. Heb je dorst?'

Ze heeft verschrikkelijke dorst, en ze kan niet wachten tot ze bevrijd wordt van die bal stof in haar mond. Maar ze lijkt wel verlamd, haar lichaam gehoorzaamt haar eenvoudigweg niet.

De man verliest zijn geduld, stapt het busje in en pakt haar bij haar arm. Door de prop in haar mond heen brengt Britt verstikte geluiden voort.

'Ik zei toch dat ik je niets zou doen. We gaan alleen in een andere auto verder.' Hij trekt haar het busje uit en zet haar op de grond.

Angstig kijkt Britt om zich heen. Ze staan op een picknickplaats langs de kant van de snelweg. Zo'n plek waar je je benen kunt strekken en iets eten. Er is alleen geen tankstation en er zijn geen voorzieningen. En er is geen mens te zien.

De man gooit de deur van het busje dicht en komt recht voor Britt staan. 'Als je je rustig houdt, haal ik die prop uit je mond. Er is niemand die je hoort, dus het heeft geen zin om moeilijkheden te maken. Afgesproken?'

Britt knikt. Ze huivert als zijn grote vingers haar mond in gaan, en dan is de prop weg. Ze ademt diep in en uit. Wat een bevrijding!

'Dat is beter, hè?' zegt haar ontvoerder niet onvriendelijk. 'Je krijgt straks wat te drinken. We gaan verder met die auto daar.' Hij knikt naar een gewone personenauto die iets verderop onder een groepje bomen geparkeerd staat.

Met gebonden handen loopt Britt met de man mee. Intussen werken haar hersenen op topsnelheid. Zodra ze in die auto zit, kan ze niet meer bellen. Ze moet zorgen dat hij haar handen losmaakt, zodat ze nu een poging kan wagen.

'Is het nog ver? Ik moet plassen,' zegt ze met een smekende blik.

'Er is hier geen wc. Je moet het maar even ophouden.'

'Ik hou het al zo lang op, ik plas bijna in mijn broek. Alstublieft?'

De man laat zijn blik langs de bomen en struiken achter de picknickbanken glijden. 'Dan moet je het in de bosjes doen.'

Britt knikt snel. 'Dat is goed.'

Ze loopt in de richting van de bomen, de man komt vlak achter haar aan. Hij is toch niet van plan om naast haar te gaan staan? Zo te zien wel, want hij volgt haar de bosjes in.

Britt blijft stilstaan. 'Mijn handen zitten nog vast.'

'Hou ze maar naar achteren.' De man haalt een mesje tevoorschijn en snijdt het scherpe plastic met één haal door. 'Ga je gang.'

Met een pijnlijk gezicht haalt Britt haar handen van haar rug en masseert ze haar polsen. Afwachtend kijkt ze de man aan.

'Wat?' zegt hij ongeduldig.

'Ik kan het niet als u zo dichtbij staat.'

'Wat denk je nou, dat ik je hier alleen laat?' Geërgerd kijkt hij haar aan.

Vertwijfeld werpt Britt een blik om zich heen, dan trekt ze zo'n diep ellendig gezicht dat hij capituleert.

'Ik draai me wel even om.' Hij voegt de daad bij het woord, maar zet geen stap bij haar vandaan.

Mismoedig knoopt Britt haar broek open en laat zich op haar hurken zakken. Bellen kan ze wel vergeten. Het is wel fijn dat ze kan plassen. Ze moet écht nodig, er komt geen einde aan. Met haar ogen volgt ze de straal, die zich een weg zoekt tussen polletjes gras en hoopjes zand, naar de schoenen van haar ontvoerder. Drie tellen later staat de man er tot zijn hakken in. Het bezorgt haar een prettig gevoel van triomf.

Ze komt overeind, trekt haar broek omhoog en knoopt hem dicht. Met haar hand voelt ze aan het mobieltje in haar jaszak. Het zit er nog, koud en glad. Haar reddingsboei.

'Klaar?' De man kijkt over zijn schouder. 'Mooi, dan gaan we.'

Hij bindt haar handen niet vast. Zou hij dat vergeten zijn of vindt hij het niet meer nodig? Met iets meer hoop loopt Britt mee naar de personenauto. Als een hoffelijke chauffeur opent de man het achterportier voor haar en laat haar instappen.

Ze durft het bijna niet te vragen, maar ze moet het weten. 'Waar gaan we naartoe? Waarom hebt u me meegenomen?' Haar stem klinkt schor en onderdanig.

Zonder op haar vraag in te gaan knikt de man naar de achterbank. 'Als je je gedraagt, mag je hier blijven zitten. Als je gaat zitten zeuren of huilen, stop ik je in de kofferbak. Begrepen?'

Britt knikt en het portier wordt dichtgegooid. In plaats van in te stappen, vergrendelt de man de portieren en loopt weg, naar het busje. Is hij iets vergeten? Britt volgt hem met haar ogen, tot ze zich met een schok realiseert dat ze alleen is. Ze kan bellen!

Haastig haalt ze haar telefoon tevoorschijn en zet hem aan. Het duurt lang voor er iets op het display verschijnt en ze haar pincode kan invoeren. Gespannen wacht ze af.

Intussen blijft ze de man in de gaten houden. Hij opent het portier, lijkt wat spullen te verzamelen.

De pincode, ze moet haar pincode invoeren. Wat was het ook alweer? Verbijsterd staart Britt naar het display van haar telefoon. Ze weet het niet meer. Ontelbaar vaak heeft ze die vier cijfers moeiteloos ingetoetst, nu is ze ze kwijt.

Britt sluit haar ogen en probeert zich te concentreren. 4... 3... en dan? Ze toetst ze alvast in, hopend dat de rest als vanzelf volgt. En inderdaad, opeens deblokkeert haar geheugen en weet ze het weer: 4-3-6-5. Maar er is geen tijd meer, de man loopt alweer terug naar de auto.

Britt kan wel huilen als ze haar telefoon uitzet en hem in haar jaszak laat glijden.

De man opent het portier en stapt in. Onderzoekend kijkt hij om naar de achterbank en reikt Britt een flesje water aan.

'Als je rustig blijft zitten, dan laten we het zo. Oké?'

Britt knikt en pakt het flesje aan. Terwijl ze lang en gulzig drinkt, start de man de auto en rijdt de picknickplaats af. Even later suizen ze over de snelweg. De man zet de radio aan en neuriet mee met de muziek. Britt zit bewegingloos op de achterbank, in haar ene hand het flesje water, haar andere hand in haar jaszak, krampachtig om haar mobieltje geklemd.

11

Er is al een halfuur lang geen woord gevallen. Ondanks de radio die aanstaat, hangt er een zware spanning in de auto. Britt wordt er gek van. Er spoken zoveel vragen door haar hoofd. Waar ze naartoe gaan bijvoorbeeld, waarom ze is meegenomen en waarom juist zij. Vragen die ze al gesteld heeft en waar ze geen antwoord op gekregen heeft. Ze durft er niet opnieuw over te beginnen, niet omdat ze bang is voor een afwijzend antwoord, maar omdat ze de aandacht niet op zich wil vestigen. Zolang ze hier stilletjes op de achterbank zit, wordt ze niet opnieuw geboeid of, nog erger, in de kofferbak gestopt. Ze probeert zich voor te stellen hoe het moet zijn om in zo'n kleine ruimte opgesloten te zitten. Zou je daar wel genoeg lucht krijgen? Ze zou er wel kunnen bellen, maar tegen de tijd dat de politie haar vindt, kan ze wel gestikt zijn. Britt huivert bij dat idee.

Nee, ze gaat geen moeilijkheden maken. De man heeft haar niet mishandeld of vermoord, en misschien is hij dat ook niet van plan. Hij zou losgeld voor haar kunnen vragen en haar vrijlaten zodra haar moeder betaald heeft. Ze weet zeker dat ze alles zal betalen wat haar gevraagd wordt. Desnoods verkoopt ze hun huis. Als Britt van één ding zeker is, is het van haar moeders liefde voor haar.

Denken aan haar moeder doet pijn. Britt kijkt uit het raampje en knippert met haar ogen. Ze wil niet huilen, ze moet stil zijn, geen moeilijkheden maken. Om zichzelf af te leiden kijkt ze naar de automobilisten die hen inhalen. Sommige zijn alleen en zitten te bellen of mee te zingen met de radio. Anderen reizen samen, en af en toe ziet ze een gezin voorbijkomen. Ze vangt de blik van een jongen van haar leeftijd, die haar een paar seconden aankijkt voor ze hen voorbijrijden.

Hij denkt natuurlijk dat ze met haar vader ergens naartoe gaat. Er is geen enkele manier om hem duidelijk te maken dat ze is ontvoerd. Misschien kan ze met haar mond het woord HELP vormen als ze hen straks weer inhalen. Auto's halen elkaar voortdurend in, ze ziet steeds dezelfde gezichten voorbijkomen.

Ze wacht af en ja, daar is de auto weer. Gespannen kijkt Britt naar buiten. Even rijden ze naast elkaar, maar de jongen zit ergens mee in zijn handen waar hij aandachtig naar kijkt. Alsof hij de intensiteit van Britts blik voelt, kijkt hij opeens opzij. Onmiddellijk vormt Britts mond zich tot een geluidloze schreeuw om hulp. De jongen kijkt haar verbaasd aan. Ze herhaalt de beweging van haar mond, spert hem wijd open. Haar ontvoerder geeft gas en wisselt van baan, en het laatste wat Britt ziet is het niet-begrijpende gezicht waarmee de jongen haar nakijkt.

Haar ontvoerder heeft niets gemerkt, maar evengoed is Britts verslagenheid groot. In films zou die jongen meteen begrijpen dat ze in nood was. Ze zouden gebaren uitwisselen en hij zou de politie hebben gebeld. Maar dit is geen film, dit is echt en in het echt gaan de dingen wat minder gemakkelijk. Daar is ze intussen wel achter.

Dat ze inmiddels naar haar op zoek zijn, weet Britt wel zeker. In ieder geval haar moeder, en haar kennende heeft ze iedereen die ze kent ingeschakeld. Haar moeder is altijd al zo snel ongerust, ze moet wel helemaal gek worden. Als ze nu haar telefoon zou aanzetten, zou er ongetwijfeld een stroom van sms'jes en gemiste oproepen binnenkomen.

Britt steekt haar hand in de zak van haar jasje en houdt haar gsm vast. Het gladde toestelletje ligt geruststellend vertrouwd in haar hand, alsof het haar eraan wil herinneren dat nog niet alle hoop verloren is.

Ze volgen de borden naar Eindhoven. Britt houdt de wegen die ze kiezen zorgvuldig in de gaten. Als ze kans ziet te bellen, moet ze kunnen vertellen waar ze zit. Maar misschien rijden ze de hele nacht wel door. Dat hoopt ze niet, de rit duurt nu al zo lang. Ze weet zeker dat ze niet zal kunnen slapen.

De man blijft in de richting van Eindhoven rijden, maar voor ze de stad bereikt hebben, neemt hij een afslag en wordt de omgeving wat landelijker.

Hoewel ze goed oplet, kan Britt er niet achter komen hoe het weggetje waar ze over rijden heet. Om haar heen liggen weilanden, in de verte ziet ze een molen en langs de weg staat her en der een huis.

Tot haar schrik remt haar ontvoerder en stopt hij voor een huis met gesloten jaloezieën. Hij rijdt de oprijlaan op en schakelt de motor uit. Dan maakt hij zijn gordel los en draait zich naar haar om.

'We zijn er. We gaan hier naar binnen en dat kan op twee manieren. Je loopt rustig met me mee, of je verzet je. Voor het geval je aan dat laatste denkt, heb ik dit bij me.' Met een veelbetekenend gezicht haalt hij een lang, dun mes tevoorschijn. Britt staart er met grote ogen naar.

'Ik wil je niet steken,' zegt de man, 'maar als het moet dan doe ik het. Dus wees verstandig en ga niet gillen of zo. Oké?'

Britt knikt timide. Ze is absoluut niet van plan om te gaan gillen. Het mes ziet er ontzettend scherp uit en er is hier niemand om haar te helpen.

De man stapt uit en opent haar portier. Hij pakt haar losjes bij haar arm als ze de auto uit komt en neemt haar daarna stevig bij de hand.

Britt loopt met hem mee naar het huis, waar hij even blijft staan om zijn sleutels te zoeken. Zonder een moment zijn greep op haar hand te laten verslappen, opent hij de deur en duwt haar met zachte dwang naar binnen. Dan stapt hij zelf over de drempel en draait de deur achter hen op slot.

12

De gang heeft gelig behang en het ruikt muf. Langs een van de wanden liggen stapeltjes oude kranten en reclamefolders. Aarzelend loopt Britt verder. Haar tegenzin om dit huis binnen te gaan wordt met elke stap sterker. Via een openstaande deur vangt ze een glimp op van wat de woonkamer moet voorstellen: een kale ruimte met een versleten leren bank en houten stoelen. Ze ziet een open haard die regelmatig wordt gebruikt maar niet wordt schoongemaakt, te oordelen naar het beroete behang.

'Hier logeer je voorlopig,' zegt de man. 'Ik zal je je kamer laten zien. Ga maar naar beneden.'

Hij opent een deur die toegang geeft tot de kelder en knipt het licht aan. Britt gaat in de deuropening staan en kijkt naar beneden. In tegenstelling tot wat ze verwachtte ziet ze geen opslagruimte maar iets wat werkelijk op een slaapkamer lijkt. Vanwaar ze staat, vangt ze een glimp op van een bed en vaste vloerbedekking. Desondanks verzet haar hele lichaam zich ertegen om die trap af te dalen.

Ze kijkt om naar de man, die gebaart dat ze naar beneden moet gaan. In plaats daarvan leunt ze tegen de deurpost en zegt: 'Ik wil naar huis.'

De man reageert niet op haar woorden. Er verschijnt een geïrriteerde uitdrukking op zijn gezicht. Weer gebaart hij naar beneden en deze keer gehoorzaamt Britt.

In de kelder kijkt ze om zich heen. Het is een vrij grote, vierkante ruimte met rode vloerbedekking. Er staan een bed, een eiken kledingkast en een dito schrijftafeltje. Op een lage tafel staat bovendien een tv. De hoek van de kamer wordt in beslag genomen door een plastic toilet.

'Dit is jouw kamer,' zegt de man. 'Groot hè? Vind je hem mooi?'

'Ik wil naar huis,' herhaalt Britt.

Alsof ze niets gezegd heeft, loopt de man de kamer in en wijst naar het bureautje.

'Je houdt van tekenen, hè? Hier liggen tekenspullen. Kijk maar, een tekenblok en potloden.'

'Wanneer mag ik naar huis?'

Hij draait zich naar haar om. 'Later.'

'Waarom nu niet?' vraagt Britt.

'Je moet even geduld hebben. Er zijn een paar dingen die we moeten doen en daarna mag je naar huis.'

'Wat voor dingen?'

'Dat leg ik morgen wel uit. Heb je honger? Zal ik pizza halen?'

Ze schudt haar hoofd. 'Ik wil naar huis,' houdt ze vol.

'Dat gaat nu niet. Vannacht slaap je hier, daar is niets aan te doen.'

'En morgen, mag ik dan naar huis?'

'Misschien. Als alles goed gaat.'

Nu ze hem aan het praten heeft, geeft Britt het niet op. 'Wat is er morgen dan?'

'Dat merk je wel. Het was een lange reis, ik ben moe. Je moet nu even op je kamer blijven, dan haal ik pizza's. Welke vind je lekker?'

Britt haalt haar schouders op.

De man gaat de trap op. 'Ik haal wel wat,' zegt hij en sluit de deur achter zich. Een sleutel wordt omgedraaid in het slot, gedempte voetstappen verwijderen zich.

Na een keer diep adem te hebben gehaald, gaat Britt op het randje van het bed zitten. Ze kijkt op haar horloge en ziet dat het halfdrie is. Ze had nu met de *Tina* en een colaatje in de tuin kunnen zitten.

Een golf van heimwee en verlatenheid slaat over haar heen, zo krachtig dat het haar de adem beneemt. Niet aan thuis denken. Niet doen. Met een schokje realiseert ze zich dat ze alleen is, dat ze kan bellen. Nerveus graait ze in haar jaszak en haalt haar telefoon tevoorschijn. Met trillende vingers zet ze hem aan. 4-3-6-5, ze weet het nog.

Haar hart klopt met felle slagen terwijl ze de pincode intoetst. Ademloos wacht ze tot het toestel het vertrouwde display vertoont en ze kan wel juichen als het zover is. Nu snel bellen, want haar batterij is zorgwekkend leeg. Nog zeven procent batterijlading, staat er boven in het display.

Britt scrolt door haar telefoonboek en kiest het mobiele nummer van haar moeder. Gespannen houdt ze het toestel tegen haar oor en wacht.

Hij gaat niet over.

Verontrust kijkt ze op het display, waar een cirkeltje eindeloos ronddraait. Ze krijgt geen verbinding, het enige wat er gebeurt is dat haar batterij naar zes procent springt. Even begrijpt ze er niets van, dan dringt tot haar door dat ze in een kelder zit en daarom geen bereik heeft. Een paar seconden weet Britt haar zelfbeheersing te bewaren, dan breekt ze. Ze gooit haar telefoon op het bed en barst in tranen uit.

13

Diep in haar hart kan Lois Mirjam geen ongelijk geven dat ze zelf in actie wil komen. In haar positie had ze waarschijnlijk hetzelfde gedaan. Ze zou Leo's huis graag ondersteboven willen keren, maar als rechercheur kan ze Mirjam onmogelijk aanmoedigen. Sterker nog, ze zal het moeten melden. Zou er echt een groep buurtbewoners plannen maken om bij Leo binnen te vallen?

Ze neemt afscheid van Mirjam en laat Claudien en Nick bij haar achter. Als ze weer in haar auto zit, besluit ze voor de zekerheid even bij Leo poolshoogte te gaan nemen.

Het is niet ver rijden naar zijn huis. Lois kent deze buurt in Alkmaar-Noord niet zo goed, maar haar navigatiesysteem brengt haar feilloos naar het juiste adres. Ze zet haar auto in een van de parkeervakken en kijkt in haar achteruitkijkspiegel naar Leo's huis. Iemand heeft rode verf tegen het keukenraam gegooid en op de voordeur staat een tekst die ze vanaf deze afstand niet kan lezen. Als ze is uitgestapt en op de stoep staat wel: KLOOTZAK!

Lois onderdrukt een zucht en belt aan. Terwijl ze wacht, kijkt ze om zich heen. Hier en daar zijn mensen tevoorschijn gekomen die belangstellend toekijken. Er valt echter weinig te zien, want Leo doet niet open. Grote kans dat hij zich ergens in huis heeft teruggetrokken en de deurbel en de telefoon negeert.

Met duim en wijsvinger opent Lois de brievenbus in de deur en roept naar binnen: 'Leo! Ik ben Lois Elzinga, van de politie! Wil je opendoen?'

Ze richt zich op en wacht, zonder veel hoop. Groot is haar verrassing als er na een tijdje geschuifel in de gang klinkt. Door het raampje in de deur kijkt een smal, bleek gezicht haar aan. Ze knikt Leo bemoedigend toe en houdt haar legitimatie omhoog.

Het geknars en gerammel van een sleutelbos klinkt, de deur gaat op een kier open.

'Wat wilt u? Ik heb alles al verteld aan de politie. Ik heb dat meisje niet ontvoerd,' zegt Leo met bange stem.

'Daar kom ik ook niet voor. Ik wil je even spreken. Mag ik binnenkomen?'

'Niet verder dan de gang.'

'Dat is goed.'

De deur gaat open, zo ver dat Lois zich langs de deurpost kan wringen.

'Tot de mat,' zegt Leo meteen. 'Vanmiddag wilden ze mijn huis doorzoeken, maar dat wil ik niet.'

'Waarom niet? Je hebt toch niets verkeerds gedaan?'

'Ik hoef het niet toe te laten,' zegt Leo koppig. 'Ik ken mijn rechten.'

'Prima,' zegt Lois. 'Ik wil ook helemaal niet bij je binnen kijken. Ik kom alleen om je te waarschuwen.'

'Waarschuwen? Waarvoor?' vraagt Leo wantrouwig.

'Voor de buurtbewoners. Ik ben bang dat je het een en ander kunt verwachten als het donker wordt. De mensen zijn ervan overtuigd dat je een meisje in je huis verborgen houdt, en omdat je de politie niet binnenlaat, willen ze zelf je huis doorzoeken.'

Leo veegt met zijn handen over zijn broek. 'Ik heb niets gedaan,' herhaalt hij.

'De mensen willen zekerheid, Leo. Zelfs als ze het meisje niet vinden, kan ik je niet beloven dat ze hun frustratie niet op jou zullen afreageren. Misschien is het beter dat je vannacht ergens anders gaat slapen.'

'Waar dan?' Leo's ogen schieten nerveus heen en weer.

'Weet ik veel, dat moet je zelf bekijken. Als je maar niet thuis bent.'

'Kunnen jullie me niet beschermen? Met een politiewagen voor de deur zullen ze niets durven te doen,' zegt Leo hoopvol.

'Daar hebben we de mensen niet voor. Iedereen is druk op zoek naar dat meisje, begrijp je.'

'Jullie kunnen me toch niet aan de buurt overlaten? Ze hebben al verf tegen mijn raam gegooid. Straks steken ze mijn huis nog in brand!'

'Dat denk ik niet,' zegt Lois geruststellend. 'Niet zolang ze niet weten of het meisje hier is. Misschien daarna, als ze je huis ondersteboven gekeerd hebben.'

Leo verbleekt en grijpt Lois' arm stevig beet. 'Je moet me helpen,' zegt hij fel. 'Je kunt me niet komen waarschuwen en dan weglopen. Je moet iets doen!'

Lois trekt haar arm los.

'Ik kan je alleen helpen als je mij hier laat rondkijken,' zegt ze rustig. 'Als Britt hier niet is, heb je niets te vrezen. Dan weten wij wat we weten moeten en de buurt heeft geen reden om je lastig te vallen. Het is voor je eigen veiligheid.'

Secondenlang staren ze elkaar aan.

'Ga je dan alles overhoop halen?' vraagt Leo ten slotte.

'Nee, dat is helemaal niet nodig.'

'Neem je mijn computer mee?'

'Nee,' zegt Lois. 'Ik kijk alleen of Britt hier is. Als ze er niet is, ga ik weer weg.'

Besluiteloos friemelt Leo aan de ritssluiting van zijn vest.

'Je kunt me vertrouwen,' zegt Lois.

Nog even aarzelt Leo, dan knikt hij bijna onmerkbaar.

'Alleen jij. Ik wil geen anderen in mijn huis.'

'Ik zou er graag een collega bij willen hebben. Rechercheur Rijnaarts, die ken je wel. Vind je dat goed?'

'Alleen jij,' houdt Leo vol.

'Als mijn collega mee zoekt, zijn er twee getuigen dat Britt hier niet is. Dan hebben we het onderzoek goed afgehandeld. Anders geloven ze me misschien niet.'

Een beetje boos vouwt Leo zijn armen over elkaar. 'Je probeert me toch niet ergens in te luizen, hè?'

Op dat moment klinkt er een klap, gevolgd door oorverdovend gerinkel. Vanaf de plek waar ze staat ziet Lois glasscherven via het ingegooide keukenraam de woonkamer in vliegen.

Leo slaakt een kreet en vliegt een paar treden de trap op. Lois rukt de voordeur open, maar als ze buiten staat, is er van de dader geen spoor meer te bekennen. Met een paar stappen staat ze weer in de gang en kijkt naar Leo, die zich op een traptrede heeft laten zakken.

'Hebben we een deal?' vraagt ze. 'Anders ga ik nu weg en dan zoek je het maar uit.'

Leo knikt een paar keer snel achter elkaar. Lois slaagt erin een voldane glimlach te onderdrukken. Ze draait zich een kwartslag om, pakt haar telefoon en belt Jacco.

'Het is heel gek, maar die huizen lijken allemaal op elkaar,' zegt Jacco op gedempte toon. Hij is meteen in de auto gesprongen toen Lois belde en heeft een formulier meegenomen, dat hij Leo heeft laten tekenen. De handtekening dient als bewijs dat ze toestemming hebben van de bewoner om zijn huis te doorzoeken. Ze hebben Leo achtergelaten in zijn rommelige woonkamer, die uitkijkt op de achtertuin en waar kwaadwillende buren hem niet kunnen zien.

'Wat voor huizen?' vraagt Lois terwijl ze haar collega de trap op volgt.

'Huizen waar pedofielen wonen. Vies, vol troep. Er hangen foto's aan de muur van kinderen die duidelijk niet van hen zijn. Ze hebben een aanrecht dat plakt en de keuken staat vol lege verpakkingen van magnetronmaaltijden.'

'Echt waar?' zegt Lois. 'Pedofielen kunnen toch ook keurige huisvaders zijn – voor het oog dan.'

'Zelden. Meestal zijn het eenzame, gefrustreerde mannen. Ze hebben moeite om contact te leggen met volwassenen, vooral met vrouwen. Ze proberen baantjes te krijgen waarin ze kunnen werken met kinderen, en leven heel geïsoleerd. Ik zweer het je, als ik er een tegenkom of als ik in zo'n huis rondloop, dan weet ik het.'

Er hangen inderdaad overal foto's van kinderen aan de muren, en al zijn die jongens en meisjes wel aangekleed, het geeft Lois een kriebelig gevoel.

Beneden is het een rommeltje van oude kranten, voedselverpakkingen en bierblikjes, boven is het nog erger. De geur van nat wasgoed slaat haar in het gezicht, samen met de stank van een overvolle kattenbak die op de overloop staat. Vol weerzin lopen Lois en Jacco rond. Ze gooien deuren open, kijken onder het onopgemaakte en in geen tijden verschoonde bed in de grote slaapkamer. Ze openen kasten en kruipruimtes, werpen een snelle blik in de badkamer, waar de douche vol schimmel staat, en gaan dan de trap op naar de zolder. Die bestaat uit één grote open ruimte die nog afgetimmerd moet worden en waar stukken geel isolatiemateriaal tussen de planken uit steken. Er is geen plekje te bekennen waar je een meisje van elf zou kunnen verbergen.

Met zijn handen in zijn zij kijkt Jacco rond. Hij is lang, bijna twee meter schat Lois, waardoor zij kleiner lijkt dan ze is en de zolder extra leeg.

'Ze is hier niet,' zegt hij. 'Dit soort huizen heeft ook geen verborgen ruimtes of kelders met dubbele wanden. In een oud huis zou je zoiets kunnen verwachten, maar in een moderne eengezinswoning niet.'

'Dat ze niet in zijn huis zit, wil niet zeggen dat hij haar niets heeft aangedaan,' zegt Lois. 'Het kan zijn dat hij haar ergens anders naartoe heeft gebracht.'

'Hoe? De man heeft niet eens een auto.'

'Die kan hij gehuurd hebben.'

'En geen rijbewijs,' voegt Jacco eraan toe.

Lois zwijgt machteloos. 'We gaan terug naar het bureau,' zegt ze ten slotte. 'Maar eerst moeten we een buurtgericht voorkomen. Hoe pakken we dat aan?'

'Kijk eens uit het raam,' zegt Jacco terwijl hij de zoldertrap afloopt. 'Er staat een hele groep mensen voor de deur. We hoeven ze alleen maar te vertellen dat Britt hier niet is.'

14

Het is schemerig geworden. Leo zit weggedoken in een leunstoel in een hoek van de kamer. Hij heeft de lampen niet aangedaan. Als Lois en Jacco de trap afkomen, kijkt hij op.

'Ze is er niet, hè?' zegt hij hees. 'Dat zei ik toch.' Met een benauwde blik kijkt hij in de richting van de keuken, waar luide stemmen voor het ingegooide raam klinken. 'Stuur ze alsjeblieft weg. Ze gaan mijn huis in brand steken.'

'We zullen zeggen dat Britt hier niet is,' belooft Lois. 'En ik zal iemand sturen om die ruit te vervangen. Weet je zeker dat je vannacht niet ergens anders kunt slapen?'

Leo schudt zijn hoofd. 'Dan denken ze dat ik er toch wat mee te maken heb.'

'Daar zit wat in,' zegt Jacco als ze buiten staan. 'Al heeft de buurt sowieso de pest aan hem. We moeten vanavond maar een paar keer een surveillancewagen laten langsrijden.'

Met grote stappen loopt hij op de groep buurtbewoners af en stelt zich met luide stem voor. Hij laat hun weten dat ze Leo's huis hebben doorzocht, dat het vermiste meisje er niet is aangetroffen en dat er geen aanwijzingen zijn dat Leo iets met haar verdwijning te maken heeft. Op licht dreigende toon voegt hij eraan toe dat het huis in de gaten wordt gehouden en dat iedereen die Leo nog verder lastigvalt zal worden opgepakt.

Na die woorden gaan de mensen zacht pratend uiteen.

Een paar jongens van een jaar of vijftien blijven achter en rijden op hun fiets voor Leo's deur heen en weer. Jacco stapt op hen af en wisselt een paar woorden met hen. Of het zijn lengte of woorden zijn weet Lois niet, maar de jongens knikken en gaan weg.

'Dat heb je goed gedaan,' zegt ze als ze naar hun auto lopen. 'Ik hoop dat ze die man verder met rust zullen laten. Niet dat ik hem zo sympathiek vind, maar hij hoeft ook geen zondebok te worden.'

'Precies,' zegt Jacco. 'Ik zal de surveillancewagen oproepen. Ik zie je straks, op het bureau. O, en Lois...'

Lois, die al op weg was naar haar auto, draait zich met een vragend gezicht om.

'Complimenten. Dat heb je mooi voor elkaar gekregen.' Jacco knikt waarderend.

Lois glimlacht en loopt naar haar auto. Ze is zelf ook blij dat ze Leo heeft weten over te halen, maar ze is teleurgesteld over het resultaat. Want intussen hebben ze nog steeds geen idee waar Britt is.

Terug op het bureau verzamelen ze zich in Ramons kamer, waar ze te horen krijgen dat het onderzoek van de technische recherche niet veel heeft opgeleverd. Er is een sms-alert uitgegaan, maar geen AMBER Alert, omdat niet voldaan is aan alle criteria van het Landelijk Bureau voor Vermiste Personen. Maar daar is Ramon mee bezig. Hij kijkt vragend naar Jacco, die hem inlicht over de doorzoeking.

Tot Lois' ergernis laat Jacco haar niet één keer aan het woord en doet hij het voorkomen alsof ze samen op Leo hebben ingepraat. Met opgetrokken wenkbrauwen kijkt Lois hem aan, maar ze zegt niets. Dit is niet het moment om te ruziën, het enige dat telt is Britt vinden. Ze maakt haar blik los van Jacco en concentreert zich op Nick en Claudien, die achter Britts vader aan zijn gegaan. Claudien vat hun bevindingen kort samen en begint met het belangrijkste: Roy de Graaf zit vast in de penitentiaire inrichting in Vught en kan zijn dochter dus niet ontvoerd hebben.

Nick laat een foto zien van een man met kortgeknipt donker haar dat flinke inhammen vertoont. Zijn smalle gezicht oogt wat breder door een stoppelbaardje en zware wenkbrauwen. Hij kijkt met neutrale blik in de camera, maar Lois kan de onderliggende agressiviteit bijna zien. Als hij niet vastzat, was hij hoofdverdachte nummer één geweest, dat is zeker.

'Roy de Graaf is achtendertig jaar en is meermalen veroordeeld voor uiteenlopende misdrijven, van roofovervallen tot oplichting,' vertelt Claudien. 'Tien jaar geleden is hij gescheiden van de moeder van zijn dochter, Mirjam Strijbis. Een scheiding die hij niet wilde, overigens. Maar hij had niets te willen, net zoals hij niet kon tegenhouden dat hij uit de ouderlijke macht werd gezet. Mirjam heeft vervolgens haar dochter háár achternaam gegeven en elk contact tussen vader en dochter voorkomen. Een saillant detail: De Graaf heeft een glazen oog, en dat heeft hij te danken aan zijn ex, na een uit de hand gelopen ruzie.'

'Toe maar,' zegt Fred. 'Maar dat is dus lang geleden gebeurd.'

'Ja, en er zijn geen aanwijzingen dat hij onlangs toenadering heeft gezocht tot Britt,' zegt Silvan. 'Ik heb haar mail en Facebook-berichten bekeken, en er zit geen correspondentie met haar vader tussen. En ook geen andere berichten die haar verdwijning kunnen verklaren.'

'Maar ze is toch weg.' Ramon werpt een blik op zijn horloge. 'Het is nu kwart over tien. Geen tijdstip voor een meisje van elf om thuis te komen als ze alleen maar met een vriendinnetje heeft afgesproken en de tijd is vergeten. We gaan dat kind vinden, jongens. Het liefst vanavond nog.'

Er gaat opnieuw een sms-alert uit, Burgernet wordt ingeschakeld en een heel team van rechercheurs trekt de binnenkomende tips na.

Lois zit achter haar bureau en voelt haar maag rommelen. Ze heeft niet gegeten vanavond, daar is ze niet aan toegekomen. Nu, 's avonds laat, heeft ze honger, maar het enige wat ze op dit uur kan bestellen is junkfood en daar heeft ze geen zin in. In dit soort hectische tijden, als de werkdagen lang zijn en eten een ondergeschikte plaats inneemt, grijpen politiemensen snel naar afhaalmaaltijden. Iets wat met de jaarlijks terugkerende fitheids- en gezondheidskeuring altijd weer betreurd wordt. Dan vind je zeker de helft van de agenten opeens terug in de sportschool en eten ze tussen de middag salades. Lois doet niet meer mee aan die bevliegingen. Ze heeft een tijdje slecht voor zichzelf gezorgd, maar dat is voorbij. Thuis in de vriezer heeft ze eenpersoonsmaaltijden staan, klaargemaakt in het weekeinde, zodat ze niet in de verleiding komt om te gaan snacken als ze 's avonds laat thuiskomt. Op het bureau is dat wat lastiger, ze kan moeilijk het vriesvak van de gemeenschappelijke koelkast helemaal vol zetten. Onlangs heeft ze een goede deal gesloten met Bastiaan, de uitbater van Het Gulden Vlies, een grand café waar ze graag komt. Ze heeft hem een keer uit de brand geholpen toen laat op de avond een gast een greep in de kassa deed en ervandoor wilde gaan. Lois is hem achternagegaan en is de dader buiten op de nek gesprongen. Ze kreeg al snel assistentie van Bastiaan en samen wisten ze de man in bedwang te houden tot blauw eraan kwam en de dief in de boeien sloeg.

Toen ze eens vertelde hoe lastig ze het vond om goed te blijven eten met haar werktijden, bood Bastiaan spontaan aan om voor haar een gezonde, voedzame maaltijd klaar te maken als ze moest overwerken.

En dus pakt ze haar telefoon en belt Bastiaan. Daarna blijft ze boven het dossier met verslagen van het buurtonderzoek voor zich uit zitten staren.

Ze herinnert zich nog goed dat ze zelf bijna een keer het slachtoffer is geworden van een pedofiel. Een kinderlokker heette dat toen, en zij en haar zusjes werden voortdurend door hun moeder gewaarschuwd voor dat soort types. Als oudste voelde Lois zich verantwoordelijk voor haar zusjes als ze buiten speelden, al had ze geen idee waaraan ze een kinderlokker zou kunnen herkennen. Volgens haar moeder kon het iemand zijn die je een snoepje aanbood of je voorstelde om naar een nest jonge poesjes te komen kijken, maar toen de buurman kleine konijntjes had, aarzelde ze geen moment om naar binnen te gaan en ze te aaien. Nu weet ze maar al te goed dat het gevaar vaker van bekenden komt dan van vreemden. Uitzonderingen daargelaten, zoals die kerel die zijn broek liet zakken toen ze met Tessa en Maren op het grasveldje achter hun huis speelde. Achter het veld liep een sloot en aan de overkant stond een man die zijn zaakje aan hen liet zien. Ze moesten erom lachen, luidkeels en met wijzende vingertjes, zoals kinderen doen. De man lachte ook en wenkte hen, wees naar de plank die over de sloot lag. Lois kan zich niet herinneren dat ze bang was. Wel weet ze nog dat ze er niet over piekerde om die sloot over te steken. Tessa en Maren ook niet, die bleven gewoon bij haar staan. Nog altijd vraagt ze zich af wat er gebeurd zou zijn als op dat moment niet een buurvrouw was komen aanrennen. Ze nam Tessa en Maren bij de hand en zei tegen Lois dat dat een heel rare man was en dat ze snel naar huis moesten gaan.

Thuis had Lois het verhaal aan haar moeder verteld, die meteen naar de buurvrouw was gelopen, en daarna was de politie gekomen. Dat vond Lois wel interessant. Ze begreep dat ze oog in oog had gestaan met een echte kinderlokker, wat haar verbaasde. De man had wel een beetje raar gedaan, maar zag er verder niet uit zoals zij zich een gevaarlijk iemand voorstelde.

Ze kon toen natuurlijk nog niet weten dat het haar eerste kennismaking was met de bedrieglijke aard van de mens, waar ze later in haar werk dagelijks mee te maken zou krijgen.

15

De pizza smaakt haar niet. Te veel kaas, te vet, te dunne bodem. Misschien had ze hem onder andere omstandigheden wel lekker gevonden, maar nu vormt de kaas een stroperig lint dat in haar keel hangt. Ze blijft maar slokjes cola drinken, van een raar merk dat ze niet lust. Toch eet ze door. Haar lichaam heeft behoefte aan voedsel en vocht. Het laatste wat ze heeft gegeten, is een boterham met hagelslag, vanochtend vroeg. Het lijkt wel dagen geleden. Hoe is het mogelijk dat je wereld in een paar uur tijd zo op zijn kop wordt gezet? Britt kan het nauwelijks bevatten.

Ze zitten in de smalle keuken achter in het huis en eten aan een tafel met een plakkerig, groen met rood geblokt zeil. Ze was liever in de kelder gebleven, het gezelschap van die man maakt haar nerveus. Hij zegt niets, eet alleen maar. Af en toe kijkt hij op, om daarna weer in gedachten verzonken voor zich uit te staren.

Britt zegt ook niets. Ze denkt erover na hoe ze hier, buiten de kelder, een moment voor zichzelf kan krijgen. Beneden had ze geen bereik, maar hier zou het moeten lukken om te bellen. Ze zou kunnen vragen of ze naar de wc mag. Gek eigenlijk dat die man er niet aan heeft gedacht dat ze een mobieltje kan hebben. Misschien is het zo iemand zonder kinderen, die niet in de gaten heeft dat zesjarigen er tegenwoordig al een hebben.

‘Mag ik even naar de wc?’ vraagt ze zachtjes.

Haar stem versplintert de stilte tussen hen, al is ze nauwelijks verstaanbaar. De man kijkt haar verbouwereerd aan, alsof hij was vergeten dat ze er is.

‘Even wachten,’ zegt hij. ‘Eerst mijn pizza opeten.’

Dat begrijpt Britt niet. Ze kan intussen toch wel naar de wc lopen? Als hij de laatste hap pizza heeft doorgeslikt, begrijpt ze het, want hij schuift zijn stoel naar achteren en loopt met haar mee. In de rommelige gang wijst hij naar een deur, naast de ingang naar de kelder.

‘Ik draai me wel om,’ zegt hij. ‘De deur blijft open.’

Het kost Britt moeite om haar ontgoocheling te verbergen.

Terwijl ze haar spijkerbroek naar beneden doet, kijkt ze naar de rug van de man. Hij staat in de gang op zijn mobiele telefoon te tikken en heeft geen enkele aandacht voor haar. Maar er is natuurlijk geen denken aan dat ze nu haar eigen telefoon kan gebruiken.

Als ze klaar is, komt ze overeind, knoopt haar spijkerbroek dicht en wast haar handen. Schuw kijkt ze naar de man, die zich naar haar omdraait.

‘Ik moet vanavond weg,’ zegt hij. ‘Jij blijft hierbeneden.’

De paniek vliegt Britt naar de keel. ‘Dan ben ik helemaal alleen.’

‘Het is niet anders. Ga maar tv-kijken, of slapen. Ik zal wat te drinken op je kamer zetten.’

‘Hoeft de deur dan niet op slot? Straks breekt er brand uit,’ zegt Britt angstig.

‘De deur gaat op slot en er breekt geen brand uit. Wil je de rest van je pizza nog?’

Britt schudt haar hoofd. ‘Ik wil naar huis,’ fluistert ze. ‘Kunt u me echt niet naar huis brengen?’

‘Het komt allemaal goed,’ belooft de man. ‘Als je een brave

meid bent, is dit allemaal zo voorbij. Ga nu maar naar beneden.'

Britt sloft de trap af naar haar kelderkamer. De man haalt de fles goedkope cola uit de keuken en loopt ermee achter haar aan.

'Het zal wel laat zijn als ik terugkom. Welterusten,' zegt hij, en dan gaat hij de trap weer op, sluit de deur af en is hij weg.

Verbijsterd staart Britt voor zich uit. Ze begrijpt er niets van. Waar moet hij opeens naartoe? Waarom wil hij geen antwoord geven als ze vraagt wat ze hier doet? Het moet wel om losgeld gaan, dat kan niet anders. Misschien rijdt hij nu naar een plek waar hij het op kan halen. Ze hoopt het maar, hoe erg ze het ook vindt dat haar moeder al haar geld moet afgeven.

Het verlangen naar huis overdondert haar als een lawine, zo hevig dat ze bijna geen adem kan halen. Ze zoekt steun bij de trap en sluit haar ogen.

'Mama,' fluistert ze.

16

In tegenstelling tot wat ze had verwacht, slaapt Lois die nacht diep en droomloos. Tien minuten voor haar wekker gaat, schrikt ze wakker. Het is nog geen zeven uur en helemaal donker.

Ze knipt het licht aan, zet haar wekker uit en loopt gapend naar de badkamer voor een snelle douche. Haar mobieltje neemt ze mee. Terwijl ze het water warm laat worden, controleert ze of er berichten zijn. Niets.

Lois stapt onder de douche en laat het water over zich heen stromen. Met opgeheven gezicht geniet ze van de warme stralen. Na een paar minuten dwingt ze zichzelf de douche uit te zetten en zich af te drogen.

Tien minuten later staat ze in de keuken en drinkt de fruitsmoothie op die ze eerder gemaakt heeft. Ze zet het glas in de gootsteen, smeert twee boterhammen met hüttenkäse en dan gaat ze de deur uit.

Op haar fiets rijdt ze dwars door het oude centrum van Alkmaar. Het is zondagochtend, ze heeft de straten voor zichzelf en is in tien minuten op het bureau. Als ze naar de dienstingang aan de achterkant rijdt, begint het alweer warm te worden.

Op het bureau is de werkdag in volle gang. Bij de kluisjes waar je je spullen kunt opbergen staan wat collega's te praten, bij de koffieautomaten op de gang is het druk. Normaal gesproken is het niet zo druk op zondag, maar door de vermissing van Britt zijn alle verloven ingetrokken.

Op weg naar de recherchekamer wenst Lois iedereen goedemorgen. Halverwege komt ze Ramon tegen. Zijn ogen zijn klein en rood en de lijnen in zijn gezicht lijken zich te hebben verdiept.

'Nog iets gebeurd vannacht, chef?' vraagt Lois.

Ramon schudt kort zijn hoofd. 'Ik krijg net wel van de balie te horen dat er een man, een vrouw en een meisje staan. Een vriendinnetje van Britt. Ga jij ze even ophalen? Hopelijk hebben ze informatie waar we mee verder kunnen.'

'Ik ga meteen. Moet ik dat gesprek alleen voeren of is er al iemand van het team binnen?'

'Nee, de wisseling heeft net plaatsgevonden. Ga niet wachten op een collega, praat meteen met die mensen.'

Lois haast zich naar de hal. Ze knikt naar haar collega die achter de balie zit en kijkt vervolgens naar de zithoek. Op de bank zit een blonde vrouw van in de dertig met een donkerharig meisje naast zich. De man zit in de stoel en staat op zodra hij Lois op zich af ziet komen. Hij is lang, donker en het mannelijk evenbeeld van het meisje.

'Arend van Rijn,' zegt hij en geeft Lois een stevige handdruk. 'Dit zijn mijn vrouw Monique en mijn dochter Emma. We zouden graag met iemand praten die aan de vermissing van Britt Strijbis werkt.'

'Dat had ik begrepen,' zegt Lois, terwijl ze de vrouw en het meisje ook een hand geeft. 'Ik ben Lois Elzinga.' Ze kijkt naar het meisje en glimlacht. 'Jij bent een vriendin van Britt, toch?'

'Haar beste vriendin,' zegt Emma met klem.

'Des te beter. Lopen jullie mee?' Lois gaat het drietal voor naar de verhoorkamer. Ze biedt hun iets te drinken aan, maar dat slaan ze af.

'Ik heb de hele nacht wakker gelegen,' zegt Monique van Rijn gespannen. 'Ik kon me gewoon niet voorstellen dat Britt zomaar verdwenen is. Ik vroeg me af of me iets is ontgaan, of ze iets had gezegd wat haar verdwijning kan verklaren. Het maalde continu door mijn hoofd. Emma en Britt zijn dikke vriendinnen, ze zien elkaar elke dag. Maar ze vertellen mij natuurlijk ook niet alles.'

'We hebben Emma gevraagd of zij iets wist, en ze zei van niet. En toen stond ze vanochtend vroeg opeens bij ons bed,' zegt Arend. 'Ze herinnerde zich iets waar ze de hele dag niet meer aan gedacht had.' De blik waarmee hij naar zijn dochter kijkt, heeft iets verwijtends.

'Dat kan,' zegt Lois. 'Soms herinner je je iets wat op dat moment niet belangrijk leek, maar wat later betekenis krijgt.' Ze kijkt Emma vriendelijk aan. 'Ging het zo, Emma?'

Emma kijkt nerveus van Lois naar haar ouders en knikt. Lois krijgt opeens een indruk van hoe de dag voor dit gezin is begonnen, met de aarzelende bekentenis van Emma en de geërgerde reactie van haar ouders omdat ze daar nu pas mee kwam. Ze buigt zich iets naar het meisje toe, knikt haar geruststellend toe en vraagt: 'Wat herinner je je precies?'

'Gisteren moesten Britt en ik turnen,' begint Emma aarzelend, 'en toen we klaar waren, stond er een man buiten. Ik was wat eerder bij mijn fiets dan Britt en ik stond op haar te wachten. Toen kwam die man naar me toe en vroeg of ik wist wie Britt was. Ik zei dat ze er zo aan kwam.'

'En wat deed die man toen?' vraagt Lois als Emma stilvalt.

'Niets. Hij knikte en ging ergens anders staan. Toen Britt kwam, hebben we nog even staan praten en toen ben ik naar huis gefietst.'

'Jullie fietsten niet samen?'

'Nee, Britt woont de andere kant op. Ik ging naar huis en zij ook.'

'En die man? Waar was hij?'

Emma haalt haar schouders op. 'Ik heb verder niet op hem gelet.'

'Ging hij niet naar Britt toe?'

'Nee, dat vond ik later zo vreemd. Het leek alsof hij op haar wachtte, maar toen ze naar buiten kwam, bleef hij gewoon staan.'

'Heb je Britt op hem gewezen?'

Emma staart naar haar handen en schudt haar hoofd.

'Waarom niet?' vraagt Lois.

'Omdat we wat te bespreken hadden. Ik was die man alweer vergeten.'

Lois knikt om aan te geven dat ze het begrijpt. 'Kun je me iets meer over hem vertellen? Hoe zag hij eruit?'

'Hij had blond haar,' zegt Emma na enig nadenken. 'Maar niet zoveel.'

'Hoe bedoel je, niet zoveel? Was hij een beetje kaal?'

'Niet kaal, maar hij had ook niet echt veel haar.'

'Oké,' zegt Lois. 'En wat voor kleding droeg hij?'

'Een roze T-shirt. Geen jas. En een lichte broek. Ik weet niet hoe die kleur heet.'

'Zandkleurig?' probeert Lois en Emma knikt meteen.

'Ja, zo'n soort kleur. En hij was nogal bleek. Alsof hij nooit in de zon kwam. Terwijl hij wel een T-shirt droeg.'

'Dat heb je allemaal goed gezien in die korte tijd,' zegt Lois waarderend. 'Heel goed, hoor. Weet je toevallig ook hoe hij daar gekomen is? Lopend, op de fiets, met de auto?'

Spijtig schudt Emma haar hoofd. 'Dat weet ik niet. Toen Britt kwam, was hij opeens verdwenen.'

'Of hij hield zich verborgen,' bemoeit Arend van Rijn zich ermee. 'Misschien was hij bang dat Britt hem zou herkennen.'

Lois onthoudt zich van commentaar, al denkt zij van niet.

De man had immers gevraagd wie Britt was.

Als ze zeker weet dat Emma niets meer aan haar verklaring toe te voegen heeft, bedankt Lois haar voor haar komst en geeft haar een hand.

'Heel goed dat je gekomen bent,' zegt ze. 'Dit is belangrijke informatie.'

'U vindt Britt toch wel?' vraagt Emma angstig. 'Ze is mijn beste vriendin.'

'We doen ons uiterste best. Sowieso gaan we meteen aan de slag met wat jij net hebt verteld.' Lois haalt een visitekaartje uit haar broekzak en geeft het aan Emma. 'Als je nog iets te binnen schiet, bel me dan, oké?'

Emma knikt. Ze wil het kaartje in haar jaszak stoppen, maar overhandigt het aan haar vader als hij gebiedend zijn hand uitsteekt.

'Straks raak je het nog kwijt,' zegt Arend.

Monique van Rijn trekt haar dochter even tegen zich aan. 'Goed gedaan, meisje,' zegt ze. 'Wedden dat ze Britt nu snel vinden?'

17

Dat ze Britt uiteindelijk zullen vinden, gelooft Lois ook wel. Waar ze zich de grootste zorgen over maakt, is wat er in de tussentijd met haar is gebeurd. De ervaring leert dat als een eerste grote zoekactie niets heeft opgeleverd en een kind al een dag en een nacht weg is, de kans dat het is misbruikt en vermoord sterk toeneemt.

Als ze afscheid heeft genomen van de familie Van Rijn loopt ze met een zwaar gevoel in haar buik naar Ramons kamer. Die is telefonisch in gesprek en zijn deur is dicht, maar door het raam ernaast gebaart hij Lois te wachten.

Gehoorzaam blijft ze staan. Als het gesprek voortduurt, drentelt ze ongeduldig heen en weer tot Ramon eindelijk de deur opendoet.

'Dat was de commissaris,' zegt hij terwijl hij terugloopt naar zijn stoel. 'Hij wilde tekst en uitleg over de vermissing van Britt. De media hebben er ook lucht van gekregen, dus ik heb Elsa gevraagd een verklaring voor te bereiden. Hoe ging je gesprek met dat meisje?' Hij wijst naar de stoel aan de andere kant van zijn bureau en Lois gaat zitten.

'Goed, ze had waardevolle informatie. En wel van het soort dat me niet vrolijk stemt.' Lois haalt haar aantekeningen erbij en doet verslag van Emma's getuigenis.

'Dus die vent wist dat Britt daar turnde,' zegt Ramon peinzend. 'Hij kende haar naam, maar wist niet precies wie ze was. Dat is vreemd.'

‘Haar vader was het in ieder geval niet,’ stelt Lois vast.

‘Nee, de beschrijving van zijn uiterlijk is compleet anders en bovendien zit hij vast,’ bevestigt Ramon. ‘Het kan een ver familielid zijn geweest, of een buurman of een ex-vriend van haar moeder. Iemand uit haar verleden, die weet dat ze een dochter heeft. Ik stuur Claudien naar Mirjam Strijbis om te vragen of ze iemand herkent in de omschrijving die Emma heeft gegeven. Jij gaat intussen met de anderen de ouders en kinderen die bij de turnschool stonden opnieuw ondervragen. Hup, Elzinga, wegwezen.’

Samen met een paar collega’s ondervraagt Lois de mensen die Britt voor het laatst gezien hebben opnieuw: haar turnlerares Madeleine, haar vriendinnen en de ouders die bij de turnschool stonden te wachten op hun kinderen. Verschillende personen hebben een wit busje op de parkeerplaats gezien, maar niemand kan vertellen van welk merk, of wat het kenteken was. Omdat het voertuig twee parkeervakken in beslag nam, wat nogal wat irritatie wekte, is bijna iedereen er zeker van dat het busje er normaal gesproken niet stond.

Tijdens de briefing aan het einde van de ochtend wordt de zaak weer doorgesproken. Ramon heeft ervoor gezorgd dat het rechercheteam is opgeschaald, zodat ze nu met veertien man sterk zijn. Vandaar dat ze deze keer niet bijeenkomen in de kamer van Ramon, maar in de vergaderruimte van het bureau.

‘Bij Mirjam Strijbis roept de man die Emma heeft beschreven niets op. Dat wil niet zeggen dat ze hem niet kent, misschien is het iemand aan wie ze niet zo snel denkt,’ zegt Ramon, staand voor de groep. ‘We laten een compositietekening maken op basis van Emma’s aanwijzingen en die van andere getuigen. Het resultaat zal verspreid worden via intranet. Als Britt dinsdag nog niet gevonden is, laten we hem ook zien bij *Opsporing Verzocht.*' Hij zwijgt even, strijkt over zijn kin en laat zijn blik over de groep rechercheurs dwalen. 'We hebben nog steeds geen aanwijzing dat er sprake is van een misdrijf,' gaat hij verder. 'Dat die man naar Britt gevraagd heeft, bevalt me niet. Hij kan haar meegenomen hebben, en dat hoeft niet eens zo ver weg te zijn. Ik ben bang dat we rekening moeten houden met het ergste scenario, en dat betekent dat we alles gaan inzetten. Het sms-alert en de oproep via Burgernet hebben tientallen tips opgeleverd, die we allemaal gaan natrekken. De meeste klinken ongeloofwaardig, maar we kunnen het ons niet veroorloven ze niet serieus te nemen. En mensen, de belangstelling van de media begint op gang te komen. Vanavond zullen ze groot uitpakken in het journaal, morgen staat het nieuws in alle kranten. Ik verzoek jullie terughoudend te zijn met informatie. Onze woordvoerster Elsa zal de media te woord staan. Zijn er vragen? Niet? Goed, dan gaan we weer aan het werk.'

In een rustige kamer van het politiebureau zit Emma van Rijn aanwijzingen te geven bij het samenstellen van een compositietekening. Lois is daar niet bij, zij zit aan haar bureau en onderzoekt de foto's die zijn gemaakt door flitspalen in de buurt van Alkmaar.

Er duikt inderdaad een wit busje op, dat blijkbaar grote haast had, want het reed twintig kilometer te hard.

Lois noteert het kenteken en voert het in op de computer. Zonder veel verwachtingen kijkt ze naar de gegevens die op haar beeldscherm verschijnen, maar dan veert ze op.

'Gestolen in Assen,' zegt ze hardop. 'Interessant.'

Aandachtig buigt ze zich naar het beeldscherm toe en bestudeert de foto. De bestuurder staat er ook op, al is het niet erg duidelijk. Misschien kan Silvan er wat mee. Een vergroting zal de foto nog korreliger en waziger maken, maar het is het proberen waard.

Ze verplaatst haar aandacht naar het busje, een Renault Trafic. Het is zeker groot genoeg om een fiets achterin te gooien, maar hoe heeft die vent dat voor elkaar gekregen zonder dat iemand hem heeft gezien? Op de Munnikenweg is het niet heel druk, maar er is altijd wel wat verkeer. Hij moet of veel geluk hebben gehad, of een groot risico hebben genomen.

'Heb je beet?' Fred komt aanlopen met twee bekertjes koffie en buigt zich over Lois' schouder om mee te kijken.

'Een witte Renault Trafic,' bevestigt Lois. 'Een week geleden gestolen in Assen, en hij verliet Alkmaar in grote haast. En ook nog eens op het juiste tijdstip, kijk maar.' Ze wijst naar de witte cijfertjes in de hoek: 12.25.

'Die turnles was om twaalf uur afgelopen.' Fred zet een bekertje koffie naast Lois neer.

'Precies, dus het zou hem kunnen zijn.'

'En wanneer was het laatste signaal van Britts telefoon?'

'Om 12.09. Wat erop zou kunnen wijzen dat de ontvoerder haar te grazen heeft genomen, haar mobiel heeft uitgezet en vervolgens, toen ze wegscheurden, bij de eerste de beste gelegenheid is geflitst.'

'Daar gaan we achteraan. Ik ga er meteen mee naar Ramon. Wat is er?' Bezorgd kijkt Fred naar Lois, die met een gepijnigd gezicht achteroverleunt.

'Hoofdpijn. Heb jij toevallig een paracetamolletje bij je?'

Fred loopt weg en komt terug met een strip paracetamol en een bekertje water. 'Misschien moet je even rust nemen. Of wat frisse lucht happen.'

Lois knikt. 'Ik neem een korte lunchpauze. Jij laat die foto aan Ramon zien?'

'Onmiddellijk,' belooft Fred.

Even later staat Lois buiten, maar ze neemt geen lunchpauze. In plaats daarvan stapt ze op haar fiets en rijdt naar Mirjams huis.

Onderweg hoort ze haar telefoon tinkelen en zonder te stoppen haalt ze hem tevoorschijn.

Overwerkt? Gestrest? Behoefte aan een verzetje? Bel je gratis psychiater en kom tot jezelf. Onno

Met een glimlach leest Lois het berichtje. Het is al een hele tijd geleden dat ze Onno heeft gezien. Hij is de neef van Guido, haar zwager, en bij haar laatste grote zaak heeft hij haar goed geholpen. Ze heeft hem daarna nog een keer geraadpleegd als psychiater, maar dat was telefonisch of via de mail. En hoewel Onno er steeds op zinspeelde dat hij graag eens met haar zou willen afspreken, is dat er niet van gekomen.

In een impuls belt ze hem op en zegt: 'Spreek ik met de heer Van Zuylen tot Veldhoven?'

'Daar spreekt u mee,' zegt Onno op dezelfde zakelijke toon. 'Al mag u wel gewoon de heer Van Zuylen zeggen.'

'Wat fijn. Ik zag uw berichtje en zou graag een afspraak met u willen maken.'

'Dat kan. Op korte of op lange termijn?'

'Op lange termijn, vrees ik.'

'Daar was ik al bang voor. U kunt zeker nog geen datum noemen?'

'Helaas niet,' zegt Lois, en dan op gewone toon: 'Ik bel je als het rustiger wordt. Beloofd.'

'Heb je het zo druk?' vraagt Onno.

'Ja. Als je het nieuws volgt, weet je wel waarom.'

'Dat vermiste meisje.'

'Precies.'

'Dat gaat voor. Maar ik hoop dat ik meteen daarna je prioriteit krijg.'

'Ik doe mijn best,' zegt Lois.

'Dat weet ik, Lois,' zegt Onno met prettige, warme stem. 'Succes ermee. Vind dat meisje snel.'

18

Britt brengt de nacht door met haar mobiele telefoon onder haar kussen. Al heeft ze geen bereik, het geeft haar steun om hem dicht bij zich te hebben. Ze heeft hem van haar moeder gekregen toen ze jarig was, en op een gegeven moment zal ze hem gebruiken om weer thuis te komen.

Ze is de avond doorgekomen voor de tv, al keek ze niet echt. Ze zette hem alleen aan om de stilte in de kelder te verdrijven en zichzelf af te leiden. Expres negeerde ze het spelletjesprogramma waar ze elke zaterdagavond met haar moeder naar kijkt. Dan smeerden ze toastjes met brie en dronk haar moeder een glas wijn en zij cola. Echte cola, niet die troep die ze hier heeft.

Uiteindelijk is ze naar bed gegaan, vol weerzin door de vreemde geur die eruit opsteeg. Niet dat het niet schoon was, maar het rook niet als thuis.

Ze heeft het licht aangelaten. Als een stijve pop lag ze onder het dekbed, te gespannen om haar ogen te sluiten. En toen waren de tranen gekomen. Ze kon niet meer ophouden. Zelfs toen ze geen tranen meer had, ging ze door, met harde, droge snikken die haar lichaam deden schokken. Pas toen ze zichzelf voorhield dat ze morgen misschien wel naar huis mocht, werd ze wat rustiger. Toen besloot ze te gaan slapen. Des te eerder zou immers de nacht voorbij zijn.

Nu is de nacht voorbij en zit ze met de man aan het ontbijt. Hij heeft een zak brood, een pot pindakaas, jam en een kuipje boter op tafel gezet. Naast haar bord staat een glas melk, dat ze in één keer leegdrinkt. Het smaakt anders dan thuis, maar niet vies.

'Wil je nog meer?' De man schenkt haar bij zonder op antwoord te wachten.

'Mag ik vandaag naar huis?' Britt veegt haar mond af en kijkt vragend op.

'Misschien.'

'Hoezo, misschien?'

'Ik moet eerst op iemand wachten. Dan pas weet ik het.'

'Op wie dan?'

'Je vraagt te veel,' reageert hij ongeduldig. 'Wat maakt het uit op wie?'

Zwijgend smeert Britt een boterham met pindakaas. Natuurlijk maakt dat iets uit. Zou hij wel beseffen hoe moeilijk het is om helemaal niets te weten en niets te begrijpen? Op wie wacht hij en waarom? En wat gaat er daarna gebeuren?

'Hebt u het losgeld gehaald?' vraagt ze voorzichtig.

Stomverbaasd kijkt hij haar aan. Hij zet zijn beker koffie op tafel en barst in lachen uit. 'Losgeld? Dacht je dat ik je daarom meegenomen heb?'

Ze knikt.

'Zijn jullie zo rijk dan?' vraagt hij niet zonder spot.

'Nee. Mijn moeder zegt altijd dat ze een stukje maand overhoudt.'

Hij lacht weer. 'Dat gevoel ken ik.'

Ze eten een tijdje in stilte door, maar in Britts hoofd is het chaos.

'Komt hij vandaag, degene op wie u wacht?' vraagt ze ten slotte.

'Weet ik veel. En misschien is het wel een zij.'

In verwarring kijkt Britt hem aan. Een zij? Dat lijkt haar onmogelijk. Ze is altijd gewaarschuwd voor vreemde mannen, nooit voor vrouwen. De mogelijkheid dat er een vrouw bij haar ontvoering betrokken is schokt haar. Vrouwen doen dat soort dingen toch niet? Die houden juist van kinderen, ze zijn moeder of tante, mensen die kinderen beschermen.

Misschien wil die vrouw haar wel helpen.

De man verstoort haar gedachten door op te staan en de tafel af te ruimen. 'Klaar?' vraagt hij. 'Mooi zo. Dan gaan we aan het werk. En denk eraan, als je een brave meid bent, komt alles weer in orde.'

'Wat gaan we doen dan?'

'Foto's maken.'

Niet-begrijpend kijkt Britt hem aan. 'Foto's?'

'Ja. Waarom kijk je zo verbaasd? Je bent toch weleens op de foto geweest?'

Misschien wil haar moeder een teken dat ze nog leeft. Een foto waarop ze glimlacht, zodat ze weet dat het goed met haar gaat. Of juist met een bang gezicht, om haar aan te sporen het geld te betalen.

'Zijn die voor mijn moeder?' vraagt ze.

Hij staat met zijn rug naar haar toe bij het aanrecht, zodat ze zijn gezicht niet kan zien, maar ze hoort hem lachen.

'We kunnen er ook wel een voor haar maken,' zegt hij. 'Waarom niet. Ga je mee?'

Britt verroert zich niet.

'Je wilt toch naar huis? Zo duurt het alleen maar langer,' zegt de man.

Die woorden halen haar over de streep. Langzaam staat ze op en volgt hem.

19

Tot Britts verbazing gaan ze naar de eerste verdieping. Ze had gedacht dat ze de foto in de woonkamer zouden maken. Niet dat het haar veel uitmaakt als ze daarna naar huis mag. Over een trap die bedekt is met een rode loper vol brandgaatjes en slijtplekken klimt ze naar boven.

De man komt achter haar aan, passeert haar op de overloop en gooit een deur open. Hij gebaart dat ze naar binnen moet gaan.

Op de drempel blijft Britt verrast en een beetje geschrokken stilstaan. De kleine kamer wordt bijna in zijn geheel in beslag genomen door een tweepersoonsbed met een rode sprei. Intuïtief doet ze een stap achteruit. De man geeft haar een duwtje in de rug en doet de deur dicht.

'Ga maar zitten,' zegt hij.

'Op het bed?' vraagt Britt onzeker.

'Ja, natuurlijk op het bed,' antwoordt hij. 'Waar anders.'

Britt verroert zich niet. 'We kunnen toch ook beneden een foto maken?'

'Hier is het licht beter. Beneden is het te donker.'

'Dat komt omdat de jaloezieën dicht zijn. Die kunnen we toch opendoen?'

'En iedereen naar binnen laten kijken? Ik dacht het niet. Nee, we doen het hier. Ga maar op het bed zitten.'

Britt gehoorzaamt aarzelend.

‘Niet op het randje, midden op het bed. Op je knieën,’ zegt de man.

Er begint zich iets te roeren in Britt. Een diep verborgen instinct waarvan ze niet eens wist dat ze het had, dat nu ontwaakt en haar influistert dat er iets niet klopt. Ze weet niet precies waarom niet – ze gaan alleen maar een foto maken – en toch heeft ze het gevoel dat ze in gevaar verkeert.

Diep in haar hart kan ze niet geloven dat waar ze bang voor is ook echt gaat gebeuren. Niets wijst daarop. En tegelijk alles. Ze is niet gek. Als je elf bent, ben je geen klein kind meer. Ze weet heus wel dat er mannen zijn die het met kinderen doen. Nog niet zo lang geleden was het groot nieuws toen een man die op een crèche werkte niet van de kinderen kon afblijven voor wie hij moest zorgen. Is de man die nu voor haar staat ook zo? Daar lijkt het helemaal niet op. Hij heeft haar niet één keer op een rare manier aangekeken, of erger, aangeraakt. Op dit moment heeft hij ook meer aandacht voor zijn camera dan voor haar.

Maar dan kijkt hij op en fronst zijn wenkbrauwen, omdat ze nog steeds als een standbeeld op het randje van het bed zit.

‘Wat had ik nou gezegd? Ga op het midden van het bed zitten, op je knieën. En trek je schoenen en sokken uit.’

‘Waarom?’ waagt Britt het te vragen. ‘Je kunt toch ook zo een foto maken?’

Hij lacht, en dat neemt iets van Britts angst weg. Het is geen onprettige, gemene lach, zoals boeven in films kunnen lachen zonder dat ze het menen.

Deze man lacht echt en dat maakt hem een stuk jonger en ongevaarlijker. Misschien wil hij echt alleen een foto maken. Een rare foto, dat wel.

‘Dus als je die foto hebt gemaakt, mag ik naar huis?’ vraagt ze voor de zekerheid.

‘Van mij wel,’ zegt de man, terwijl hij de camera op haar richt.

'Echt?'

'Echt. Ga je dan nu eindelijk op dat bed zitten?'

Met trage bewegingen trekt Britt haar sneakers en sokken uit. Ze kruipt naar het midden van het bed en gaat op haar knieën zitten. Haar wantrouwen is nog niet helemaal verdwenen, maar ze kan niets vinden dat dat gevoel rechtvaardigt.

'Zo?' vraagt ze.

Door het oog van de camera kijkt de man naar haar. 'Prima,' zegt hij en drukt een paar keer af. 'Kun je je haren over één schouder hangen? En hou je hoofd eens een beetje schuin. Ja, goed zo.' Opnieuw drukt hij een paar keer af.

'Klaar?' vraagt Britt.

'Bijna. Kun je je shirtje uitdoen?'

Paniekerige gedachten springen door haar hoofd alsof het een flipperkast is, haar onderbewustzijn schreeuwt: 'Zie je wel!'

'Nee,' zegt ze angstig. 'Dat doe ik niet.'

'Je wilt toch zo graag naar huis?' zegt hij zonder zijn camera te laten zakken.

'Je had gezegd dat je één foto van me zou maken. Je hebt er nu al heel veel gemaakt.'

'Maar niet de foto waar ik naar zoek. Vooruit, werk een beetje mee en trek je shirt uit. Wat maakt het nou uit?'

'Ik vind het raar,' zegt Britt behoedzaam. 'Waarom wil je zo'n foto hebben?'

'Omdat die veel geld waard zijn,' antwoordt hij. 'Ik moet ook ergens van leven.'

Totaal verbouwereerd kijkt Britt hem aan. 'Ga je foto's van mij verkopen? Aan wie dan?'

Hij laat zijn camera zakken en kijkt haar nadenkend aan, alsof hij overweegt of hij antwoord zal geven.

'Aan modellenbureaus,' zegt hij ten slotte. 'Die hebben

wel wat over voor een paar sexy foto's. Brave opnames hebben ze genoeg, snap je.'

Het duizelt Britt. Wat hij zegt zou waar kunnen zijn, maar de twijfel blijft.

'Heb je me daarom meegenomen?' vraagt ze verbouwereerd. 'Om foto's van me te maken?'

Hij knikt. 'Dat doe ik wel vaker als ik een leuk meisje zie. Dan vraag ik of ze voor me wil poseren. Of ik neem haar gewoon mee.'

Perplex staart Britt hem aan. Die man spoort niet. Hij is niet onvriendelijk en ook niet gewelddadig, maar als je meisjes tegen hun wil meeneemt om foto's van ze te maken, dan ben je niet wijs. Ze weet niet of ze nu in gevaar is of niet. Wat zou hij doen als ze weigert haar shirt uit te trekken? Ze besluit het erop te wagen.

'Ik wil het niet,' zegt ze, moediger dan ze zich voelt. 'Ik hou niet van sexy foto's. Ik wil dat je me nu naar huis brengt.'

Ze kruipt naar de rand van het bed toe, en in een paar stappen is de man bij haar. Met één beweging mept hij haar terug naar waar ze zat.

Even is Britt te overdonderd om te reageren, dan komt de pijn opzetten en barst ze in tranen uit.

'Niet huilen, niet huilen!' Hij komt naast haar zitten, legt zijn hand op haar schouder en schudt haar zachtjes heen en weer. 'Ik wilde je niet slaan, maar ik kon niet anders. Je moet doen wat ik zeg en sexy foto's met me maken. En niet huilen, want dan worden ze niet mooi. Begrijp je? Stil, stil, niet huilen.'

Hij streelt haar schouder, haar bovenarm. Britt probeert zijn hand te ontwijken, wat lastig is als iemand vlak naast je zit. Bij elke streling gaat er een huivering door haar heen, maar ze durft het risico op nog zo'n klap niet te nemen. Nu veegt hij ook nog de tranen van haar gezicht, waardoor er nog meer bij komen.

Britt doet haar uiterste best zichzelf onder controle te krijgen, zodat die griezel haar met rust laat. Door haar kiezen hard op haar tong te zetten, weet ze de tranen tegen te houden. Ze veegt over haar ogen en schuift wat opzij.

De man springt van het bed en bekijkt haar van een afstandje. 'Heel mooi,' zegt hij enthousiast. 'Die tranen, die blik op je gezicht. Hou dat zo. En nu even je shirtje uit, dan zijn we bijna klaar.'

Roerloos zit Britt op het bed, half opzij, haar hand steunend op het verende matras. Ze kan het niet. Alles in haar verzet zich.

'Moet ik je soms komen helpen?' Dreigend doet hij een stap in haar richting. Iets in zijn ogen maakt Britt zo bang dat ze de koude realiteit onder ogen ziet en haar verzet opgeeft.

'Nee, ik doe het zelf wel,' fluistert ze en terwijl er nieuwe tranen opwellen, trekt ze haar shirtje over haar hoofd.

20

Mirjams haar hangt futloos naar beneden, in perfecte harmonie met haar mondhoeken en de lijnen in haar gezicht. Ze heeft Lois gebeld of ze langs wilde komen, en Lois kwam meteen.

'Kom binnen,' zegt ze. 'Ik wilde je wat vragen.'

'Je kunt je vragen ook aan Claudien en Nick stellen, hoor,' zegt Lois. 'Eigenlijk is het hun taak om contact met je te houden.'

'Ik praat liever met jou. Wil je thee?' Mirjam loopt door naar de keuken en vult de waterkoker. Daarna draait ze zich abrupt om naar Lois. 'Ik doe niets anders dan haar bellen, maar ze heeft haar telefoon uitstaan. Zodra ze hem aanzet, kunnen jullie haar traceren, toch?'

'Als ze bereik heeft wel,' zegt Lois. 'De dichtstbijzijnde telefoonmast vangt het signaal op en daarmee zouden we Britts gsm kunnen uitpeilen.' Ze hoopt dat haar eerste woorden Mirjam zijn ontgaan. Als Britt iets is overkomen, is het niet erg waarschijnlijk dat ze haar telefoon nog heeft, en mocht dat wel het geval zijn, dan kan ze er op een goed geïsoleerde plek weinig mee uitrichten.

Gelukkig lijkt Mirjam niet zo ver door te denken. Haar gedachten gaan een heel andere kant uit.

'Gaat er een AMBER Alert uit? Ik heb er gisteren ook al om gevraagd, en er is nog steeds niets gebeurd. Waarom niet?'

'Daar beslissen wij niet over. Er zijn heel strenge criteria voor een AMBER Alert. Als het te snel en te vaak wordt gegeven, verliest het effect.'

'Hoezo te snel! Mijn kind is verdwenen! Aan hoeveel criteria moet ze voldoen om opgespoord te worden!' Mirjams gezicht vertrekt van kwaadheid.

'We hebben een sms-alert uitgestuurd en Burgernet ingeschakeld,' zegt Lois vlug. 'Dat zijn ook uitstekende opsporingsmethoden. Vooral omdat ze plaatselijk zijn.'

Even snel als Mirjams woede is komen opzetten, zakt hij weer. 'Denk je dat ze in Alkmaar is?'

'Ik weet het niet. Ik hoop dat de tips die binnenkomen wat opleveren.'

'Dus er komen tips binnen?'

'O ja, genoeg. Maar ze zijn niet allemaal bruikbaar. Het is een enorm karwei om ze na te trekken. Wat we natuurlijk wel doen.'

'Dat hoop ik wel, ja.' Mirjam schenkt twee mokken vol met kokend water, hangt in beide een theezakje en neemt ze mee naar de eettafel in de achterkamer. Als ze tegenover elkaar zitten, kijkt ze Lois aan.

'Hoe moet het nu verder?' zegt ze zacht. 'Alsjeblieft Lois, ik weet dat je terughoudend moet zijn, maar vertel me wat jullie weten. Hebben jullie een vermoeden wie de dader is, of een aanwijzing waar Britt is? Ik word gek van die onzekerheid.' Met een smekend gezicht pakt ze Lois' beide handen en knijpt erin.

Lois denkt aan de witte Renault Trafic waar nu druk naar gezocht wordt. Ze zou Mirjam veel plezier doen met die informatie, en tegelijk zou ze haar nog ongeruster maken. Want waar is dat busje nu, en wat is de bestuurder met Britt van plan?

'Lois, alsjeblieft. Ik móét weten of jullie vorderingen maken. Of is dat het? Hebben jullie helemaal niets? Dat is het hè, ze hebben geen idee waar Britt gebleven is.' Ze laat Lois los en bijt radeloos op een knokkel, die begint te bloeden.

Zachtjes trekt Lois Mirjams hand naar beneden. 'We hebben een aantal aanwijzingen waar we mee bezig zijn. En er wordt op dit moment een compositietekening gemaakt van de mogelijke dader.'

'Die man die bij de turnschool stond?'

Lois knikt.

'Weten jullie wie het is dan?' vraagt Mirjam gespannen.

'Nog niet. Als die tekening klaar is en we verspreiden hem, hopen we dat we daar reacties op krijgen. En we vergelijken hem met criminelen in ons bestand.'

Het is absoluut tegen de regels om Mirjam informatie te verstrekken. Als wat zij weten uitlekt naar familie en vervolgens naar de pers, kan dat het onderzoek schaden. Maar wat maakt het uit dat ze dit vertelt? Mirjam had ook via Emma's ouders kunnen horen dat er een compositietekening gemaakt wordt.

Desondanks voelt ze zich onrustig worden. Mirjams ogen blinken van hoop, smeken om meer. Als ze hier nog tien minuten blijft, vertelt ze haar ook over de Renault Trafic. Sneller dan ze van plan was, stapt ze weer op.

'Claudien en Nick zijn uitstekende rechercheurs,' zegt ze terwijl ze een arm om Mirjam heen slaat. 'Zij zullen contact met je houden, en zij zullen je ook de compositietekening laten zien. Intussen zal ik alles doen om Britt te vinden, Mirjam. Alles.'

Mirjam knikt met betraande ogen. 'Dank je,' zegt ze. 'Weet je, ik heb het gevoel dat jij begrijpt wat het is. Ik weet niet waarom.'

Als de voordeur achter haar dichtvalt, blijft Lois even staan om frisse lucht te happen. Wat verschrikkelijk om zo in angst te zitten over je kind.

Ze begrijpt niets van deze zaak. Waarom is Britt ontvoerd en door wie?

Silvan heeft Britts e-mail en Facebook-pagina helemaal doorgespit, maar uit niets blijkt dat ze met een onbekende contact heeft gelegd. Aan die mogelijkheid heeft Lois ook even gedacht. Het komt wel vaker voor dat mannen contact zoeken met jonge meisjes door zich voor te doen als leeftijdgenoten. Dat is niet gebeurd, althans, niets wijst daarop. Toch wist die man van Britts bestaan, vroeg hij speciaal naar haar. Ergens moet een link zijn.

Haar mobieltje gaat en vermoeid neemt ze op. 'Hoi, Tes.'

'Ben je thuis of aan het werk?' vraagt haar zus meteen.

'Aan het werk. Er wordt een meisje vermist. Ze is pas elf, dus het heeft hoge prioriteit.'

'O, wat erg. Hoe lang al?'

'Sinds gisterochtend.'

'Gisterochtend! Dat is lang.'

'Ja,' zegt Lois met een zucht. 'Er is inmiddels een sms-alert uitgegaan. Ik dacht dat je dat wel gezien had.'

'Mijn telefoon is in de wc gevallen,' zegt Tessa. 'Hij doet helemaal niets meer. Guido zegt dat ik hem moet laten drogen, maar ik wil liever een andere. Dan kan ik de nieuwe iPhone kopen, die wilde ik toch al graag hebben. Hebben jullie nog geen enkele aanwijzing?'

'Jawel,' zegt Lois, 'maar daarmee hebben we Britt nog niet terug. Sorry, ik kan je er niets over vertellen. Misschien dat er vanavond, in het late journaal, iets bekendgemaakt wordt. Kijk daar maar naar.'

'Doe ik,' zegt Tessa, en ze voegt eraan toe: 'Pas goed op jezelf, zus. Ik weet hoe je bent als een zaak je bezighoudt. Dan slaap je niet meer en eet je als een zieke kip. Je kunt altijd hier komen, dat weet je. Dan voederen we je bij.'

'Ik eet juist heel gezond. Ook als ik aan een zaak werk.'

'Onder normale omstandigheden eet je al niet meer dan griezelige groentesapjes en yoghurt met zaden, dus ik durf er niet aan te denken wat je binnenkrijgt als je tot over je oren in het werk zit. Zal ik voor je koken en dat in je koelkast zetten?'

'Lief van je, maar ik red me wel,' zegt Lois, die visioenen krijgt van een pan vette pasta carbonara, waar Tessa en Guido zo dol op zijn.

Ze neemt afscheid van haar zus en verbreekt de verbinding. Terwijl ze naar haar fiets loopt, moet ze opeens aan vroeger denken. Aan Maren. Haar moeder. Haar vader. Ze stapt op en rijdt langzaam de straat uit.

Zal er ooit een dag komen dat de pijn helemaal verdwenen is? Waarschijnlijk niet, al gelooft ze wel dat de heftigheid stukje bij beetje afneemt. Nu al wordt ze niet meer de hele dag gefolterd door herinneringen aan haar ouders en haar jong gestorven zusje. Hoewel de pijn haar niet meer voortdurend beheerst, is hij nog wel aanwezig. Een verlies dat zo groot is, verwerk je nooit helemaal. Ze heeft het geïntegreerd in haar leven, het een plek gegeven, zoals dat heet. Wat haar verrast is dat het verdriet steeds zo onverwacht de kop op kan steken. Elke keer dat dat gebeurt, overrompelt het haar volledig, om haar met een daas gevoel achter te laten. Soms staat ze zichzelf toe te dagdromen over een leven waarin Maren was blijven leven. Als ze niet op haar vijfde aan hersenvliesontsteking was overleden, zou alles zo anders zijn geweest. Haar moeder zou niet aan de drank zijn gegaan, en niet zijn omgekomen bij een auto-ongeluk, haar vader zou het gezin niet hebben verlaten toen Tessa en zij pubers waren, en Tessa en zij zouden niet zo krampachtig hoeven proberen iets van een normaal bestaan op te bouwen. Maar zo is het niet gegaan en erover dagdromen is jezelf onnodig kwellen. Liever spant ze zich in om de problemen van anderen op te lossen waar ze wél invloed op heeft, iets waar haar werk haar elke dag weer de gelegenheid voor geeft.

21

Terug op haar werk komt Claudien tegenover haar zitten. In haar hand heeft ze een kaascroissantje in een papieren zakje.

'Ik heb een somber voorgevoel,' zegt ze tussen twee happen door. 'Dat meisje is al een hele dag en een nacht weg. Dat is te lang.'

'Ik weet het.' Lois stopt haar mobieltje in haar broekzak en neemt een slok lauw water uit het flesje op haar bureau. 'Die man wachtte speciaal op Britt. Hij wist dat ze op zaterdag turnles heeft, hij kende haar route naar huis en heeft een busje gestolen om haar in te ontvoeren. Kortom, hij heeft zich goed voorbereid. Maar waarop?'

'Kinderporno,' zegt Claudien terwijl ze haar vette vingers aan haar spijkerbroek afveegt. 'Vergeet niet dat haar vader geen lekkere jongen is. Misschien heeft hij in de gevangenis wel lopen opscheppen over zijn dochter. Misschien heeft hij foto's van haar die de belangstelling van zijn ongure vriendjes hebben gewekt.'

Dat is mogelijk, het is zelfs heel goed mogelijk. Lois leunt naar achteren en denkt na. 'Dat zou verklaren waarom Mirjam de ontvoerder niet kent. En blijkbaar kende hij Britt ook niet persoonlijk, anders zou hij niet vragen of ze al naar buiten was gekomen. Waarschijnlijk heeft hij niet meer dan een foto of een beschrijving van haar uiterlijk gehad om op af te gaan.'

Ze kijken elkaar aan, komen dan allebei tegelijk in actie. Claudien propt het laatste stukje croissant in haar mond en kauwt terwijl haar vingers over het toetsenbord van de computer voor haar vliegen.

'In welke gevangenis zat De Graaf ook alweer?' vraagt ze.

'In de penitentiaire inrichting in Vught. Daar zit zowel het Huis van Bewaring als de gevangenis zelf.'

'Hij heeft dus in beide instellingen contacten.'

'In veel meer,' zegt Lois. 'Roy de Graaf heeft zo'n beetje alle gevangenissen in het land vanbinnen gezien. Hij zit nu in Vught, dus als er sprake is van samenwerking, heeft de ontvoerder daar waarschijnlijk ook vastgezeten. We moeten uitzoeken wie recentelijk is vrijgekomen.' Lois doet een greep naar de telefoon. 'Ik ga Vught bellen.'

Op dat moment komt Ramon de recherchekamer binnen. 'Er is nieuws,' zegt hij kortaf. 'Over vijf minuten een briefing in V1.'

Lois en Claudien breken hun onderzoek af en lopen naar de vergaderruimte. Binnen de kortste keren zit de kamer vol. Vol angstige voorgevoelens strengelt Lois haar vingers ineen en wacht af.

Als Ramon plaatsneemt voor de groep rechercheurs, hoeft hij niet eens om stilte te vragen. Iedereen kijkt hem gespannen aan. Ramon komt meteen ter zake.

'De witte Renault Trafic was gestolen,' zegt hij. 'Dat was wel te verwachten, natuurlijk. Hij is intussen ook gevonden.'

Er gaan verraste uitroepen op, maar het wordt al snel weer stil.

'Het voertuig is aangetroffen op een picknickplaats langs de snelweg, even voor Den Bosch,' gaat Ramon door. 'In de laadruimte lag een meisjesfiets en een tas waar turnkleding in zat. Er zaten vingerafdrukken op het stuur en het profiel van de banden komt overeen met de sporen die wij gevonden hebben.'

'Maar er is dus verder geen spoor van Britt. Alleen haar fiets en haar tas,' zegt Lois snel, als Ramon even zwijgt.

'Nee, ze moeten zijn overgestapt. Helaas staan er geen camera's op die picknickplaats. Dat zal ook de reden zijn dat de bestuurder voor die locatie heeft gekozen.' Ramon draait zich om naar het projectiescherm dat achter hem staat opgesteld en drukt op de afstandsbediening. 'Hier zien jullie de compositietekening die op basis van getuigenverklaringen is gemaakt. We hopen snel een naam aan dit beeld te kunnen koppelen.'

Lois kijkt naar de uitdrukkingloze blauwe ogen van een nog vrij jonge man. Hij heeft dun, piekerig blond haar dat met gel overeind gehouden wordt, zodat hij eruitziet alsof hij met tegenwind gefietst heeft.

'Is hij bekend bij ons?' vraagt iemand.

'Dat gaan we uitzoeken,' zegt Ramon. 'Als de gevonden vingerafdrukken overeenkomen met iemand in ons bestand, dan zijn we een flinke stap verder. Het Automatisch Vingerafdrukkensysteem Nederlandse Kollektie is er druk mee bezig. Ik hoop snel antwoord te krijgen. In ieder geval is deze ontdekking genoeg om een AMBER Alert uit te sturen. Dat kan elk moment verzonden worden.'

Na de eerste stille afwachting komen nu de opmerkingen en speculaties op gang, iets waar Ramon snel een einde aan maakt. Heel zijn houding straalt een bedwongen ongeduld uit. Hij is geen man van lange briefings, hij zegt wat er te zeggen valt en gaat dan het liefst meteen weer aan het werk.

Niet dat ze op dit moment veel kunnen doen, bedenkt Lois als ze terugloopt naar haar werkplek. Rechercheren is niet altijd een kwestie van actief bezig zijn. Als je het hele protocol hebt gevolgd en alle denkbare stappen hebt gezet, is het een kwestie van afwachten. Dat is niet haar sterkste punt, maar er zit niets anders op.

Met een zucht laat ze zich achter haar bureau zakken. Het bemoedigende klopje op haar schouder van Claudien beantwoordt ze met een flauw glimlachje.

Dankzij het AMBER Alert is van het ene moment op het andere Britts beeltenis door heel Nederland te zien. Op snelwegborden, op de elektronische beeldschermen in het openbaar vervoer, in supermarkten en bioscopen, bij tankstations, overal lacht ze onbekenden toe. Het bericht van haar verdwijning verschijnt op de displays van ruim een miljoen smartphones via sms, e-mail, Twitter en Facebook.

De tips over waar ze gezien is, stromen binnen. Britt is in Arnhem gesignaleerd. Ze ligt in het ziekenhuis van Haarlem. Ze is gezien in het zuiden, in het noorden en het midden van het land. Paragnosten bieden hun hulp aan, bellen en mailen over wat ze hebben opgevangen dankzij hun paranormale gaven.

De meeste tips zijn waardeloos, weet Lois. De overige hebben potentie, maar nader onderzoek levert telkens een teleurstelling op. Britt zou gezien zijn bij een tankstation, waar ze naar het toilet ging. De camerabeelden die worden doorgestuurd wijzen uit dat er sprake is van een ander meisje, dat sterk op Britt lijkt. Er komt een melding binnen van een man die beweert dat zijn zoon een meisje heeft zien zitten op de achterbank van een zwarte auto. Ze trok gekke gezichten naar hem en leek als twee druppels water op Britt. Helaas hadden vader en zoon niet meer informatie dan dat het om een zwarte Opel ging die in de richting van Den Bosch reed. De plaats klinkt goed, maar het brengt hen niet veel verder. Fred vraagt de camerabeelden op van flitspalen, maar de bestuurder heeft zich netjes aan de maximumsnelheid gehouden, want er is geen zwarte Opel geflitst.

Er wordt contact gezocht met de Belgische, Duitse en

Franse politie, voor het geval Britt de grens over is gebracht. Alle lijnen zijn uitgezet, alle kanalen staan open. Het enige wat het team nu kan doen, is wachten op een meevaller.

En die komt. Het Automatisch Vingerafdrukkensysteem Nederlandse Kollektie kan de gevonden vingerafdrukken in de Renault Trafic linken aan de afdrukken in hun bestand en komt met een naam: Lucas Geerlings. Vanaf dat moment gaat het snel. De Criminele Inlichtingen Eenheid weet te vertellen dat Geerlings in dezelfde gevangenis heeft gezeten als waar Roy de Graaf momenteel vastzit en dat Geerlings een zwarte Opel Astra op zijn naam heeft staan.

Dezelfde ochtend geeft de officier van justitie toestemming om Lucas Geerlings onmiddellijk aan te houden.

22

Ontzetting en schaamte broeien in haar. Ze kan nog steeds niet bevatten hoe ze in deze situatie terechtgekomen is, in een wereld die ze niet kent en waar dingen van haar worden verwacht die ze niet aankan.

Ook al heeft de man haar met geen vinger aangeraakt, het schaamrood doet Britts gezicht gloeien als ze terugdenkt aan de fotosessie. Het is niet bij haar shirt gebleven, uiteindelijk had ze helemaal geen kleren meer aan en werd ze gedwongen allerlei vreemde poses aan te nemen. Ze snapt best dat die met seks te maken hebben, en alleen al het idee dat ze op die manier op de foto staat, maakt haar misselijk.

Het ergste is nog wel dat hij zijn belofte niet is nagekomen. In plaats van naar huis heeft hij haar terug naar de kelder gebracht. Daar zit ze nu al een hele tijd.

Voor hij de deur achter zich dichttrok, vroeg ze opnieuw wanneer ze naar huis mocht. Wat hem betrof meteen, zei hij. Maar daar ging hij niet over. Op haar vraag wie er dan wel over ging, antwoordde hij kortweg: je vader.

Haar vader. Dat woord heeft haar met stomheid geslagen. Ze is zo verbouwereerd dat ze bewegingloos op het randje van het bed zit, tot niets in staat is. Tekenen, lezen, tv-kijken, ze kan zich nergens op concentreren. Bij alles wat ze ziet of leest, dringt het gezicht van haar vader zich aan haar op. Het is een beeld dat ze kent van de foto die ze ooit gevonden heeft in een schoenendoos vol bonnetjes, garantiebewijzen en half mislukte foto's die haar moeder niet weg wilde doen. Waarom ze de foto van haar vader heeft bewaard, is Britt een raadsel. Misschien wist haar moeder niet eens dat er nog een in die schoenendoos zat. In ieder geval had zij hem gevonden en bij zich gestoken. Maar toen was ze pas zeven en kende ze nog niet het hele verhaal.

Natuurlijk heeft ze vroeger haar moeder regelmatig lastiggevallen met vragen. Dat ze niet graag sprak over vroeger was Britt al opgevallen toen ze nog klein was. Al die jaren had ze het idee dat haar vader haar niet wilde zien. Dat deed haar wel verdriet, maar aan de andere kant kende ze wel meer kinderen die hun vader niet of nauwelijks zagen. Het enige verschil was dat zij wisten wie hij was, herinneringen aan hem hadden. Die had zij niet.

Pas veel later, toen ze net tien geworden was, kreeg ze de waarheid te horen: haar vader zat vaker wel dan niet in de gevangenis. Daarom hield haar moeder hem bij haar weg.

Toen heeft Britt de foto uit de la van haar bureau gehaald en laten zien. Haar moeder keek er minutenlang naar.

'Het liefst zou ik hem verscheuren,' zei ze ten slotte. 'Maar dat wil jij zeker niet, hè?'

Britt schudde hoopvol haar hoofd. Misdadiger of niet, dit was wel haar vader.

Ze mocht het kiekje houden en bewaarde het in haar portemonnee. Toen ze die op een dag verloor, was ze ook de foto kwijt.

Hoe kan het dat haar vader beslist wanneer ze naar huis mag? Voor zover ze weet zit hij in de gevangenis. Heeft hij haar ontvoering vanuit de cel geregeld? Waarom?

Britt dwaalt door de kamer, van de trap naar het bureau

aan de andere kant, van de wand met de kast en de tv naar het bed en weer terug. Ze heeft geen rust in haar benen, ze moet bewegen. In haar hoofd is een maalstroom van gedachten en vragen op gang gekomen die haar onrustig maakt. Als ze met turnen onrustig en zenuwachtig is, laat juf Madeleine haar ontspanningsoefeningen doen.

Midden in de kamer staat Britt stil en sluit haar ogen. Ze laat haar armen slap langs haar lichaam hangen en concentreert zich op haar ademhaling. Lange tijd staat ze zo, in en uit ademend. Het helpt, er komt weer ruimte in haar hoofd. De onrustige gedachten zijn er nog wel, maar zolang ze goed ademt, heeft ze ze onder controle.

Uiteindelijk opent Britt haar ogen. Ze stelt zich voor dat ze op de evenwichtsbalk staat. Of op de mat, klaar voor een oefening. Voor ze het weet maakt ze een paar radslagen, die eindigen in een handstand tegen de muur. Daarna zakt ze op de grond ineen, in één klap ontdaan van al haar energie.

23

Even na de middag gaat de deur open en verschijnt de man weer. In de verwachting dat hij haar een broodje komt brengen, richt Britt zich op van het bed waar ze tv ligt te kijken.

Maar hij komt niet naar beneden. Hij blijft boven aan de trap staan en wenkt haar.

Britt begrijpt meteen waarom. Er fladdert iets in haar maagstreek terwijl ze de traptreden beklimt en hem volgt naar de woonkamer. Daar staat een grote, breedgeschouderde man in zijn mobiele telefoon te praten. Als hij vanuit zijn ooghoek Britt ziet staan, beëindigt hij het gesprek en laat hij zijn gsm in zijn broekzak glijden.

Zonder iets te zeggen kijken ze elkaar aan. De man komt langzaam op haar af lopen en neemt haar met donkere indringende ogen op. Britt voelt zich onzeker worden onder die blik, bijna bedreigd, maar ze blijft terugkijken. Haar ogen haken zich vast aan het gezicht voor haar, dat slechts een vage gelijkenis vertoont met het fotootje. Op de foto heeft hij veel meer haar. Bovendien mist hij een oog. Zijn rechteroog is vervangen door een glazen exemplaar, dat haar op een griezelige manier aanstaart.

'Zo,' zegt de man ten slotte. 'Dus jij bent Britt.'

Ze neemt niet de moeite om dat te bevestigen, kan alleen naar hem staren. Dit is haar vader. Een misdadiger. Ze heeft geen idee wat hij op zijn geweten heeft, maar je belandt niet zomaar in de gevangenis, en zeker niet voor zo lang.

'Je bent bang voor me,' concludeert Roy.

Britt schudt haar hoofd. Ze is niet bang, wel op haar hoede.

'Goed zo. Je hoeft ook nergens bang voor te zijn. Kom, laten we gaan zitten.'

Ze gaan zitten, Britt op het puntje van de versleten bank, Roy comfortabel onderuitgezakt in een diepe stoel met brede houten leuningen, die gemaakt lijken te zijn voor zijn gespierde armen. Onder de korte mouwen van zijn zwarte T-shirt kringelen tatoeages in de vorm van slangen. Britt kijkt ernaar met een mengeling van angst en fascinatie.

'Je vraagt je natuurlijk af waarom je hier bent,' zegt Roy, trommelend met zijn vingers op de leuningen. 'En waarom het op deze manier moest. Met Lucas die je ophaalde, bedoel ik.'

Die haar ophaalde? Perplex kijkt Britt haar vader aan.

'Ik hoop dat je niet al te erg geschrokken bent,' zegt hij.

'Dat ben ik wel. Ik kreeg een vieze doek in mijn gezicht en ik werd vastgebonden.' Het is het eerste wat ze zegt en haar stem klinkt boos en beschuldigend.

'Maar Lucas heeft je geen pijn gedaan, toch?' Roy kijkt zowel zijn maat, die bij de deur staat, als zijn dochter onderzoekend aan.

'Nee,' zegt Lucas slechts.

'Ik werd heel erg misselijk van die doek.' Britt is niet van plan hem er zo gemakkelijk mee weg te laten komen. 'En ik kreeg er hoofdpijn van.'

'Een beetje ether,' verduidelijkt Lucas voor Roy. 'Vervliegt snel, je raakt er niet eens bewusteloos van. Alleen een beetje suf. Ze moet zich al snel weer beter gevoeld hebben.'

Gesterkt door haar vaders bezorgdheid kijkt Britt hem boos aan. 'Ik had een prop in mijn mond, ik stikte bijna.'

‘Dat kon niet anders. Ik kon haar moeilijk de boel bij elkaar laten schreeuwen,’ zegt Lucas onverstoorbaar.

Roy lijkt dezelfde mening toegedaan. ‘Dus alles is goed verlopen,’ zegt hij. ‘Mooi zo. Britt, ik zal je vertellen waarom we dit hebben gedaan. Daar kan ik kort over zijn: je moeder heeft je tien jaar gehad zonder dat ik je mocht zien. Nu is het mijn beurt. Wat zij ook van mij vindt, je bent mijn dochter en ik heb recht op contact met jou.’

Nog steeds op het puntje van de bank laat Britt die woorden op zich inwerken. Iets van de spanning die haar in zijn greep hield, vloeit weg uit haar schouders. Hebben ze dit daarom allemaal geregeld? Omdat haar vader haar wilde zien?

‘Je had toch gewoon kunnen opbellen,’ zegt ze met gefronste wenkbrauwen. ‘Als je het aan mama had uitgelegd...’

‘Dan had ze nee gezegd,’ valt Roy haar in de rede. ‘Ze heeft bij de rechter afgedwongen dat ik jou niet mag zien. Helemaal niet. Dus er bleef geen andere oplossing over dan je mee te nemen. Ik heb Lucas gevraagd dat voor me te doen, omdat ik nog vastzat. En eenmaal ontsnapt had ik natuurlijk geen tijd meer om jou op te halen.’

Britts ogen worden wat groter. ‘Ben je ontsnapt?’

‘Vanochtend, ja, Lucas heeft me net opgehaald.’ Hij grijnst breed naar haar, alsof hij een goede mop vertelt.

‘Kun je dan zomaar ontsnappen? Dat is toch heel moeilijk?’ zegt Britt vol verbazing.

‘Dat valt wel mee. Je moet de juiste mensen kennen. Mensen die je nog iets verschuldigd zijn. Dat kunnen ook bewakers zijn. Ik heb er eens een het leven gered tijdens een vechtpartij. Een gedetineerde viel de bewaarder aan en probeerde hem te wurgen. Ik heb die gek van hem af getrokken en neergeslagen. Dat was vorig jaar. En nu hielp die bewaker mij door even opzij te kijken tijdens het luchten. Ik heb altijd goed kunnen klimmen,' zegt Roy tevreden.

Britt weet niet goed wat ze van dit verhaal moet denken. Bij vriendinnen thuis praten vaders ook weleens over hun werk. Arend, de vader van Emma, is architect en vertelt altijd welke gebouwen hij heeft ontworpen. Als ze in de auto zitten, wijst hij ze aan en dan trekt Emma gekke gezichten achter zijn rug. Daar moeten ze dan samen stiekem om lachen. Ze kan zich niet voorstellen dat ze zouden gniffelen om het verhaal van haar vader. Emma zou waarschijnlijk alleen maar bang worden. Dat stadium is Britt inmiddels voorbij, al voelt ze zich niet op haar gemak.

'Komt de politie dan niet achter je aan?' vraagt ze.

'Voor het moment zit ik hier veilig, maar dat zal wel niet lang duren. Daarom gaan we morgen weg.'

'En ik?' vraagt Britt met een dun stemmetje. Inmiddels heeft ze de hoop dat ze naar huis gebracht wordt opgegeven. Haar vader heeft niet al die moeite gedaan om haar 'op te halen' om haar nu weer te laten gaan.

'Jij gaat gezellig met me mee,' zegt haar vader met een brede glimlach. 'Lucas regelt een paspoort voor je en dan gaan wij samen ver weg. Is er een land waar je graag naartoe zou willen?'

24

Buiten is het schitterend weer, al krijgt Lois daar weinig van mee. De enige aanwijzing is het zonlicht dat plagerig in een brede baan op haar bureau valt, maar als ze de zonwering dichtdoet, zou het net zo goed een winterdag kunnen zijn. Met grote zaken als deze verandert de rechercheafdeling in een enclave waar maar weinig van het normale leven doordringt.

Beneden, in de hal, verschijnen mensen in zomerse kleding aan de balie, doen aangifte van een gestolen fiets en andere kleinigheden. Boven is het zenuwcentrum, waar een koortsachtige werklust heerst. Niemand gaat naar huis, niemand krijgt een vrije dag, alle verloven zijn ingetrokken.

Lois zit gebogen over het verslag van Lucas Geerlings' criminele loopbaan, een rapport van vijftien bladzijden. Het eerste wat opvalt is dat Geerlings beperkte verstandelijke vermogens heeft.

Zoals veel criminelen heeft hij geen gemakkelijke jeugd gehad, met ouders die zich weinig van hem aantrokken en twee oudere broers die dat juist iets te veel deden. Dankzij die broers belandde Lucas in een wereld van kleine vergrijpen waar hij met werkstraffen voor berispt werd. Even leek het leven hem de kans te geven een andere weg in te slaan, op het moment dat zijn vriendinnetje Florien in zijn leven kwam, maar toen ze de voorkeur gaf aan een van Lucas' vroegere vrienden, verstevigde hij de banden met zijn broers en ging hij vol voor een criminele carrière. De vergrijpen werden ernstiger, de straffen zwaarder en op een gegeven moment belandde hij voor een jaar in de gevangenis. Daar deed hij nieuwe interessante contacten op, die hem steeds verder meevoerden in een leven van afpersing, drugshandel, verboden wapenbezit en mishandeling. Op dit moment is hij op vrije voeten, nadat hij in Vught een straf van vijftien maanden heeft uitgezeten.

'Geen woord over pedofilie,' zegt Lois tegen Fred, die tegenover haar zit. 'Wat kan hem ertoe bewogen hebben Britt te ontvoeren?'

'Misschien heeft hij foto's van haar gezien in de cel van Roy de Graaf. Dat kan hem op een idee gebracht hebben,' antwoordt haar collega zonder op te kijken van het dossier waar hij over gebogen zit. 'Trokken ze veel met elkaar op?'

'Ze hebben tijdelijk een cel gedeeld, dus ja, ze trokken met elkaar op. De Graaf nam Geerlings in bescherming tegen pesterijen en bij vechtpartijen. Zo'n naïeve jongen is natuurlijk snel het mikpunt in de bajes. Ik begrijp alleen niet waarom De Graaf dat deed. Wat kan hem het schelen of Lucas Geerlings het pispaaltje is?'

'Misschien had hij hem nodig. Of kende hij hem al. Mensen als Roy de Graaf hebben zo hun manieren om aan hulpjes te komen. Kan altijd handig zijn. Zeker als iemand eerder op vrije voeten komt dan jij. Wie weet had hij hem nodig voor een klusje buiten de muren,' zegt Fred.

'Zoals De Graafs dochter ontvoeren? Dat is toch vreemd.'

Fred leunt terug in zijn stoel en vouwt zijn armen voor zijn borst. 'Dat is wel vreemd, ja. Het impliceert dat De Graaf achter die ontvoering zit.'

'Hij zit vast,' helpt Lois hem herinneren. Ze werpt een blik in haar papieren en voegt eraan toe: 'Nog zeker een halfjaar.

Waarom zou hij zijn dochter ontvoeren als hij nog zes maanden moet zitten?'

'Dan is het een eenmansactie van Geerlings. Hij is het type dat overal handel in ziet. Roofovervallen, oplichting, drugs, hij specialiseert zich niet, om het zo maar te zeggen. Het kan ook zijn dat hij ruzie heeft gekregen met De Graaf en hem een loer wil draaien. Ze zouden een keer samengewerkt kunnen hebben, waarbij Roy hem een poot heeft uitgedraaid met de buit. Als je dan vrijkomt en wilt weten waar de buit is, zoek je naar een middel om druk uit te oefenen.'

'Maar Roy kende zijn dochter amper. Waarom zou hij zich op die manier onder druk laten zetten?'

'Omdat het toch zijn kind is.' Fred laat zijn armen zakken en neemt een hap van de appel die naast zijn dossier ligt. 'Ook criminelen kunnen vadergevoelens hebben.'

Er valt een stilte waarin Fred zijn appel eet en Lois het dossier doorbladert. Als ze opkijkt, zit Fred haar aan te staren.

'Wat?' zegt ze.

'Over vaders gesproken...'

'Ja?'

'Je weet dat ik je vader opgespoord heb. Ga je daar nog wat mee doen?'

Lois schudt haar hoofd en buigt zich weer over het dossier.

'Ben je helemaal niet benieuwd waar hij uithangt, wat hij doet?'

'Niet echt. Net zoals hij zich niet interesseert voor wat Tessa en ik doen.'

'Wie zegt dat?'

Ongeduldig tikt Lois met haar pen op de stapel papier die voor haar ligt. 'Zullen we weer aan het werk gaan? Ik spoor liever Britt op dan mijn vader.'

Met gespreide handen geeft Fred zich gewonnen. 'Oké, wat jij wilt. Maar ik waarschuw je, Lois, je zou er op een dag spijt van kunnen krijgen.'

'Hoezo? Is hij ziek of gewond?'

'Nee...' zegt Fred aarzelend.

'Nou, dan zal het wel goed komen met hem. Wat mij betreft...' Lois breekt haar zin af als Ramon binnenkomt.

'Roy de Graaf is uit de gevangenis ontsnapt,' zegt hij plompverloren. 'Vraag me niet hoe hij dat heeft klaargespeeld uit zo'n goed beveiligde inrichting, maar hij is weg.'

'Wat!' Zowel Lois als Fred schiet overeind.

'Zijn er al bijzonderheden? Hoe is hij ontkomen, heeft hij hulp gehad, stond er een vluchtauto klaar?' vraagt Fred gespannen.

Ramon schudt kort zijn hoofd. 'Dat is niet bekend. Het bericht van zijn ontsnapping is nog maar net binnengekomen. Nadere bijzonderheden zullen wel volgen, maar voor het moment weten we genoeg. Want dit verandert het onderzoek naar Britt Strijbis natuurlijk volledig. Dit kan geen toeval zijn, het ziet ernaar uit dat de heren een samenwerking zijn aangegaan.'

'Ja, om de een of andere reden heeft De Graaf een handlanger uitgezocht om Britt te ontvoeren,' zegt Fred.

'Of Geerlings wilde hem chanteren door zijn dochter vast te houden,' oppert Lois.

'We sluiten niets uit,' zegt Ramon. 'Geerlings krijgt een tap op zijn mobiele telefoon, zijn familie en vrienden komen onder observatie te staan en we gaan zijn huis in Assen binnen. We hebben genoeg om dat te rechtvaardigen, maar het is wel een risico. Het probleem is natuurlijk dat als Geerlings in zijn woning wordt aangetroffen en Britt niet, hij evengoed wordt aangehouden. Als hij Britt ergens anders vasthoudt en De Graaf heeft er niets mee te maken, is er geen verzorging voor het meisje. Ze zou dagenlang zonder eten en drinken kunnen komen te zitten.'

'Ze zitten niet in het noorden,' zegt Lois. 'Ze zijn gesignaleerd in het zuiden van het land.'

'Daar hoeven ze niet meer te zitten. Misschien heeft hij met haar rondgereden, misschien houdt hij haar nu vast in zijn woning of in de buurt ervan. We moeten met alles rekening houden.'

'Wat is de afweging om bij Geerlings naar binnen te gaan?' vraagt Fred.

'De kans is niet heel groot dat hij thuis zit,' moet Ramon erkennen. 'Een eerste observatie heeft dat in ieder geval niet bevestigd. Alles ziet er verlaten uit, de post wordt niet weggehaald, de telefoon gaat over zonder dat iemand opneemt, het ziet ernaar uit dat hij er niet is, maar we gaan toch even kijken.'

Lois voelt een aangename huivering van opwinding door zich heen gaan. Eindelijk actie! Hoewel een deel van haar bang is voor wat ze in Geerlings' huis zullen aantreffen, verwacht ze niet dat Britt daar is. Een doorzoeking zou wel informatie kunnen opleveren over waar hij Britt vasthoudt. Ze hoopt met heel haar hart dat dat het geval is.

25

'Eigenlijk wil ik helemaal niet op reis,' zegt Britt voorzichtig. 'Ik wil naar huis.' Meteen na die opmerking, hoe voorzichtig ook, ziet ze een schaduw over het gezicht van haar vader trekken. Zijn zware wenkbrauwen raken elkaar bijna als hij fronst, de spieren in zijn nek spannen zich.

'Wij gaan op reis,' zegt hij zacht maar dringend. 'En we gaan er een leuke tijd van maken. Oké?'

Britt staart hem geschrokken aan.

'Ik zei, oké?' Er klinkt een nauwelijks verholen dreiging in Roys stem.

'Oké,' fluistert Britt.

Een glimlach verheldert haar vaders gezicht, zo snel dat ze zich even afvraagt of ze zich niet verbeeld heeft dat hij haar zo donker aankeek.

'Mag ik dan wel mama bellen? Ze weet helemaal niet waar ik ben, ze is natuurlijk hartstikke ongerust,' waagt ze het te vragen.

'Ik bel je moeder wel, maak je geen zorgen.' Onverwacht staat Roy op en kijkt naar Lucas. 'We gaan aan de slag. Is Britts paspoort in orde?'

'Bijna,' antwoordt Lucas, die nog steeds bij de deur staat. 'Er moest alleen nog een pasfoto op. Die heb ik vanmorgen gemaakt. Ik zei toch dat dat mannetje snel is. We kunnen haar paspoort straks afhalen.'

'Jíj kunt het straks afhalen. Ik zet geen stap buiten de deur. En neem gelijk wat te eten mee. Chinees of zo,' commandeert Roy.

'Chinees? 's Middags?'

'Ik heb honger, ja. Of moet ik jou toestemming vragen om chinees te eten?' zegt Roy ongeduldig.

'Oké, oké, ik ben al weg.' Lucas draait zich om en vertrekt.

Roy loopt door naar de keuken en komt terug met een flesje bier in zijn hand. In de deuropening kijkt hij naar zijn dochter. 'Wil jij ook wat drinken?'

'Nee,' zegt Britt. 'Ik wil mama bellen.'

Zwijgend leunt Roy tegen de deurpost en kijkt haar aan. 'Jij kunt wel zeuren, hè?' Hij neemt een flinke slok van zijn bier. 'Daar hou ik helemaal niet van. Laten we één ding met elkaar afspreken, Britt. Ik ben je vader en ik bepaal wat er gebeurt. Als ik je wat vraag, kun je antwoord geven, maar verder doe je gewoon wat ik zeg. En je vraagt niet meer naar je moeder.'

Met groeiende weerzin kijkt Britt hem aan. Vreemd genoeg is ze niet bang meer, al waarschuwt een stemmetje dat ze dat beter wel kan zijn.

'Dat zijn twee dingen,' zegt ze.

Even is Roy met stomheid geslagen, dan barst hij in lachen uit. 'Bijdehand ben je wel,' zegt hij waarderend. 'Een kind van je vader. Maar pas op.' Hij wijst met het flesje bier naar haar. 'Overdrijf het niet. Mijn humeur is nu goed, maar dat is niet altijd zo.'

Britt zwijgt, niet omdat het verkapte dreigement indruk op haar maakt, maar omdat ze niet weet wat ze moet zeggen. Ze heeft al honderd keer gezegd dat ze naar huis wil. Blijkbaar is dat niet belangrijk. Het begint tot haar door te dringen dat er plannen zijn gemaakt die vastliggen en waar zij een rol in speelt. Welke rol dat is weet ze niet. Waar kunnen ze haar nou voor nodig hebben? Haar vaders verklaring dat hij tijd met haar wil doorbrengen gelooft ze voor geen meter. Het lijkt er eerder op dat hij haar moeder een hak wil zetten. Dat hij haar zal bellen, gelooft ze ook niet.

Ze denkt aan haar mobieltje in haar kontzak, aan het oog onttrokken door haar lange T-shirt.

'Ik moet naar de wc,' zegt ze.

'Ga je gang.'

Terwijl Britt door de kamer loopt, kijkt Roy haar onafgebroken aan. Als ze voor hem staat, kijkt ze naar hem op. Secondenlang houdt ze dat vol, dan slaat ze als eerste haar ogen neer. Met een fijn glimlachje om zijn mond stapt Roy opzij en laat haar passeren.

Met wild kloppend hart glipt Britt het toilet in en sluit de deur achter zich. Zal ze hem op slot doen, of zou ze dan commentaar krijgen? Na een korte aarzeling waagt ze het erop en doet het haakje erop. Aan de andere kant van de deur blijft het rustig.

Ze heeft geen voetstappen gehoord, dus ze neemt aan dat haar vader nog in de deuropening van de woonkamer staat. Dat betekent dat ze niet kan bellen, maar dat geeft niet. Een sms is ook goed.

Om geen argwaan te wekken, gaat ze op de wc-bril zitten en plast. Intussen zet ze snel haar telefoon aan en toetst de pincode in. Terwijl ze wacht op verbinding, rommelt ze wat met wc-papier.

Het duurt weer eindeloos voor het vertrouwde display verschijnt. Razendsnel tikt ze een kort bericht: BEN IN EINDHOVEN MET PAPA EN LUCAS. HELP!

Ze drukt op 'Verzenden' en wacht gespannen af. Het duurt even voor haar telefoon besluit dat hij het bericht gaat versturen. Secondenlang gebeurt er niets, behalve dat haar batterij naar vier procent teruggaat. Dan ziet ze een groen vinkje bij haar bericht. Het is verstuurd!

Met een diepe zucht laat Britt de adem die ze lange tijd heeft ingehouden ontsnappen. Wat zou ze graag op antwoord wachten, een bevestiging zien dat haar moeder haar berichtje heeft gelezen. Dat kan niet lang duren, ze heeft vast de hele tijd haar telefoon in haar hand. Britt gunt zichzelf een paar seconden, maar er komt niets.

Ze hoort voetstappen de gang in komen, en razendsnel drukt ze haar telefoon uit en laat hem in haar broekzak glijden.

Haar vader rammelt aan de deur en vraagt: 'Wat zit je allemaal te doen? Schiet op, ik moet ook.'

Britt vliegt overeind en trekt haar broek omhoog. Ze haalt het haakje eraf en de deur wordt met een ruk geopend. Haar vader staat voor haar en kijkt haar met zijn goede oog onderzoekend aan.

'Ik ben al klaar,' zegt ze.

26

Ze eten met z'n drieën chinees. In de keuken, aan de tafel met het plakkerige geruite zeiltje zitten ze nagenoeg zwijgend bij elkaar.

Roy is onrustig. Bij elk geluidje dat van buiten komt, kijkt hij op, en af en toe komt hij overeind om door de gesloten jaloezieën te gluren.

Ook Britt is gespannen. Ook zij spitst haar oren als er een auto voorbijrijdt of er voetstappen op straat klinken. Kramp in haar maag beneemt haar de eetlust en ze heeft moeite met slikken. Elke zenuw in haar lichaam staat onder hoogspanning.

Haar moeder moet haar bericht nu wel gelezen hebben. Britt probeert zich voor te stellen hoe ze zal reageren, hoe ze juicht en schreeuwt van blijdschap en vervolgens de politie belt. Die zal onmiddellijk in actie komen. In gedachten ziet ze al een auto met zwaailichten en sirenes naar Eindhoven racen. Hoe lang zouden ze daarover doen? Lang, weet ze uit ervaring. De rit in het busje duurde zeker twee uur. Een politieauto zou er veel sneller zijn, want dat rijdt veel harder. Zeker met zwaailicht.

Toch kunnen ze er nog niet zijn, het is pas een uur geleden dat ze het sms'je heeft verstuurd. Somber roert Britt door de berg bami op haar bord.

Of zouden ze de politie in Eindhoven waarschuwen? Ja,

natuurlijk, wat stom dat ze daar niet aan gedacht heeft. Er zit hier ook een politiebureau, die agenten kunnen er veel sneller zijn. Waarschijnlijk zijn ze al druk naar haar op zoek. Maar hoe kunnen ze haar vinden als ze geen straatnaam hebben?

Een beetje misselijk legt ze haar vork neer en neemt een slokje water. Gelukkig bemoeien Roy en Lucas zich niet met haar. Ze zijn zelf zo in gedachten verzonken dat het ze niet eens opvalt dat ze niet eet.

Buiten klinkt het geluid van een auto die komt aanrijden. Voor de deur valt de motor stil. In één beweging komt Roy overeind en rent hij naar de woonkamer.

Ademloos wacht Britt af wat er gaat gebeuren. Binnen een minuut is haar vader terug en laat hij zich met een opgelucht gezicht op zijn stoel vallen.

'Maak je niet zo druk,' zegt Lucas tussen twee happen door. 'We zitten hier goed. Niemand die dit huis kent.'

'Behalve als die broer van jou praat. Dan staan ze hier zo voor de deur.'

'Hajo praat niet. Waarom zou hij, hij zit vast. Aan wie zou hij moeten vertellen dat wij hier zitten? Aan de bewakers?' Lucas peutert met zijn nagel tussen zijn tanden, waar een stukje vlees is blijven zitten. Er zit satésaus op zijn kin, ziet Britt.

Roy schudt een beetje geïrriteerd zijn hoofd, alsof hij wel een paar scenario's kan bedenken waardoor Jochem hen zou verlinken. Maar hij zegt niets, bestudeert in plaats daarvan het valse paspoort dat Lucas net heeft opgehaald.

'Weet je zeker dat je niet gevolgd bent?' vraagt hij.

'Natuurlijk ben ik niet gevolgd. We hadden afgesproken in dat café, hij gaf me wat ik hebben wilde, ik betaalde en ik ben na hem weggegaan. Niets aan de hand.'

Zo onopvallend mogelijk kijkt Britt naar het paspoort. Ze

herkent de foto, die heeft Lucas gemaakt toen ze op het randje van het bed zat. Nog vóór hij die andere foto's ging maken. Haar misselijkheid neemt toe en ze ademt een paar keer diep in en uit.

Lucas is klaar met eten. Hij schuift zijn stoel naar achteren, laat een boer en loopt de keuken uit.

'Wil jij nog wat?' Roy wendt zich tot zijn dochter. 'Je hebt niet veel gegeten. Lust je geen chinees?'

'Ik voel me niet zo lekker.'

Hij kijkt haar eens goed aan. 'Je ziet inderdaad bleek. Als je moet kotsen, doe je het in de wc, oké?'

'Ik hoef niet over te geven. Ik heb gewoon een beetje pijn in mijn buik.' Britt pakt het paspoort dat naast haar vaders bord ligt. 'Waar gaan we naartoe?'

'Ver weg,' zegt Roy.

'Wanneer?'

'Waarschijnlijk morgen. Ik heb geen goed gevoel bij dit huis.'

Britt staart naar haar beeltenis op het paspoort. Een avond en een nacht. Misschien nog een stukje ochtend. Zou dat voor de politie genoeg zijn om haar te vinden?

'Ik wil niet dat Lucas die andere foto's verkoopt,' zegt ze opeens. 'Kun je hem niet tegenhouden?'

Niet-begrijpend draait Roy zijn hoofd naar haar toe. 'Welke andere foto's?'

'Die Lucas van me heeft gemaakt.'

Roy fronst zijn wenkbrauwen. 'Waar heb je het over? Lucas zou alleen een pasfoto van je maken.'

'Hij heeft er nog veel meer gemaakt. Rare foto's, op het bed.'

Er treedt een plotselinge verandering op in Roys houding. Het ene moment zit hij achterovergeleund op zijn stoel, het volgende moment heeft hij zijn ellebogen op tafel geplant en is zijn gezicht heel dicht bij het hare.

'Wat voor foto's?' vraagt hij met lage stem.

Britts hart begint wat sneller te kloppen. Ze voelt het gevaar naderen, ze weet alleen niet of het haar zoekt en waarom.

'Hij zei dat ik sexy moest zijn,' zegt ze zacht. 'En dat hij die foto's ging verkopen, dat ze er veel geld voor over hadden. Maar ik wil niet dat mensen me zo zien.'

'Zei hij ook aan wie hij die foto's ging verkopen?'

'Aan een modellenbureau.'

Het geluid dat Roy uitstoot houdt het midden tussen een lach en een grauw. 'Jij blijft hier,' zegt hij en verlaat met grote stappen de keuken.

Doodstil zit Britt op haar stoel, bang voor wat ze heeft aangericht. In de gang hoort ze haar vader Lucas roepen, zijn stem schalt door het huis. Dan voetstappen op de trap, de rustige stem van Lucas die vraagt wat er aan de hand is.

Het volgende moment klinkt er een doffe dreun, gevloek en geschreeuw. Britt vliegt overeind en rent de woonkamer in. Eenmaal daar durft ze niet verder, maar vanwaar ze staat kan ze net de gang in kijken. Lucas staat onder aan de trap, of beter gezegd, hij hangt tegen de leuning aan. Zelfs van deze afstand ziet Britt het bloed uit zijn mond druppelen.

'Klootzak!' schreeuwt Roy. 'Heb ik gezegd dat jij foto's van mijn dochter kon gaan maken? Heb ik daar iets over gezegd, hè? Wat dacht je nou! Dat je een mooi handeltje kon gaan opzetten! Smerige klootzak!'

'Wat lul je nou, man.' Lucas is moeilijk verstaanbaar, zowel door de klap op zijn mond als door de hand die hij ertegen houdt. 'Je wilde zelf...'

'Ik wilde helemaal niets, kloothommel! Je moet je bek houden!'

'Wat maken die paar foto's jou nou uit, man. Ik gooi ze er wel af, oké? Wist ik veel dat je daarover zou flippen.'

'Ze is mijn dochter, eikel! Natuurlijk flip ik als een of andere randdebiel smerige plaatjes van haar maakt!'

Nu ontsteekt Lucas ook in woede. 'Wat zeik je nou! We hadden toch een deal? Of loop je me te fucken?'

Opeens heeft hij een pistool in zijn hand, maar voor hij kan schieten is Roy al bij hem. Hij sleurt Lucas van de laatste traptrede en draait zijn arm op zijn rug, zodat Lucas met een schreeuw van pijn het pistool laat vallen. Roy raapt het op en houdt het losjes in zijn hand.

'Je bedreigde me,' zegt hij met een dodelijke kalmte. 'Je had het gore lef om mij te bedreigen. Dat is een ernstige fout van je, Luuk.'

'Het spijt me,' zegt Lucas, weggedoken in de hoek naast de voordeur. 'Ik bedoelde het niet zo. Kom op, Roy, we zijn toch vrienden! Ik heb je uit de gevangenis gehaald!'

'Nadat ik je bescherming had gegeven. En dit is dus de manier waarop je me bedankt. Lekkere maat ben jij.'

'Roy, kom op! We kunnen er toch over praten? Is dit alleen om die foto's?'

'Nee hoor,' zegt Roy ijskoud. 'Dit was sowieso het plan.'

En dan schiet hij.

27

Overal in de gang is bloed. Op de grond, aan de wand, tegen de voordeur. Het stroomt uit Lucas' borst en doordrenkt zijn shirt.

Met haar hand voor haar mond geslagen ziet Britt het aan. Ze is zo geschokt dat ze niet normaal kan ademhalen; met snelle teugjes in en schoksgewijs weer uit. Ze kan nauwelijks geloven dat haar vader dit heeft gedaan.

'Is… is hij dood?' stamelt ze, in de deuropening van de gang.

Roy werpt een onverschillige blik op het lichaam in de hoek. 'Daar lijkt het wel op. Ga je spullen pakken, we gaan weg.'

Zonder in beweging te komen blijft Britt naar Lucas' lichaam staren.

'Heb je me niet gehoord? We vertrekken,' herhaalt haar vader.

Een beetje wezenloos kijkt ze hem aan. 'Ik heb geen spullen.'

'Helemaal niets? Geen tas, geen jas?'

'Alleen een jasje. Dat ligt nog in de kelder.'

'In de kelder?'

'Ja, daar sliep ik.' Britt knikt naar de deur waar Roy voor staat.

Hij opent hem, gaat de trap af en werpt een vlugge blik om

zich heen. 'Dat had Geerlings niet slecht geregeld,' mompelt hij. Na een grondige inspectieronde om te zien of er niets is achtergebleven, komt hij met Britts niet meer zo witte jasje naar boven. 'Wat is hiermee gebeurd?' vraagt hij. 'Het ziet er niet uit.'

Britt haalt haar schouders op en trekt het jasje aan. Hij begrijpt toch zeker wel dat je van een verblijf in de laadruimte van een busje niet schoner wordt?

'Morgen kopen we wat nieuws voor je. Je hebt sowieso spullen nodig.' Roy beklimt de trap en loopt een rondje over de benedenverdieping. Daarna gaat hij naar boven en komt terug met Lucas' camera. Als een trofee houdt hij het toestel omhoog.

'Wil je die foto's zelf wissen of zal ik het doen?'

'Doe jij het maar,' zegt Britt met een scheef oog op het lijk in de gang. Ze wil die foto's niet zien, en bovendien trillen haar handen te erg om dat zware toestel te bedienen.

Leunend tegen de kelderdeur gooit Roy alle foto's eraf. Terwijl hij bezig is, wordt zijn gezichtsuitdrukking steeds donkerder en als hij klaar is, werpt hij een verachtelijke blik op Lucas' lichaam. Hij knielt bij hem neer, doorzoekt zijn zakken en haalt alles eruit. Zijn portefeuille, een pak papiergeld uit zijn kontzak, zijn telefoon en de autosleutels.

Dan komt hij overeind en zegt: 'We gaan.'

Pas als ze in de auto zit, beseft Britt dat dit een kans was om te ontsnappen. Ze had weg kunnen rennen, of het op een schreeuwen kunnen zetten. In alle commotie heeft ze daar niet aan gedacht, maar terwijl ze haar gordel omdoet, vraagt ze zich af of ze het überhaupt gedurfd zou hebben. Wie had haar kunnen helpen, er is hier geen mens. Bovendien heeft het gemak waarmee haar vader het pistool op Lucas richtte en hem neerschoot haar zo gechoqueerd dat ze niet kan ophouden met trillen. Zou hij haar ook neerschieten als ze wegrende?

Ze rijden het weggetje af, gaan links, rechts en over rotondes tot ze bij een doorgaande weg komen. Niet lang daarna rijden ze over de snelweg.

'Waar gaan we naartoe?' vraagt ze.

Roy zwijgt enige tijd voor hij zijn hoofd naar haar toe draait. 'Laten we afspreken dat je daar niet meer naar vraagt.'

Zijn stem klinkt rustig, helemaal niet dreigend, en toch lijkt het Britt beter om te doen wat hij zegt. 'Oké,' zegt ze slechts.

Weer is het even stil, dan kijkt Roy haar opnieuw aan en deze keer ligt er een glimlach op zijn gezicht. 'Beschouw het maar als een verrassing.'

Daar zou ze heel wat op kunnen zeggen, bijvoorbeeld dat ze meer dan genoeg verrassingen heeft gehad, maar Britt gaapt alleen. Haar ogen voelen zwaar en de ene geeuw volgt op de andere. Ze wil wakker blijven om erachter te komen waar ze naartoe gaan, maar dat is zinloos. Misschien rijden ze wel de hele middag en nacht door.

Morgen, denkt ze slaperig. Morgen weet ik het en stuur ik nog een berichtje. En dan komt de politie me halen.

Het volgende moment vallen haar ogen dicht en binnen de kortste keren slaapt ze.

28

Aan het einde van de middag valt een Aanhoudings- en Ondersteuningsteam het huis van Lucas Geerlings in een buitenwijk van Assen binnen. In korte tijd omsingelt een in zwarte kogelvrije vesten gestoken arrestatieteam de woning en beukt vervolgens met een stormram de deur in.

'Politie! Politie!' schreeuwen de mannen, terwijl ze naar binnen rennen.

Twee van hen doorzoeken de benedenverdieping, de rest rent met een paar treden tegelijk de trap op en inspecteert de bovenliggende etage en de zolder. Niemand. Het huis is verlaten.

Als het sein 'veilig' is gegeven, gaat er een telefoontje naar de tactische recherche dat ze naar sporen kunnen zoeken.

Samen met Fred stort Lois zich op die taak. Ze nemen Jessica, een jonge rechercheur in opleiding, mee. In het begin had Lois wat moeite met deze assertieve jongedame, en vooral met haar voorliefde voor donkere, gothicachtige make-up en uitdagende kleding. Intussen weet ze dat er meer achter dat opvallende uiterlijk schuilt en dat Jessica weliswaar nog veel moet leren, maar dat ze het in zich heeft om een waardevolle collega te worden.

Ze hebben een paar straten verderop in de auto zitten wachten op nieuws zonder dat ze wisten waar ze op moesten hopen. Dat Britt gevonden werd natuurlijk, levend en wel.

Of dat Geerlings er alleen aangetroffen werd. In dat geval zouden zich zoveel scenario's hebben ontvouwen dat Lois niet wist wat het beste was.

Terwijl ze daarover zitten te praten, komt het bericht dat er niemand in de woning aanwezig is en dat ze naar binnen kunnen gaan.

Opgelucht dat ze eindelijk in actie kan komen, stapt Lois uit en gooit het portier achter zich dicht. In de auto konden ze geen gebruikmaken van de airco, omdat ze de motor niet zo lang wilden laten lopen. De temperatuur is daarom flink opgelopen, en al is het buiten ook warm, het is toch prettiger om op straat te staan.

Bij het huis van Geerlings heeft zich al een flinke menigte verzameld en de eerste pers snelt toe. Invallen door een arrestatieteam gaan nooit onopgemerkt, zeker niet op een mooie zomerdag.

Terwijl ze de vragen van buurtbewoners en journalisten afwimpelen, loopt het drietal snel naar het huis, waarvan de voordeur er half uit ligt. De mannen van het Aanhoudings- en Ondersteuningsteam zijn nog aanwezig om te voorkomen dat iemand anders dan de recherche binnendringt. Een vrouw van middelbare leeftijd komt met zelfbewuste passen aanlopen, met een jongere vrouw in haar gezelschap.

'Gerdien van Straten,' zegt ze. 'Ik ben de rechter-commissaris. Dit is Petra Verburg, de hulpofficier van justitie.'

Er worden handen geschud, namen genoemd en dan gaan ze allemaal naar binnen.

Het is nu aan hen, bedenkt Lois terwijl ze de woonkamer van Lucas Geerlings betreedt. Als ze een spoor over het hoofd zien, kan dat Britts dood betekenen.

De verantwoordelijkheid drukt zwaar op haar schouders, maar hindert haar verder niet. Ze is eraan gewend, en bovendien is ze vervuld van een grimmige vastberadenheid. Als er in dit huis een aanwijzing te vinden is die naar Britts verblijfplaats leidt, dan zal ze die vinden, al moet ze alles op z'n kop zetten.

En dat doen ze. Kasten gaan open, laden worden leeggehaald, elk voorwerp gaat door hun vingers. De grote lichteiken kast met laatjes en vakjes is als eerste aan de beurt. Terwijl Fred zich daarmee bezighoudt, doorzoekt Jessica de rommelige keuken, waar van alles op het aanrecht staat en stapels papier de eettafel aan het zicht onttrekken.

Lois concentreert zich op de bovenverdieping; ze doorzoekt Geerlings' slaapkamer en vervolgens een smal hokje dat dienstdoet als computerkamer. Ze neemt plaats achter het bureautje en probeert de computer op te starten. Helaas heeft ze daar een wachtwoord voor nodig, dus dat moet Silvan maar uitzoeken.

Haar handen gaan door de papieren op het bureau, vinden onbetaalde rekeningen en slordige notities op een blocnote waar ze niet direct wijs uit kan worden. Het ziet ernaar uit dat Geerlings hier niet veel anders deed dan zijn administratie. Er is geen enkele aanwijzing dat Lucas Geerlings en Roy de Graaf in contact stonden met elkaar, laat staan dat ze op het spoor komt van Britts verblijfplaats.

Onder het bureau bevindt zich een kastje met drie laatjes die ze minutieus doorzoekt. Notities zat, maar niets wat met Britt te maken heeft. Al kun je dat nooit zeker weten, een slordig genoteerd telefoonnummer of een naam op een kladje zou een doorbraak kunnen betekenen.

Als ze zeker weet dat er boven geen bijzonderheden te vinden zijn, gaat ze terug naar beneden.

Gerdien van Straten staat met een chagrijnig gezicht en haar handen in haar zij om zich heen te kijken.

'Niets,' zegt ze. 'Maar het is een ongelooflijke bende, dus je kijkt snel ergens overheen. We beginnen opnieuw. We gaan hier niet weg zonder dat elk papiertje drie keer gecheckt is.'

'Er ligt hier wel een wegenkaart.' Jessica komt de woonkamer binnen met een beduimeld, nat stuk papier tussen duim en wijsvinger. 'Hij lag onder in de vuilnisbak, onder de koffieprut en etensresten.'

Gerdien, Fred en Lois draaien zich tegelijk naar haar toe. Ook Petra, die net aan komt lopen, komt erbij.

'Onder in de vuilnisbak, terwijl hij verder alles van papier op de grote hoop gooit?' Fred pakt de kaart van Jessica aan en vouwt hem uit op de eettafel.

Rond Eindhoven is een kring getrokken, bovenaan staat iets in de marge gekrabbeld.

Ze buigen zich er alle drie zo snel naartoe dat Jessica en Lois met hun hoofden tegen elkaar stoten. Terwijl ze elkaar met een pijnlijk vertrokken gezicht aankijken, bestudeert Fred de kriebelige lettertjes.

'Ik kan het niet lezen,' zegt hij uiteindelijk. 'Wat een verschrikkelijk handschrift heeft die vent, zeg. Jessica, jij hebt jonge ogen, maak er eens iets van.'

Hoe Jessica en daarna Lois ook turen, ze kunnen er geen wijs uit.

'Er staat iets van G..weg.' Jessica staat zo diep over de kaart heen gebogen dat haar lange zwarte haar eroverheen valt. 'Niet erg slim van hem om dat op te schrijven, als dit is wat we zoeken.'

'De meeste criminelen zijn ook helemaal niet zo slim. Daarom zitten de gevangenissen zo vol,' zegt Gerdien.

Lois haalt haar smartphone tevoorschijn en googelt op straatnamen die beginnen met een G en eindigen op weg. Er komen drie opties tevoorschijn.

'De Geldropseweg, de Garnichweg en de Genneperweg,' zegt ze terwijl ze haar telefoon aan Fred laat zien. Die begint meteen te bellen.

‘Ramon, met Fred. We hebben drie straatnamen in Eindhoven.’ Hij herhaalt wat Lois heeft gezegd. ‘Ja, er stond iets in de marge van een wegenkaart geschreven, maar het is slecht leesbaar. Wij zoeken hier nog even verder. Zie je zo.’

Hij verbreekt de verbinding en kijkt naar de rest van het gezelschap. ‘Ze gaan eropaf.’

‘Heel goed. En wij zoeken door voor het geval Britt daar niet zit,’ zegt Gerdien.

29

Verdere naspeuringen in Geerlings' woning leveren niets op. Een uur later verlaat het onderzoeksteam het huis, met medeneming van diverse in beslag genomen spullen, zoals notitieboekjes, de computer en stapels papierwerk, verpakt en verzegeld.

Als ze Assen uit rijden, gaat Lois' telefoon. Ze haalt hem tevoorschijn.

'Het is Mirjam,' zegt ze tegen de anderen.

'Die wil natuurlijk weten hoe het ervoor staat. Vertel haar niets over de inval,' waarschuwt Fred.

Lois drukt op 'Opnemen' en zegt: 'Hoi Mirjam.'

'Lois, ik heb net een berichtje van Britt gekregen!' Mirjam lacht en huilt tegelijk. 'Halverwege de middag al, en ik had het niet eens gezien. Ik heb het helemaal niet horen binnenkomen. Ik keek net op mijn telefoon en mijn hart stond bijna stil.'

'Wat!' roept Lois uit, en tegen haar collega's zegt ze: 'Ze heeft bericht van Britt gekregen. Mirjam, wat staat erin?'

'Dat ze met haar vader en Lucas in Eindhoven is. Met haar vader! Hoe is dat in vredesnaam mogelijk? Hij zit toch in de gevangenis!'

'Stond er verder niets in? Geen straatnaam of een aanwijzing waar ze zit?'

'Nee, niets. Maar hoe kan ze bij Roy zijn? Ik begrijp er niets van.'

Lois haalt diep adem. 'We hebben net gehoord dat hij ontsnapt is uit de gevangenis. Hoe hij dat heeft klaargespeeld weet ik niet, en dat doet er ook niet toe. We waren al bang dat hij iets te maken had met Britts verdwijning.'

'En nu? Jullie vinden haar toch wel?' Er klinkt paniek in Mirjams stem door.

'We kunnen de plaats vanwaar het bericht is verstuurd traceren via de zendmasten,' zegt Lois. 'Maar niet de precieze locatie. Het zou helpen als Britt haar telefoon aan liet staan, maar dat weet ze natuurlijk niet.'

'Dus jullie kunnen hier eigenlijk niets mee?'

'Jawel. We weten dat ze in Eindhoven zit en als we haar telefoon uitpeilen, weten we ook in welke wijk. Dan zijn we al een stuk verder.'

'Maar wat gaan jullie nu dóén?' dringt Mirjam aan.

De geheimhoudingsplicht is iets wat Lois in dit soort gevallen altijd weer stoort. Het liefst zou ze Mirjam vertellen dat ze het adres misschien al hebben, maar dat mag niet.

'We waarschuwen het rechercheteam in Eindhoven. En Mirjam, ik wil je vragen om je telefoon naar ons toe te brengen. Het ziet ernaar uit dat Britts ontvoerder niet weet dat ze een telefoon bij zich heeft. Wie weet ziet ze kans nog een berichtje te sturen,' zegt Lois.

'Zou je denken?' vraagt Mirjam met iets meer hoop in haar stem.

'Waarom niet? Het is haar nu toch ook gelukt?'

Nadat ze Mirjam moed heeft ingepraat, verbreken ze beiden de verbinding. Lois kijkt naar haar collega's, die aandachtig meegeluisterd hebben.

'Heeft ze een sms gestuurd vanuit het huis waar ze vastgehouden wordt? Ongelooflijk,' zegt Jessica enthousiast.

'Daar gaan we van uit,' zegt Fred. 'Dat bericht zou natuurlijk ook van iemand anders kunnen komen.'

Geschrokken kijkt Jessica hem aan. 'Van haar ontvoerder, bedoel je. Waarom zou hij dat doen?'

'Om ons in de val te lokken. Of omdat hij wil dat we Britt vinden.'

'Dat begrijp ik niet.' Jessica rimpelt haar neus. 'Hij wil toch juist niet dat we haar vinden? Of wacht even, ik snap het.' Ze wordt wit en fluistert: 'Omdat hij wil dat we haar lichaam vinden. Wat vreselijk!'

'Zover is het nog niet,' merkt Lois op. 'Voorlopig ga ik ervan uit dat Britt dat berichtje heeft gestuurd.'

'Ik hoop het,' zegt Fred. 'Waarschuw jij Ramon?'

Lois knikt. Ze belt Ramon en licht hem kort in.

'We zijn er al mee bezig,' zegt hij. 'Vanaf het moment dat ze haar telefoon aanzette, hadden wij een plaatsbepaling. Geen heel nauwkeurige, maar we weten in welke buurt ze zit. De recherche in Eindhoven is al ingelicht. Ik zal het adres doorgeven. Goed werk, Lois. Tot zo.' Zakelijk als altijd verbreekt Ramon meteen de verbinding.

In drukkend stilzwijgen rijden ze terug naar Alkmaar. Ruim een uur later zijn ze weer op het bureau. Ze lopen meteen door naar de kamer van Silvan, waar taps op telefoons worden geplaatst en lijnen worden afgeluisterd.

Silvan draait zich in zijn stoel naar hen toe.

'Het bericht komt inderdaad uit Eindhoven,' zegt hij. 'Ergens aan de rand van de stad.' Hij buigt zich naar het beeldscherm van zijn computer. 'Zo te zien landelijk gebied. Veel weilanden, hier en daar een huis.'

'Heb je een straatnaam die met een G begint?' vraagt Fred.

Silvan zoemt in op het gebied en knikt. 'De Genneperweg loopt erdoorheen. Zou dat kunnen?'

'Ja, dat is een van de drie straatnamen,' zegt Lois opgewonden. 'Welk huis komt het dichtst bij het signaal dat Britts telefoon afgeeft?'

'Allemaal,' zegt Silvan nuchter. 'Al zijn het er gelukkig niet zoveel. Kijk maar, een molen, een nieuwbouwwoning, een oude boerderij en nog een paar vrijstaande pandjes. Een van die woningen moet het zijn.'

Nog voor hij is uitgesproken, heeft Fred met grote stappen de kamer verlaten, op weg naar Ramon. Even later komt hij terug en zegt kort: 'De recherche in Eindhoven heeft een Aanhoudings- en Ondersteuningsteam geformeerd. Ze gaan eropaf.'

De pizzakoerier die een halfuur later bij bureau Mallegatsplein binnenkomt, kan de bestelling bijna niet dragen. Twee agenten brengen de avondmaaltijd naar binnen, en even later zijn alle tafels in de recherchekamer bedekt met opengeslagen pizzadozen.

Lois eet niet veel. Ze heeft wel honger, maar de spanning is op dit moment te groot om een pizza naar binnen te krijgen. Bovendien valt hij slecht; te vet en te zout.

Ze legt de doos met inhoud op de grond en natuurlijk gaat Nick er net op staan.

'Oeps,' zegt hij. 'Had je die willen bewaren?'

'Ja, ik eet altijd van de grond, nou goed,' zegt Lois kribbig. 'Kun je niet uitkijken? De helft ligt op de vloer.'

'Dan had je hem gewoon weg moeten gooien. Of zet je thuis ook je bord op de grond als je klaar bent?'

Vermoeid haalt Lois een hand door haar blonde haren. 'Weet je, Nick, ik heb hier geen zin in. Jij hebt gewonnen, oké? Dus juich even en loop door.'

Met een schouderophalen keert Nick haar de rug toe. 'Sorry, hoor. Ik wist niet dat je kwaad werd.'

Lois doet haar best hem te negeren en opent Outlook om haar mail te bekijken. Op ander werk dan de zaak-Britt kan ze zich niet concentreren, dus leest ze de weinige persoonlijke mail die is binnengekomen. Tessa heeft een reeks foto's van haar nieuwe hondje gestuurd, met tekstballonnetjes waarin het dier Lois persoonlijk uitnodigt om hem te komen knuffelen.

Ze lacht en opent Word om een proces-verbaal uit te typen.

Intussen heeft iedereen zijn pizza op, en er hangt een drukkende sfeer en een indringende salamilucht op de afdeling. De meesten zijn bezig met administratieve handelingen, maar elke keer als de telefoon gaat, kijkt iedereen op.

Nadat ze een uur in spanning gezeten hebben, komt Ramon eindelijk binnen.

'Dames en heren,' zegt hij, staand in de recherchekamer. 'De politie Eindhoven is zojuist een huis aan de Genneperweg binnengevallen. Britt Strijbis is daar niet aangetroffen. Wel een compleet ingerichte kamer in de kelder waar ze vermoedelijk is vastgehouden. De technische recherche is momenteel bezig met een uitgebreid sporenonderzoek.' Hij zwijgt even, en iedereen kijkt hem afwachtend aan, ervan overtuigd dat er nog een belangrijke mededeling gaat volgen. Als die inderdaad komt, slaat die in als een bom. 'Daarnaast is in de gang van het huis een neergeschoten man aangetroffen, die geïdentificeerd is als Lucas Geerlings.' Weer laat hij een stilte vallen, waarbij hij zijn teamleden beurtelings aankijkt. 'Hoewel hij zwaargewond is, heeft hij het er levend van afgebracht. Hij is overgebracht naar het Catharina Ziekenhuis in Eindhoven en ligt op de intensive care. Van een uitgebreid verhoor kan momenteel helaas geen sprake zijn. Dus de vraag blijft: waar is Britt Strijbis?'

30

Britt wordt wakker als de auto een scherpe bocht maakt en stopt.

'Britt,' hoort ze haar vader zeggen. 'We zijn er.'

Vermoeid opent ze haar ogen. Even begrijpt ze niet waarom ze in de auto zit en met wie, dan keren de laatste gebeurtenissen terug. Meteen schiet ze overeind en kijkt om zich heen.

Het verlichte logo van een hotel stelt haar gerust. Een hotel is goed, niet bedreigend. Er zijn andere mensen, die ze om hulp kan vragen. Ze moet een sms sturen, de naam van het hotel onthouden. Als ze uitstapt, is ze klaarwakker en weer even waakzaam als daarstraks. Als je in een hotel wilt overnachten, moet je inchecken bij de receptie. Misschien krijgt ze de kans om iemand om hulp te vragen.

Roy rijdt de parkeergarage in. Als hij een plekje heeft gevonden, ontgrendelt hij de portieren en ze stappen uit. Met de lift gaan ze naar boven, naar de lobby.

De overgang van de donkere auto naar de felverlichte ruimte doet pijn aan Britts ogen. Ze knippert en laat zich meetrekken naar de receptie.

'Je houdt je mond, hè?' zegt Roy waarschuwend.

Britt knikt en kijkt naar de slaperig uitziende jongeman achter de receptie. Ondanks het late uur glimlacht hij gastvrij naar hen.

'*Ein Guten Abend*,' zegt hij.

Duits, ze zitten in Duitsland! Ontzet kijkt Britt naar de receptionist. Hoe moet ze hem nu om hulp vragen? Ze spreekt helemaal geen Duits. Wel een beetje Engels, maar hoe kan ze met die paar zinnetjes die ze beheerst uitleggen wat er is gebeurd?

Erg druk hoeft ze zich daar niet om te maken, want die kans krijgt ze niet. Het kost haar vader een paar minuten om een kamer te regelen en het inschrijfformulier in te vullen. Britt is benieuwd wat hij opschrijft, vast niet zijn eigen naam.

Voor ze het weet staan ze in de lift, waar de rustgevende muziek haar op de zenuwen werkt. Even later lopen ze door een lange gang naar hun kamernummer te zoeken. Als ze de kamer gevonden hebben, steekt Roy de keycard in de lezer, de deur gaat open en ze stappen naar binnen.

Roy inspecteert de badkamer en de slaapkamer en knikt tevreden. 'Heel goed. Er is shampoo en zeep, dus je kunt douchen als je wilt. Of wil je liever gaan slapen?'

Wat ze wil is een sms'je versturen, maar hoe heette het hotel ook alweer?

'Ik weet het niet,' zegt ze.

'Dan ga ik even douchen. En jij gaat daar zitten, waar ik je kan zien.'

Gehoorzaam laat Britt zich op het randje van het bed zakken. Haar vader verdwijnt in de badkamer, waar hij achter het ondoorzichtige douchescherm gaat staan en de kraan opendraait. Zou hij het kunnen zien als ze nu haar mobieltje pakt? Van hem ziet ze niets, hij staat in een wolk van stoom. Op het moment dat Britt het erop wil wagen, steekt Roy zijn hoofd boven het douchescherm uit. Hij glimlacht, maar ze glimlacht niet terug.

Ze zou ook weg kunnen rennen. De deur van de kamer heeft geen slot, ze kan er zo uit. Haar vader zal toch niet naakt achter haar aan rennen? Het is wel een heel lange gang waar hun kamer aan ligt. Hij zou op haar kunnen schieten. Zou hij dat doen? Ze kan het pistool ook meenemen.

Terwijl Britt haar afwegingen maakt, is Roy al klaar met douchen. Op het moment dat hij de kraan uitzet, weet ze dat ze te laat is. Ze had niet moeten nadenken over vluchten, ze had er gewoon vandoor moeten gaan. Hij had heus niet op haar geschoten.

Roy wandelt de kamer in, gekleed in een T-shirt en een onderbroek, en gebaart dat Britt van de badkamer gebruik kan maken. Ze gaat naar binnen en doet de deur dicht. Wanhopig constateert ze dat hij niet op slot kan.

Zittend op het toilet kijkt ze naar de wastafel, waar diverse zeepjes en flesjes shampoo staan met de naam van het hotel: Novotel Düsseldorf. Ze komt overeind, pakt een zeepje en stopt het in haar broekzak.

Vannacht, als haar vader slaapt, kan ze een berichtje sturen. Die naam vergeet ze, dat weet ze nu al. Dan kan ze op het zeepje kijken wat het ook alweer was.

Ze neemt een snelle douche en trekt haar T-shirt en onderbroek weer aan. Als ze in bed kruipt, ziet ze op het nachtkastje een notitieblokje liggen waar Novotel Düsseldorf op staat. Nog beter, dat kan ze zo overschrijven.

Haar vader gaat ook in bed liggen, doet het licht uit en trekt het dekbed over zich heen. Zonder iets tegen haar te zeggen, draait hij zich om en algauw begint zijn ademhaling zwaarder te worden. Er klinken kleine snurkgeluidjes in door, maar elke keer als Britt denkt dat hij slaapt, beweegt hij weer.

Met haar ogen wijd open kijkt ze de donkere kamer in. Ze moet heel zeker weten dat hij slaapt, anders is ze verloren. Ze heeft één kans om het goed te doen.

Of zal ze wegsluipen? Voorzichtig haar spijkerbroek en

sneakers weer aantrekken en naar de receptie vluchten? 'Ik ben ontvoerd,' hoe zeg je dat in het Duits of Engels? En zullen ze haar geloven? Misschien maken ze haar vader wel wakker om te vragen hoe het zit. Aan de andere kant zouden ze ook de politie kunnen bellen en dan is ze gered.

Ze wacht. Er verstrijkt een halfuur, een uur, en nog is ze er niet zeker van dat haar vader slaapt. Hij snurkt wel, maar hij beweegt ook veel. Ze vindt het eng om nu haar mobieltje te pakken. Het is beter om nog een halfuurtje te wachten.

Britt draait zich op haar zij en denkt aan thuis. Zou haar moeder slapen? Zou ze haar sms'je wel zien als ze er nu een verstuurt, of pas in de ochtend? Ze weet nu al dat ze morgen vroeg zullen vertrekken. Dat geeft niet, dan weet haar moeder in ieder geval dat ze in Duitsland zit. Dan kan de Duitse politie naar haar op zoek gaan. Die zal deze kamer doorzoeken en daarna alle hotels in de gaten houden. Dat heeft ze in die film over dat ontvoerde meisje gezien. Uiteindelijk spoorde de politie haar op en bracht haar naar huis. Zo zal het bij haar ook gaan. Uiteindelijk...

31

Met een schok wordt Britt wakker. De gesloten gordijnen houden het licht tegen, maar niet de warmte. De zon staat er pal op en in de kleine hotelkamer loopt de temperatuur snel op. Maar dat is niet waar Britt het zo warm van krijgt. Ze heeft geen sms'je gestuurd! Ze heeft niet eens een poging gedaan, ze is gewoon in slaap gevallen.

Ontredderd komt ze overeind. Hoe kon ze dat laten gebeuren? Het was zo'n mooie kans en ze heeft hem niet gegrepen.

Uit de badkamer klinkt gespetter. De deur staat open, en net als gisteravond is haar vader opgenomen in een wolk van stoom.

Haastig springt Britt uit bed en haalt haar mobieltje uit de kontzak van haar spijkerbroek. Snel, snel, ze heeft maar weinig tijd. Haar telefoon op gang brengen duurt het langst. Ze kan wel schreeuwen van ongeduld. Bijtend op haar onderlip wacht ze af. Eindelijk, ze kan haar pincode invoeren. Die vergeet ze niet meer, de cijfertjes staan er in een ommezien. Snel gaat ze naar Berichten.

In de badkamer wordt de kraan dichtgedraaid.

Britt kijkt naar het notitieblokje op haar nachtkastje en typt de twee woorden in: Novotel Düsseldorf. Ze drukt op 'Verzenden' en werpt een snelle blik in de richting van de badkamer. Haar vader staat zich af te drogen achter het douchescherm.

Ze kijkt op haar telefoon en ziet dat haar berichtje verzonden is. Een gevoel van euforie overvalt haar, maar ze heeft geen tijd om er lang van te genieten. Ze trekt haar spijkerbroek aan, bergt haar mobieltje weer op en doet de gordijnen open. Het zonlicht stroomt in brede banen naar binnen.

Als Roy aangekleed de kamer in komt, staat Britt naar buiten te kijken. Ze had nu weg kunnen lopen, bedenkt ze. Heeft haar vader helemaal geen rekening gehouden met die mogelijkheid?

Pas als ze haar sneakers pakt, die nog in het gangetje staan, komt ze erachter wat de reden is van zijn relaxte houding. Haar vader heeft een van de grote, zware fauteuils die bij het raam stonden, het smalle gangetje in geschoven, tegen de deur aan.

Die had ze vannacht nooit zonder veel gesleep en gedoe kunnen terugschuiven.

Het ontbijt slaan ze over. Bij het buffet graait Roy een paar broodjes bij elkaar en neemt die mee. In de lobby is het druk, en in plaats van op zijn beurt te wachten, wandelt hij met Britt naar de parkeergarage. Even later rijden ze ongehinderd weg.

'Moesten we niet betalen?' vraagt Britt met een blik achterom.

'Nee, waarom?' antwoordt haar vader. 'Moeten ze maar opletten.'

Tot Britts verbazing komt er niemand achter hen aan. Ze kijkt steeds over haar schouder, maar ze kunnen zo de garage uitrijden.

Eenmaal op de snelweg concentreert ze zich op de borden. Britt staat op het punt om te vragen waar ze naartoe gaan, maar bijtijds herinnert ze zich hun afspraak. Met een zucht leunt ze naar achteren en kijkt naar het voorbijglijdende landschap.

'Ben je weleens in het buitenland geweest?' vraagt haar vader.

'In België,' zegt Britt. 'En in Frankrijk.'

'Verder niet?'

'Zoveel geld heeft mama nou ook weer niet. Ze moet het allemaal alleen betalen.'

'Geen vriend?'

Eigenlijk heeft ze helemaal geen zin om met hem over haar moeder te praten. Ze heeft sowieso geen zin om over haar moeder te praten of aan haar te denken, dat maakt haar heimwee alleen maar erger.

'Heeft ze geen vriend?' herhaalt Roy zijn vraag.

'Wel gehad. Ze is opnieuw getrouwd maar weer gescheiden,' antwoordt Britt stroef.

'Kon je het een beetje met je stiefvader vinden?'

Wrevelig haalt Britt haar schouders op. 'Wat doet dat ertoe? Hij is weg.'

Lachend zet Roy de radio aan. 'Daar heb je gelijk in. Weg is weg. Opgeruimd staat netjes.'

Hij neuriet mee met de muziek, een top 40-hit die Britt ook kent en die ze normaal gesproken luidkeels meezingt.

'Ik weet nog dat je geboren werd,' zegt Roy na een tijdje. 'En dat je op de kraamafdeling lag. Er lagen acht baby's op een rij, en één krijste. Dat was jij.' Hij lacht breed. 'Iedereen zei dat je zo'n mooi kind was, maar daar heb ik geen verstand van. Je was in ieder geval wel de meest assertieve. Dat vond ik meteen leuk aan je.'

Het zou haar niets moeten doen, deze informatie. Ze weet daar immers niets meer van, en ze kan het ook niet controleren. Hij kan haar wel van alles vertellen.

Toch hoopt ze dat hij doorgaat, dat hij met een leuke anekdote komt. Of een bekentenis hoe lief hij haar vond en hoe zwaar het voor hem was om haar niet meer te mogen zien.

Dat gebeurt niet. Het is alsof met die ene opmerking zijn inspiratie is uitgeblust en hij opgelucht terugkeert naar het heden.

'Je bent vorige maand tien geworden, hè?'

Britt kijkt opzij. 'Elf.'

'O ja, natuurlijk. Het is tien jaar geleden dat ik je voor het laatst zag. Je was een jaar en een maand toen ik voor het eerst de gevangenis in draaide. Daarna heb ik je nooit meer gezien.' Zijn stem klinkt alsof hem dat diep spijt, waar ze natuurlijk niet intrapt. Als hij haar zo miste, had hij haar weleens een kaart of brief kunnen schrijven. Maar dat zegt ze niet. Nu ze toch een min of meer vertrouwelijk gesprek voeren, durft ze wel iets anders aan te kaarten.

'Wat is er met je oog gebeurd?' vraagt ze.

Even valt er een beladen stilte.

'Dat moet je aan je moeder vragen,' zegt Roy dan kortaf.

'Waarom? Je kunt het zelf toch ook vertellen?'

Nog even blijft Roy in stilzwijgen voor zich uit kijken, dan zegt hij: 'Misschien is het ook wel beter dat je dat weet. Dat je beseft hoe je moeder echt is.'

Gealarmeerd kijkt Britt hem aan. 'Wat bedoel je?'

'Je moeder heeft het gedaan. Ze stak een vinger in mijn oog, zo hard en diep dat ik hem kwijtraakte.'

Vol schrik en weerzin staart Britt hem aan. 'Niet waar!'

'Echt wel. Dat had je niet verwacht, hè? Ik weet niet wat voor verhalen je moeder allemaal over mij heeft verteld, maar zo'n lieverdje was ze zelf ook niet.'

Die opmerking irriteert Britt. Zwijgend draait ze haar hoofd weg, want intuïtief weet ze dat dit een gevoelig punt is.

Haar vader vindt het leuk als ze bijdehand of kritisch is, maar niet altijd. Ze begrijpt dat ze de grens beter niet kan opzoeken, zoals haar moeder waarschijnlijk ooit heeft gedaan.

Een tijdlang rijden ze in stilte voort. Britt blijft de borden in de gaten houden, maar de plaatsnamen zeggen haar niet veel. Hoe moet de politie haar vinden als ze zelf niet weet waar ze is?

Na twee uur rijden naderen ze een middelgrote stad. Langs de snelweg staan grote gebouwen en kantoren.

'Hier gaan we even boodschappen doen.' Onverwacht neemt Roy een afslag en rijdt naar de parkeerplaats van een overdekt winkelcentrum.

Moe en stijf van de lange zit komt Britt uit de auto en rekt zich uit. Het is fijn om even te lopen en het zonlicht op haar gezicht te voelen. Nu pas merkt ze hoe warm het buiten is. In de auto was het bijna koud met de airco aan. Ze was liever buiten in de zon blijven staan, maar haar vader pakt haar bij de hand alsof ze een klein kind is en neemt haar mee het winkelcentrum in.

Er zit van alles: een supermarkt, een apotheek, een sleutelbar, een paar restaurantjes en een gigantische kledingzaak.

'Eerst even pinnen.' Roy loopt naar de pinautomaat naast de sleutelbar en haalt Lucas' portefeuille tevoorschijn. 'Hij heeft het toch niet meer nodig, of wel soms?' Hij grinnikt naar Britt. 'Die stommeling heeft zijn pincode in een zogenaamd telefoonnummer verstopt.' Hij laat Britt de binnenkant van de portefeuille zien, waar inderdaad een reeks cijfers staat.

Na twee pogingen heeft Roy de juiste code ingevoerd, en met een brede grijns incasseert hij het geld dat uit de automaat komt.

'De politie kan ons zo wel opsporen, maar dat maakt niet uit. Tegen de tijd dat ze hier zijn, zijn wij allang vertrokken,' zegt hij.

'Hoe kan de politie weten dat we hier zijn als jij pint?' vraagt Britt niet-begrijpend.

'Omdat ze je bankpas natrekken. Als je pint, wordt automatisch geregistreerd waar dat is, hoe laat, alles. Er worden zelfs opnamen van je gemaakt.'

'Waarom pin je dan?'

'Omdat ik geld nodig heb, anders komen we niet ver. Ik trek in één keer Lucas' rekening leeg en dan redden we het wel tot Polen.'

Polen! Wat moeten ze daar nou? Ongelovig kijkt Britt haar vader aan, maar hij zegt verder niets. Als ze de kledingwinkel in lopen, kan ze zich niet inhouden en begint ze er toch over. 'Waarom gaan we naar Polen?'

'Daar woont een vriend van me die ik lang niet heb gezien. Hij vindt het vast heel leuk als we bij hem een tijdje vakantie komen vieren.'

'Is hij Nederlands?'

'Nee, maar hij heeft in Nederland gewerkt en is na een paar jaar teruggegaan. Balen, want hij was een goede maat van me. Volgens mij is het in Polen nog warmer dan hier, dus kies wat zomerkleding uit. Rokjes, jurkjes, korte broeken.'

'Zoveel?'

Onverwacht blijft Roy staan en pakt zijn dochter bij de schouder. 'We zitten er wel een tijdje, Britt. Dus ja, je moet het een en ander uitzoeken. Leuk toch?'

De klank van zijn stem is zo warm en hartelijk dat Britt wel iets van haar ware gevoelens durft te laten zien. Opeens voelt ze tranen branden en haar stem klinkt geknepen als ze zegt: 'Ik mis mama. Eigenlijk wil ik liever naar huis.'

Angstig speurt ze haar vaders gezicht af, bang voor een boze reactie. Die komt niet. Hij zucht alleen heel diep en trekt een gezicht alsof hij hoofdpijn heeft.

'Dat begrijp ik,' zegt hij. 'Maar begrijp jij dat ik heel graag tijd met je wil doorbrengen? Dat dit misschien de enige kans is om elkaar beter te leren kennen?'

Met gebogen hoofd knikt Britt. Natuurlijk begrijpt ze dat,

en een deel van haar wil hetzelfde. Ondanks zijn daden is hij haar vader. Ze zal nooit een andere krijgen, niet echt. Dit is de vader met wie ze het moet doen. Dat beseft ze en dat vormt meteen het probleem. Hoe graag ze ook een vader wil, ze heeft moeite om hem te vertrouwen. Diep in haar fluistert nog steeds dat stemmetje waar ze het bestaan niet van kende, alsof er een andere, oudere en wijzere Britt in haar zit die haar probeert te waarschuwen. Want waarom heeft hij haar nooit opgezocht als hij haar zo graag wilde leren kennen? Waarom heeft hij haar niet geschreven, geen kaartje gestuurd voor haar verjaardag, nooit opgebeld? Hij kan niet altijd in de gevangenis hebben gezeten en trouwens, daar heb je vast ook telefoon. Desondanks wil ze niets liever dan hem geloven. Een mens kan per slot van rekening veranderen.

'Nou, hup dan. Zoek wat leuks uit.' Roy geeft een duwtje tegen haar schouder en ze loopt gehoorzaam naar de kledingrekken.

Zonder veel belangstelling zoekt Britt het een en ander uit. Polen, ze gaan naar Polen!

Op de automatische piloot pakt ze een spijkerbroek, een paar T-shirts, een wit vestje en een spijkerjasje. Hulpeloos staat ze ermee in haar handen, niet wetend wat ze nog meer nodig heeft. Ze wil niet naar Polen, ze wil geen nieuwe kleren.

Het is Roy die zorgt dat ze ondergoed, sokken en toiletartikelen uitkiest. De winkel heeft ook een drogisterij-afdeling.

Als ze klaar zijn, rekent hij netjes af. Dat kan ook niet anders, want overal staat beveiliging.

'En nu wegwezen,' zegt Roy als ze de kledingwinkel verlaten. 'Wacht, ik zie daar een telefoonzaak.'

Hij trekt Britt mee en gaat de zaak binnen. Even later staat hij weer buiten met een prepaid mobieltje.

'Altijd handig,' zegt hij. 'Zullen we pizza meenemen voor onderweg? We hebben geen tijd om uitgebreid te gaan zitten.'

'We hebben nog broodjes van het ontbijt.'

'Dat is waar ook. Maar ik heb meer trek in pizza, jij?'

Britt schokt even met haar schouders, wat hij als een gebaar van instemming opvat, want hij zet koers naar de Pizza Hut. Even later lopen ze met een doos vol vette voorgesneden pizza terug naar de auto.

Britt gooit haar aankopen op de achterbank en stapt in. Aan weglopen of mensen alarmeren denkt ze al niet meer. Ze gaat op vakantie naar Polen. Met tegenzin, maar haar vader heeft gelijk: dit kan weleens de enige kans zijn om elkaar beter te leren kennen.

32

Het Catharina Ziekenhuis in Eindhoven ligt iets buiten het centrum, in het noorden van de stad. Samen met Fred rijdt Lois er maandagochtend al vroeg naartoe. Het is een flink ritje, bijna twee uur, en onderweg praten ze niet veel.

Lois weet niet waar haar collega aan denkt, maar zelf is ze met haar gedachten bij het gesprek dat ze gaan voeren met Lucas Geerlings. Het heeft Ramon heel wat overtuigingskracht gekost om toestemming te krijgen van de intensivist, het hoofd van de artsen op de intensive care. Uiteindelijk is hij gezwicht voor het argument dat het leven van een elfjarig meisje op het spel staat, en hij staat toe dat er vijf minuten met de patiënt gesproken wordt.

'Langer niet,' zegt dokter Kroon waarschuwend als Lois en Fred zich melden. 'U krijgt echt niet meer dan vijf minuten. Crimineel of niet, deze man is mijn patiënt en dus mijn verantwoordelijkheid.'

'We hebben niet langer nodig,' stelt Fred hem gerust. 'Voorlopig hoeven we maar een paar dingen te weten.'

'Ik heb begrepen dat een echt gesprek ook niet mogelijk is,' voegt Lois eraan toe.

'Dat klopt,' zegt dokter Kroon. 'Meneer Geerlings ligt aan de beademing. U kunt zich voorstellen dat spreken onmogelijk wordt als je een buis tussen je stembanden hebt zitten. Maar hij is bij kennis, en een bepaalde vorm van communicatie is wel mogelijk. U kunt gebruikmaken van een letterkaart, waarop meneer Geerlings letters aanwijst en zo woorden vormt. Dat is wel tijdrovend en vermoeiend. Hij kan ook antwoorden opschrijven. Ik zou een paar gesloten vragen stellen, waarop hij kan knikken of zijn hoofd schudden. Voor meer hebt u ook eigenlijk geen tijd.'

Lois en Fred knikken om aan te geven dat ze het begrepen hebben en laten zich de kamer wijzen waar Lucas Geerlings ligt. De afdeling intensive care van het Catharina Ziekenhuis heeft één gang met eenpersoonskamers en een andere gang waar patiënten een kamer delen. Geerlings heeft het rijk alleen, maar zo te zien is hij niet in staat van dat privilege te genieten.

Monitoren registreren elke verandering en elke beweging die hij maakt, en het beademingsapparaat maakt een zuigend geluid waar Lois het zelf benauwd van krijgt.

Fred heeft daar minder moeite mee. Hij trekt een stoeltje bij en zet dat zo dat Geerlings hem kan aankijken. Vanaf het moment dat ze binnenkwamen, heeft Lucas Geerlings hen met zijn ogen gevolgd. Lois kan niet goed beoordelen wat er in hem omgaat, of hij wil meewerken of niet. Om hun tijd goed te benutten, steekt ze meteen van wal.

'Meneer Geerlings, ik ben Lois Elzinga en dit is mijn collega Fred Klinkenberg. Wij zijn van de recherche, Regionale Eenheid Noord-Holland. Zonder advocaat bent u niet verplicht antwoord te geven op onze vragen, maar we hopen dat u een paar minuutjes met ons wilt praten.'

Geerlings draait zijn hoofd naar haar toe en kijkt haar slechts aan.

'We begrijpen dat u op dit moment vooral rust nodig hebt, maar het is ook belangrijk dat we zo snel mogelijk informatie krijgen. Als u meewerkt, zijn we zo klaar en dan gaan we weer. Afgesproken?'

Geerlings slaagt erin een knikje te geven.

'Goed. Ten eerste willen we graag weten wie u heeft neergeschoten. Was dat Roy de Graaf?'

Weer een knikje.

'Weet u ook waar zijn dochter Britt momenteel is?' Gespannen kijkt Lois hem aan. Geerlings schudt ontkennend zijn hoofd.

'Verbleef ze wel in het huis waar u bent aangetroffen?'

Lucas Geerlings knikt kort.

'Maar daar is ze niet meer. Weet u wie haar heeft meegenomen? Was het haar vader, Roy de Graaf?'

Een knikje.

'Weet u waar hij met haar naartoe is gegaan?' informeert Fred, maar daar antwoordt Geerlings ontkennend op. Of zijn getuigenis betrouwbaar is, is de vraag, maar ze kunnen hem moeilijk aan een zwaar verhoor onderwerpen. Het is frustrerend, maar zo staan de zaken ervoor.

'Is er iets wat u weet? Iets waar wij wat aan hebben om Britt terug te vinden?' vraagt Lois wanhopig.

Tot haar verrassing knikt Geerlings. Zijn ogen gaan van Lois naar Fred en weer terug.

'Hij kan zoveel vertellen. Mits wij de juiste vraag stellen.' Fred laat Geerlings niet los met zijn blik, alsof hij hoopt op de een of andere manier de antwoorden van zijn gezicht af te lezen.

Dan maakt Lucas een schrijfgebaar. Zoveel medewerking had Lois niet verwacht en het duurt even voor ze haar notitieboekje heeft gevonden.

De deur van de kamer gaat open en een andere arts steekt haar hoofd om de hoek. 'Wilt u het gesprek afronden? De vijf minuten zijn bijna voorbij.'

'We zijn zo klaar,' belooft Fred.

De arts kijkt alsof ze er maar weinig van gelooft, maar trekt zich toch terug. Intussen heeft Lois haar notitieboekje en een pen aan Geerlings gegeven. Het kost hem zichtbaar moeite om iets op te schrijven. Terwijl hij schrijft lezen Lois en Fred met hem mee en zodra het woord helemaal op papier staat, spreken ze het tegelijk hardop uit: Polen.

Op de intensive care mag niet gebeld worden, maar zodra ze de afdeling hebben verlaten, heeft Fred zijn telefoon al in zijn hand. Met een paar korte, zakelijke mededelingen brengt hij Ramon op de hoogte en dan stappen ze in de lift die hen naar beneden brengt.

'Hij is met haar op weg naar Polen,' zegt Lois als ze weer in de auto zitten. 'Wat moet hij daar in hemelsnaam?'

'Lees zijn dossier maar. Hij heeft nogal wat Poolse vriendjes die dezelfde carrière als hij hebben gekozen. Als hij in Nederland blijft, hebben we hem zo te pakken, maar eenmaal over de grens...' Fred maakt een gebaar met zijn vingers alsof iets oplost in de lucht.

'Het verbaast me dat hij zo mededeelzaam was.'

'Echt? Nadat hij is neergeschoten? Als het arrestatieteam niet was binnengevallen, was hij doodgebloed. Ik denk niet dat hij veel behoefte heeft om De Graaf te beschermen.'

'Wat moet Roy in Polen met Britt? Waarom sleept hij haar daar helemaal naartoe?'

'Misschien wil hij eindelijk vadertje spelen.' Fred neemt een bocht en rijdt het parkeerterrein van het ziekenhuis af. 'Als je het mij vraagt, is het één grote wraakoefening op Mirjam.'

'Omdat zij hem zoveel jaren contact met Britt heeft ontzegd.'

'Ja. Misschien kwam hem dat wel goed uit toen ze nog klein was, maar nu is ze elf. Veel mannen krijgen een betere band met hun kinderen als ze niet meer in hun broek plassen en voortdurend zorg nodig hebben.'

'Ging dat bij jou ook zo?' Belangstellend kijkt Lois haar collega aan.

Fred beweegt zijn hoofd van links naar rechts, alsof hij over een antwoord moet nadenken. 'Ik had het te druk met mijn werk om veel aandacht voor mijn kinderen te hebben. Daar heb ik nu wel spijt van, want ik heb heel wat gemist. Nou ja, het is niet anders. Mijn werk nam me toen zo in beslag.'

'Of je líét het te veel tijd in beslag nemen.'

Een beetje geërgerd kijkt Fred opzij. 'Kom op, Lois. Je weet zelf toch ook hoe het gaat met ons werk.'

'Ja, maar ik zie ook veel agenten die werk en privé wel kunnen combineren. Is het ook niet een kwestie van prioriteiten stellen? Natuurlijk, als je piket hebt, moet je komen opdraven, dat bestrijd ik niet. Maar als je eenmaal thuis bent, heb je de keuze tussen je eigen dingen doen of met je kinderen optrekken.'

Fred antwoordt niet en als Lois van opzij naar hem kijkt, ziet ze dat zijn gezicht niet bepaald vrolijk staat.

'Sorry,' zegt ze. 'Ik wilde je niet beledigen.'

'Nee, je hebt gelijk,' zegt Fred met een zucht. 'Als ik eens een paar uurtjes voor mezelf had, ging ik liever slapen of sport kijken dan met mijn kinderen plakken en knippen. Dat soort dingen deed Nanda, en dat vond ik wel voldoende. Ze kregen de aandacht die ze nodig hadden van hun moeder en het is nooit bij me opgekomen dat ze het leuk zouden vinden om iets met mij te doen. Niet dat ze me ooit verwijten gemaakt hebben, hoor. Maar ik zie dat soort dingen nu scherper. Omdat er eigenlijk niets veranderd is. Als ze raad nodig hebben of verdrietig zijn, gaan ze nog steeds naar hun moeder. Als ze bellen, geef ik bijna onmiddellijk de telefoon aan Nanda, want dat is toch degene naar wie ze vragen.'

'Daar kun je nog best verandering in brengen. Het is nooit te laat om opnieuw te beginnen en te zorgen dat je een goede band met elkaar krijgt.'

In eerste instantie zegt Fred niets, maar in de stilte die valt, hoort Lois haar eigen woorden terug. Ze voelt een opmerking aankomen en als die uitblijft, werpt ze Fred een snelle blik toe. En dan komt hij toch nog.

'Daar heb je gelijk in,' zegt Fred neutraal. 'Daar heb je helemaal gelijk in, Lois.'

33

Ze staan stil bij een benzinepomp als Lois' telefoon gaat. Ze verlaat net de tankshop met twee bekers koffie in haar handen en een paar broodjes in haar schoudertas.

Lois loopt vlug naar de pomp waar Fred staat te tanken en zet alles op de motorkap. Daarna haalt ze haar smartphone tevoorschijn en kijkt op het display.

'Hoi Silvan,' zegt ze boven het lawaai van vertrekkende en aankomende auto's uit.

'Lois, ik heb weer een plaatsbepaling. Deze keer weten we precies waar Britt zat, want ze heeft het aangegeven in haar bericht.'

'Wat zeg je? Heeft ze weer een sms gestuurd?' zegt Lois om Fred op de hoogte te brengen. Hij is net klaar met tanken en kijkt haar met het nadruppelende tankpistool in zijn hand verrast aan.

'Ja, hij is om 8.34 uur binnengekomen. *Novotel Düsseldorf* staat erin. Meer niet.'

'Misschien had ze geen tijd om meer te typen. Dit is belangrijk nieuws! Mag Mirjam het weten?'

'Ja, we kunnen het niet maken om te verzwijgen dat haar dochter weer contact heeft opgenomen.'

'Heeft iemand haar al gebeld?'

'Nee, maar Claudien gaat naar haar toe. Ik wilde je even op de hoogte stellen.'

'Fijn, dank je. Ik zie je vanmiddag.'

'Later,' zegt Silvan en verbreekt de verbinding.

Lois stapt in met de broodjes en de koffie en wacht op Fred, die naar binnen is gelopen om te betalen.

'Dus Britt heeft opnieuw contact opgenomen,' zegt Fred als hij achter het stuur schuift. 'Een kort bericht zeker?'

'Er stond alleen Novotel Düsseldorf in.'

'Ze heeft dus maar weinig gelegenheid om te sms'en. Even snel, en dan zet ze haar mobiel weer uit.' Fred start de motor en geeft gas. 'Dappere meid.'

Een dik uur later zijn ze terug op het bureau, waar ze Silvan aantreffen in de recherchekamer. Hij zit in opperste concentratie achter een beeldscherm en kijkt afwezig op als Lois en Fred binnenkomen.

'Het is natuurlijk niet vast te stellen wie dat berichtje heeft verstuurd, maar het lijkt me aannemelijk dat het Britt was,' zegt hij, zonder hen zelfs maar te begroeten. 'Het is haar mobiel en ze zet hem steeds uit, dus ik denk dat haar batterij bijna leeg is. Niemand anders heeft een reden om ons op de hoogte te stellen van hun verblijfplaats.'

'Dus Roy de Graaf weet niet dat zijn dochter in het bezit is van een mobieltje. Dat is mooi,' zegt Jessica, die erbij komt staan.

'Het zou nog mooier zijn als ze het toestel aan liet staan, zodat we haar kunnen traceren. Nu zet ze hem steeds aan en uit. Ze mag vanochtend om halfnegen in Düsseldorf hebben gezeten, ik heb geen idee waar ze nu uithangt,' merkt Silvan op.

'Dat weet een kind van elf natuurlijk niet, dat je op te sporen bent door je telefoon aan te laten staan,' zegt Fred. 'Ik ben met dat ene berichtje al heel blij. Wordt er al werk van gemaakt in Duitsland?'

Ze kijken alle drie om als Ramon Silvans kamer binnenkomt.

'De Duitse collega's zijn geïnformeerd en op weg naar het hotel,' antwoordt hij. 'Kleine kans dat Britt en haar vader er nog zijn, maar we weten nu waar we ongeveer moeten zoeken. Overigens, uit het buurtonderzoek op de Genneperweg is naar voren gekomen dat er de afgelopen dagen een zwarte Opel Astra stond voor het huis waar Britt werd vastgehouden. Die wagen is nu weg. Geerlings is er niet mee vertrokken, dus het ziet ernaar uit dat De Graaf hem als vluchtauto heeft gebruikt.'

'Wordt er door de Duitse politie naar die wagen uitgekeken?' vraagt Lois.

'Ja, volop. De Graaf is op weg naar de Poolse grens, dus ik wil daar versperringen hebben. En controle op de route die hij neemt. Als hij slim is, kiest hij voor de B-wegen, maar waarschijnlijk gaat hij gewoon voor de snelste route,' zegt Ramon. 'De Duitse recherche zal ook nagaan of hij met die wagen bij Novotel Düsseldorf is weggereden. De parkeergarage is voorzien van camera's, dus dat moet gemakkelijk vast te stellen zijn. Bij de receptie hangen trouwens ook camera's. Als De Graaf met Britt heeft ingecheckt, zijn daar zeker opnames van.'

Lois loopt naar een computer, start hem op en zoekt via Google een kaart van Duitsland op. Aandachtig tuurt ze naar het beeldscherm. 'Het is jammer dat we niet weten waar hij de Poolse grens wil oversteken. Dat hij vanochtend in Düsseldorf zat, zegt niets over de route die hij gaat nemen. Hij kan richting Leipzig en Dresden gaan, maar net zo goed via Hannover naar Berlijn. En als hij ons helemaal zand in de ogen wil gooien, neemt hij de noordelijkste weg, via Hamburg.'

Ramon komt naast haar staan en kijkt met haar mee.

‘Vergeet niet dat hij geen idee heeft dat we van zijn plannen op de hoogte zijn,’ zegt hij. ‘Hij weet niet dat Geerlings dat schot heeft overleefd, wat we ook zo lang mogelijk stil zullen houden. En hij weet evenmin dat Britt heeft ge-sms’t dat ze in Düsseldorf zaten. Voor zijn gevoel is hij ontkomen.’

Er valt een stilte waarin ze allemaal naar de kaart op het computerscherm kijken.

‘En nu?’ vraagt Lois.

‘Nu niets,’ antwoordt Ramon. ‘We zullen het aan onze Duitse collega’s moeten overlaten.’

34

Het is moeilijk om je grip op een zaak te verliezen. Het bevalt Lois niets, maar Geerlings kunnen ze niet aanpakken en in Duitsland heeft ze geen opsporingsbevoegdheid. Het heeft dus ook geen zin om daar naartoe te gaan, temeer omdat ze niet weet waar ze moet zijn. Een zaak waar je tot je nek in zit en waar je je zo bij betrokken voelt, laat je niet graag over aan anderen, maar er zit niets anders op. Het is nu aan de Duitse autoriteiten om Britt te vinden.

Er is een rechtshulpverzoek aan het buurland gedaan, het AMBER Alert zal er worden verspreid, er wordt uitgekeken naar de zwarte Opel Astra en de grensposten zijn ingelicht.

Het huis waar Lucas Geerlings Britt heeft vastgehouden, staat op naam van een van zijn broers, die een gevangenisstraf uitzit vanwege afpersing met geweld. Een gesprekje met hem tijdens de bezoekuren levert weinig op. Hajo Geerlings beweert dat hij niet eens wist dat zijn broer gebruik heeft gemaakt van zijn huis, laat staan dat hij ervan op de hoogte was dat daar een ontvoerd meisje zat.

Nu het team op een zijspoor is gezet, neemt Lois er ander werk bij. Een overval op de plaatselijke McDonald's, een weggelopen tiener, er is genoeg waar ze zich mee bezig kan houden.

Maar er zijn voldoende rechercheurs, dus nu het kan, gaat ze eens een avond vroeg naar huis.

Tijdens de middagbriefing heeft haar telefoon op stil gestaan, en terwijl ze het bureau verlaat, zet ze hem weer aan. Meteen verschijnt er een sms'je op haar scherm:

Bel me even terug. Kus, Tessa.

Gehoorzaam toetst Lois het nummer van haar zus in. 'Hoi Tes, met mij. Ik moest je terugbellen?'

'Heb je het erg druk?' vraagt Tessa.

'Nee. Het zal wel als een complete verrassing komen, maar ik ben zomaar eens vroeg klaar. Ik loop net het bureau uit.'

Tessa slaakt een kreet van enthousiasme. 'Je bent al klaar! Komt dat even goed uit! Wij gaan over een uurtje barbecueën, kom je ook?'

'Wie zijn wij?'

'Guido en ik natuurlijk, en Onno en zijn zus. En mijn vriendin Jacinta komt ook.'

'Hmm,' zegt Lois. Eigenlijk heeft ze niet zoveel behoefte aan een heel gezelschap, al vindt ze het wel leuk om Onno te zien. En ze is niet zo dol op barbecue – ze eet niet veel vlees – maar Tessa zorgt altijd voor heel lekkere salades.

'Je komt toch wel, hè?' smeekt Tessa.

'Natuurlijk kom ik. Over een uurtje, zei je?'

'Ja, zoiets. Het blijft nog lang warm, dus we hebben de hele avond de tijd. En als het echt fris wordt, zetten we de terrasverwarmers aan.'

'Dan ga ik even douchen en kom ik eraan. Moet ik nog iets meenemen?'

'Heb je iets in huis dan, behalve groentesmoothies?'

'Niet echt.'

'Dat bedoel ik. Kom nou maar gewoon, we hebben alles.'

Op weg naar huis stopt Lois bij een dierenspeciaalzaak, waar ze een botje voor Tessa's hondje koopt. Als ze dan alles al hebben, is dat wel het minste wat ze kan meenemen. Ze staat nog even met een halsbandje met glittersteentjes in haar hand, en legt het ding dan weer terug. Tessa zou het waarschijnlijk mooi vinden, maar zoiets kun je zo'n beest toch niet aandoen.

Ze rekent het botje af en fietst in de warme namiddagzon naar de Baangracht. Haar huis staat dromerig aan het grachtje, weerspiegeld in het gladde wateroppervlak. Een kind rijdt heen en weer op een driewieler, in de gaten gehouden door zijn moeder, die haar hand opsteekt als Lois komt aanrijden.

Met een licht schuldgevoel beseft Lois dat ze amper weet wie haar buren zijn. Ze is te vaak weg om mee te doen aan buurtbarbecues of om gewoon een kop koffie met hen te drinken. Eigenlijk zou ze daar verandering in moeten brengen. Die vrouw aan de overkant is van dezelfde leeftijd als zij, maar ze weet niet eens hoe ze heet.

Met het voornemen om binnenkort eens bij haar langs te gaan, stapt Lois de gang in en kreunt luid. Het is binnen zo warm als in een oven. Goed dat ze vanavond lekker gaat barbecueën, want ze heeft geen achtertuin om verkoeling te zoeken.

Ze neemt een snelle douche, gooit haar bezwete kleren in de wasmand en zoekt iets luchtigs uit: een witte linnen broek met een turkooizen shirtje en bijpassende teenslippers. Ze föhnt haar blonde haar, dat ze op kaaklengte draagt, tot het met een lichte slag om haar gezicht valt en doet een paar turkooizen oorbellen in.

Met een spijkerjasje om haar middel voor als het frisser wordt, gaat ze de deur uit en stapt in haar snikhete auto.

Gelukkig is het een kort ritje naar Bergen, waar Tessa woont. Ook al heeft ze airco, Lois zet de raampjes open zodat ze haar arm in de opening kan leggen. De zon schijnt er warm op, maar de bries die tijdens het autorijden ontstaat, houdt de temperatuur aangenaam. Ze houdt ervan om met de ramen open te rijden na een dag binnen zitten. Het geeft haar het gevoel dat ze weer in contact staat met de buitenwereld.

Met een zonnebril op en de radio aan rijdt ze zingend Alkmaar uit. De weg voert langs weilanden en sloten, door het nog altijd dorps aandoende Bergen en uiteindelijk rijdt ze de Eeuwigelaan op. Dit is de laan waar de elite woont, waar je niet kunt rijden zonder je te vergapen aan de prachtige huizen die op ruime percelen tussen de bomen staan. Hier woont Tessa sinds ze twee jaar geleden is getrouwd met Guido van Sevenhuysen, bankier én baron.

Dat heeft haar zus goed gedaan, bedenkt Lois terwijl ze vaart mindert en een bocht naar links neemt. Ofschoon je je kunt afvragen hoe je je leven zin geeft als je in weelde baadt en er geen noodzaak is om ooit nog een vinger uit te steken. Voor zover ze weet werkt Guido omdat hij er plezier aan beleeft, en omdat het hem status verleent natuurlijk, maar hoe Tessa haar dagen doorbrengt is Lois een raadsel.

Ze drukt op de knop van de intercom, roept 'Politie! Doe open!' en rijdt het grind op zodra het toegangshek openzwaait.

Voor haar verrijst een grote witte villa met een rieten dak, compleet met bordes en marmeren beelden op de onderste tree. Lois vindt ze spuuglelijk, maar Guido wordt het nooit moe te vertellen dat ze gemaakt zijn van Carrara-marmer, rechtstreeks uit Italië geïmporteerd. Alsof dat ze mooi maakt.

Ze zet haar auto naast een zwarte cabriolet met open dak en schuift haar zonnebril naar achteren om haar haren uit haar gezicht te houden. Ze ziet er goed uit, ze mag er zijn, prent ze zichzelf in.

Maar zoals altijd verbleekt dat gevoel als ze omloopt naar de tuin, waar ze gelach hoort opstijgen. Daar staan Tessa en Jacinta met elkaar te praten. Ze hebben een glas rosé in de hand en zijn beiden tot in de puntjes verzorgd. Haren gekapt, flatteuze zomerjurkjes, bruine benen en hooggehakte open schoentjes.

Terwijl ze zich afvraagt hoe ze in hemelsnaam eind mei al van die bruine benen kunnen hebben, begroet Lois haar zus.

'Je bent er al! Wat lekker vroeg,' zegt Tessa blij. 'Jacinta, dit is nou mijn zus.'

'We hebben elkaar al een keer ontmoet. Je weet wel, op Tessa's verjaardag,' zegt Jacinta.

Lois weet het nog, en ze weet ook dat Jacinta haar bij die gelegenheid straal negeerde. Daarom vindt ze het niet nodig om Jacinta te zoenen, al maakt die wel aanstalten om haar met drie kussen te begroeten. Lois recht haar rug, houdt haar arm stijf en glimlacht Jacinta vriendelijk toe.

'Ja, dat weet ik nog,' zegt ze en ze zwaait naar Onno, die met een beeldschoon donkerharig meisje komt aanlopen.

'Hallo!' roept het meisje vrolijk. 'Wat gezellig, een barbecue. Ik wilde uit eten met Onno, maar hij stelde voor hier naartoe te gaan. Ook leuk, lekker buiten. Hallo, ik ben Aimée.' Ze schudt Lois' hand met zo'n stralend gezicht dat Lois haar meteen mag.

'Ben jij nou Lois? De rechercheur? Veel over je gehoord,' zegt Aimée, met een plagerig lachje in de richting van haar broer.

'Hallo Lois,' zegt Onno onverstoorbaar. 'Goed je weer te zien.' Hij slaat zijn armen om haar heen, trekt haar even tegen zich aan en geeft haar daarna drie zoenen op de wang. Keurend houdt hij haar een eindje van zich af en bekijkt haar kritisch. 'Hoe is het met je? Je ziet er moe uit.'

'*Story of my life*,' grapt Lois en Aimée lacht.

'Je werkt veel, hè? Dat hoorde ik al,' zegt ze. 'Wat zie je er mooi uit. Prachtig, dat turkoois van je shirt. Het doet je ogen mooi uitkomen.'

Lois' outfit komt bij H&M vandaan en haalt het niet bij het zomerjurkje dat Aimée draagt en dat Duur en Chic uitschreeuwt. Ze is niet erg goed in het omgaan met complimentjes, ze vertrouwt ze vaak ook niet, maar Aimées uitstraling is zo warm en oprecht dat ze haar met een glimlach bedankt.

'Aha, jullie zijn er allemaal al! Gezellig!' Guido komt het terras op stappen, gekleed in een rode pantalon met een witte polo. 'We gaan lekker een hapje eten, mensen. Het was zo warm vandaag dat ik een vrije dag heb genomen. Onno, kerel, kon jij je zomaar losrukken van de kliniek?'

'Uurtje eerder weggegaan. Moet kunnen.' Onno schudt zijn neef de hand. 'Goed idee, een barbecue. We kunnen binnenkort ook wel een dagje gaan varen.'

'Doen we! Dag Aimée, dag Lois, dag Jacinta.' Met overdreven galante gebaren kust Guido de handen van de dames in het gezelschap. 'Mag ik zeggen dat jullie verschijning me meer verblindt dan de zon?'

'Slijmbal,' zegt Aimée lachend. 'Schenk maar een glas wijn voor me in, daar heb ik meer behoefte aan dan aan die flauwekul.'

'Wil je een keer een heer zijn, word je ruw afgewezen. Zo jammer.' Hoofdschuddend loopt Guido weg, om met twee extra glazen en een fles rosé terug te komen. 'Lois, ook een glaasje?'

'Ik drink niet, dat weet je.'

'Dat lijkt me niet verstandig op zo'n warme dag.' Guido kijkt lachend om zich heen, alsof hij een goede grap heeft gemaakt. Iedereen lacht mee.

'Ik haal wel wat anders voor je. Wil je icetea?' vraagt Tessa.

'Gewoon water is ook goed, Tes. Maar doe geen moeite, ik pak het zelf wel even.' Lois is al op weg naar de keuken. Via het terras gaat ze het verbluffend grote en mooi ingerichte huis van haar zus en zwager binnen. De woonkeuken blinkt van de chromen apparaten, de werkbladen zijn – natuurlijk – van Carrara-marmer en aan de lange eettafel kunnen twee gezinnen plaatsnemen.

Lois loopt naar de Amerikaanse koelkast en struikelt over iets wits. Ze kan zich nog net vastgrijpen aan het kookeiland. Bij haar voeten piept iets en verschrikt kijkt ze naar beneden. Een heel klein wit hondje danst om haar voeten en springt tegen haar op als ze neerhurkt.

'Zo, dus jij bent Scottie,' zegt ze en ze aait het dartele beestje. 'Je bent wel een lieverdje, hoor. Nee, niet aan mijn teenslipper knagen. Ik heb iets anders voor je meegenomen.' Ze diept het botje op uit haar broekzak en geeft het aan Scottie, die er blij mee wegrent.

Als ze zich opricht, komt Onno net aanlopen.

'Wat een lieverdje, hè?' zegt ze vertederd.

'Buitengewoon lief,' zegt Onno, met zijn ogen strak op haar gericht. Ze houden de hare een paar seconden vast, tot Lois zich ongemakkelijk begint te voelen. Misdadigers kan ze tijdens een verhoor eindeloos strak aankijken, maar met Onno's blik weet ze niet goed raad.

'Net iets voor Tessa, zo'n hondje,' zegt ze dan maar, om zich een houding te geven.

'Hij is wel heel klein,' beaamt Onno. 'Hoeveel batterijen zouden erin gaan?'

Lois lacht en zet een glas onder de waterdispenser van de koelkast.

'Nog steeds van het gezonde leven?' Onno leunt tegen de wand met het ingebouwde stoomapparaat. 'Dat waardeer ik zo in jou, dat je je niet conformeert aan je omgeving. Iedereen gaat aan de rosé, maar Lois tapt een watertje.'

'Lijkt me wel zo verstandig met dit weer.'

'Dat is waar, al hoef je natuurlijk niet per se altijd verstandig te zijn. Hoe gaat het met je, Lois? Ik heb je een tijd niet gezien.'

'Het is druk geweest.'

'Je zit zeker midden in die zaak van dat vermiste meisje?'

‘Ja, inderdaad.’ Lois’ gezicht betrekt. ‘Zullen we het ergens anders over hebben? Sowieso mag ik daar niet over praten, maar ik vind het al moeilijk genoeg om er afstand van te nemen.’

‘Dat begrijp ik, als je er vierentwintig uur per dag mee bezig bent.’

‘Dat scheelt inderdaad niet veel. En weet je, het is niet alleen deze zaak, daarna komt er meteen weer wat anders. Je krijgt bijna geen tijd om op adem te komen en alles te verwerken.’

‘Is die zaak met dat meisje dan opgelost? Is ze terecht?’

Lois schudt haar hoofd. ‘Nee, ze is nog steeds zoek. Ik kan er verder weinig over zeggen.’

‘Dan gaan we maar eens kijken wat Guido heeft ingeslagen voor de barbecue. Is dat allemaal voor vanavond? Komt heel Bergen langs?’ Vol verbazing kijkt Onno in de koelkast, die helemaal volstaat met schalen vlees.

‘Als Guido iets doet, dan doet hij het goed. Dat weet je.’

‘Dat is absoluut waar. Nou, we laten het ons lekker smaken. Proost.’ Onno tikt met zijn glas witte wijn tegen Lois’ glas water.

‘Proost,’ zegt ze. ‘Op een mooie zomer.’

‘En op de veilige terugkeer van dat meisje.’

‘Dat vooral.’

35

Nog nooit heeft Britt zo lang in een auto gezeten. Uur na uur heeft ze zicht op het donkere asfalt van de snelweg, op tankstations die Raststätte worden genoemd en op het verbluffend mooie, golvende landschap. Ze had geen idee dat Duitsland zoveel bossen had en dat je zo lang kon rijden zonder bebouwing tegen te komen. Onder andere omstandigheden zou ze van de rit genoten hebben, nu onderstreept de onbekende omgeving vooral dat ze ver van huis is.

Ze verveelt zich. Met niets anders te doen dan uit het raam kijken en naar de radio luisteren, lijkt de autorit nog veel langer te duren. Aan haar vader heeft ze ook niet veel. Voor iemand die beweert dat hij graag contact met haar wil, zegt hij opvallend weinig. Af en toe maakt hij een opmerking of levert hij commentaar op andere weggebruikers, maar het grootste deel van de tijd kijkt hij in gedachten verzonken voor zich uit. Er komen sms'jes binnen op zijn telefoon, die hij tijdens het rijden leest en beantwoordt.

In de buurt van Leipzig stoppen ze en gaan een wegrestaurant binnen. Het is er druk genoeg om te lunchen aan een tafeltje zonder op te vallen.

'Eet maar goed,' zegt Roy als ze naar de menuborden kijken die boven het buffet hangen. 'We rijden straks in één ruk naar Polen en ik denk niet dat we uitgebreid stoppen voor het avondeten als we de grens over zijn. Het zal wel een broodje in de auto worden.'

'Moeten we nog lang rijden als we in Polen zijn?' vraagt Britt.

'Nog een uurtje of twee. Vanavond zijn we er.'

Hij zegt het alsof het goed nieuws is, maar Britt voelt een onaangename steek in haar maag bij de gedachte aan hun eindbestemming. Haar heimwee naar huis wordt met het uur groter. Nóg een grens overgaan verkleint voor haar gevoel de kans dat ze überhaupt nog thuiskomt. Want hoe lang is haar vader van plan deze vakantie te laten duren, en hoe denkt hij haar thuis te brengen als hij door de politie wordt gezocht? Meer en meer begint ze te geloven dat dit uitstapje een eindeloze vlucht wordt, waarop hij haar met zich meesleept.

Somber kijkt Britt naar de borden met patat in de vitrine. Ze wijst zomaar iets aan als haar gevraagd wordt wat ze wil eten, en even later zit ze tegenover haar vader aan een tafeltje in een hoek. En dan ziet ze het. In de hoek van het restaurant hangt een grote flatscreen waarop afwisselend videoclips en nieuwsberichten worden vertoond.

Net als ze opkijkt, ziet ze haar eigen gezicht op het beeldscherm. Het komt zo onverwacht dat ze van schrik haar vork op de grond laat vallen.

Haar vader kijkt even op van zijn bord, maar heeft gelukkig niet gezien waar ze naar zat te kijken. Om te voorkomen dat haar gezicht iets van haar schrik en verwarring verraadt, duikt Britt onder tafel om haar vork te pakken. Als ze weer rechtop zit, bonst haar hart in haar keel. Ze wordt gezocht! Niet alleen in Nederland, ook hier in Duitsland.

Ze veegt met een servetje haar vork schoon en kijkt om zich heen. Waarom herkent niemand haar? Haar foto is net breeduit vertoond op een scherm, en niemand lijkt het gemerkt te hebben.

Haar blik gaat naar het restaurantpersoneel, dat druk bezig is lege borden weg te halen en tafels schoon te boenen. Het is te druk, ze hebben geen tijd om naar de tv te kijken.

Wat zou er gebeuren als ze nu om hulp ging schreeuwen? Waarschijnlijk zou iedereen haar stomverbaasd aanstaren en zou Roy haar het restaurant uit slepen. Voor iemand op het idee kwam om iets te ondernemen, zouden zij alweer in de auto zitten.

Nee, ze moet het anders aanpakken. Gewoon, op de manier waarop ze het tot nu toe heeft gedaan: stiekem. Vroeg of laat zal de politie hen vinden, de auto klemrijden en haar naar huis brengen. Het probleem is dat ze niet zoveel tijd meer heeft. Straks rijden ze de Poolse grens over en dan is alles weer anders.

'Ik moet naar de wc,' zegt Britt. Ze schuift haar half leeggegeten bord van zich af en kijkt haar vader vragend aan.

'Eén moment, ik ga met je mee.' Roy neemt nog een paar happen vlees, stopt een paar patatjes in zijn mond en schuift zijn stoel naar achteren.

Samen lopen ze naar de toiletruimtes.

'Ik ga eerst,' zegt Roy. 'Jij wacht in de deuropening.'

Gegeneerd doet Britt wat hij zegt, haar blik op de tegelvloer gericht, zodat ze niet naar de plassende mannen bij de urinoirs hoeft te kijken.

Roy is in een ommezien klaar en gebaart naar de damestoiletten. Ook hij gaat in de deuropening staan, de boze blikken van de aanwezige vrouwen negerend.

Britt gaat in de rij staan. Ze moet wel erg nodig, hopelijk schiet iedereen een beetje op.

Vlak voor haar wordt Nederlands gesproken. Het zijn twee jonge vrouwen die er gezellig op los kletsen. Britts hart gaat sneller kloppen. Ze kijkt om, recht in de ogen van haar vader, die tegen de deurpost leunt.

Met tranen in haar ogen draait Britt zich weer om. Wat een

mooie kans was dit geweest. Die twee vrouwen zien er aardig uit, ze zouden haar vast geholpen hebben.

Nog even zint ze op een manier om hun aandacht te trekken, maar dan verdwijnen ze allebei in een toilethokje. Ze moet nog even wachten tot de vrouw voor haar klaar is, dan kan ze zelf naar binnen.

Haar hartslag versnelt opnieuw als ze ontdekt dat ze in het hokje naast een van de Nederlandse vrouwen zit. Zou ze haar aandacht kunnen trekken? Ze kan moeilijk op de wand bonzen of hardop praten, dat zou haar vader zeker horen.

Onder de wand zit een opening. Als ze nou pen en papier bij zich had, had ze een briefje kunnen schrijven.

Naast haar wordt doorgetrokken en de paniek grijpt haar bij de keel. Ze mag niet weggaan, ze móét contact maken. Van pure wanhoop klopt ze toch maar op de wand en zegt halfluid: 'Mevrouw! Mevrouw, u spreekt toch Nederlands?'

Er komt geen reactie.

'Mevrouw!' probeert ze opnieuw. 'Ik ben Britt Strijbis, ik word gezocht en...'

De klap van de deur verraadt dat de vrouw vertrokken is. Britt bijt op haar lip en gaat op de wc zitten. Ze heeft haar mobieltje nog, ze gaat hier niet weg voor ze een sms'je heeft verstuurd.

Terwijl ze plast, zet ze haar mobieltje aan en wacht tot haar telefoon verbinding heeft gemaakt. Ze zou kunnen bellen, ze heeft de tijd. Toch riskeert ze het maar niet. Een sms'je is sneller en veiliger.

Met vlugge vingers typt ze de naam van de Raststätte in. Tot haar schrik ziet ze dat haar batterij nu echt bijna leeg is, hij staat nog maar op drie procent. Als dat maar genoeg is om dat sms'je te versturen! Met argusogen houdt ze de batterijfunctie in de gaten, en gelukkig, het bericht wordt verzonden. Maar hij doet er lang over en tegen de tijd dat hij verzonden is, is er nog maar één procent van de batterijlading over. Te weinig om de telefoon nog een keer te kunnen gebruiken, beseft ze.

Daarom gunt ze zichzelf de tijd om de binnengekomen berichten te lezen. Niet allemaal, daarvoor zijn het er te veel, maar de laatste paar. Ze zijn allemaal van haar moeder. De paniekerige toon ervan brengt Britt zo van haar stuk dat er een waas voor haar ogen verschijnt en ze de kleine lettertjes niet meer kan lezen. Ze knippert en concentreert zich op de berichtjes, maar dan geeft haar telefoon de geest. Van het ene moment op het andere gaat het display op zwart.

Nu ze het laatste middel dat haar met thuis verbindt kwijt is, zit ze dicht tegen een huilbui aan. Maar het zou stom zijn om te gaan huilen, ze moet doen alsof ze gewoon even naar de wc is geweest.

Snuffend staat Britt op, knoopt haar broek dicht en snuit haar neus. Vervolgens trekt ze haar stinkende T-shirt uit en doet haar nieuwe schone shirt en witte vestje aan. Dat voelt een stuk prettiger.

Met handen wassen in de openbare ruimte van de toiletten treuzelt ze zo lang als ze durft. Hoe langer ze hier in de Raststätte is, hoe groter de kans dat de politie op tijd arriveert.

Als haar vader ongeduldig wenkt, houdt ze haar handen nog een tijdje onder de warmteblazer en loopt dan pas naar hem toe.

'Wat duurde dat lang,' zegt hij.

'Ik heb mijn nieuwe kleren aangetrokken.'

Haar vader heeft er weinig aandacht voor, zijn bik schiet heen en weer. Op weg naar buiten treuzelt Britt. Met opzet botst ze tegen mensen aan en ze verontschuldigt zich uitgebreid, zodat ze haar wel moeten aankijken. Niemand herkent haar.

Ze weet wel dat de politie niet zo snel hier kan zijn, maar je weet het nooit. Misschien is er net een politiewagen in de buurt.

Hoopvol kijkt ze om zich heen. Het zijn alleen gewone auto's die komen aanrijden. Haar vader en zij kunnen ongestoord instappen, hun gordel omdoen en wegrijden.

Britt voelt hoofdpijn opkomen. Met haar vingers masseert ze haar voorhoofd, maar het helpt niet veel.

'Gaat het?' vraagt haar vader.

'Ik heb een beetje hoofdpijn.'

'Doe je ogen dan even dicht,' zegt Roy. 'Waarschijnlijk ben je gewoon moe. Nog een paar uurtjes, dan zijn we er.'

Britt knikt en volgt zijn advies op. Ze kan nu toch niets meer doen. Als de politie hen op het spoor komt, merkt ze het vanzelf.

Met gesloten ogen, waarachter tranen branden, laat ze zich naar de Poolse grens rijden.

36

Bos, overal bos. Het afgelopen uur heeft Britt niets dan bomen gezien, waar de tweebaansrijweg tussendoor slingert. Een bord geeft aan dat ze de Poolse grens naderen.

Ze heeft de hoop opgegeven dat de politie hen zal inhalen en haar zal bevrijden. Straks zit ze in Polen met een telefoon die niets meer doet. Hoe moet ze dan haar moeder laten weten waar ze is? Ze zal zich moeten schikken en hopen dat haar vader de vakantie niet te lang laat duren.

Diep in haar hart weet ze heel goed dat ze niet op vakantie zijn, dat haar vader haar niet zal terugbrengen en dat wat haar overkomt ontvoering heet. Daar heeft ze een tijdje geleden een serie programma's over gezien, van een journalist die door een van de ouders ontvoerde kinderen uit het buitenland terughaalde. Ze vond dat toen heel spannend om naar te kijken, en elke keer als een kind naar zijn vader of moeder werd teruggebracht, kreeg ze tranen in haar ogen. Daarna ging ze lekker slapen, in de geruststellende wetenschap dat haar dat niet kon overkomen. En moet je nu zien.

Er staat een bord langs de weg met de naam van een plaatsje, Forst, en het aantal kilometers tot aan de grens. Britt kijkt naar haar vader.

'We zijn bijna bij de grens.'

Hij knikt, maar ziet er niet uit alsof hij er gerust op is. Voortdurend gaat zijn blik naar de achteruitkijkspiegel, alsof hij verwacht dat er op het laatste moment een politiewagen zal verschijnen.

Dat is niet het geval, de weg ligt er voor en achter hen verlaten bij. Tien minuten later verschijnt het bord dat ze de Duits-Poolse grens hebben bereikt, en even later zien ze het grensgebouw liggen.

De slagbomen zijn naar beneden en een groepje grenswachters staat ernaast. Een van hen geeft het stopteken, de anderen hebben hun automatische geweer in de aanslag. Achter het grensgebouw is nog net een stukje van een witte auto zichtbaar, alsof hij verdekt staat opgesteld.

Roy mindert vaart en vloekt. 'Wat is dit verdomme?' Heel langzaam rijdt hij door, zijn ogen strak gericht op de douanepost. En dan, volkomen onverwacht, gooit hij het stuur om en rijdt via de andere weghelft terug.

In de verte rijdt iemand hun tegemoet, maar Roy blijft onverstoorbaar doorrijden. De auto komt steeds dichterbij.

'Pas op!' gilt Britt.

Gelukkig wijkt de andere automobilist uit, zodat een botsing voorkomen wordt.

'Wat doe je! We mogen hier niet rijden!' roept Britt angstig.

'Het kan even niet anders. Straks kunnen we de andere rijbaan op. Wat is dat?'

Achter hen klinkt het gejank van sirenes, politiewagens hebben de achtervolging ingezet.

'Ze stonden al klaar,' zegt Roy grimmig. 'Hoe wisten ze verdomme dat we eraan kwamen?'

Britt zwijgt en blijft achteromkijken. De politie komt niet veel dichterbij, daarvoor rijdt haar vader te hard. De kilometerteller geeft honderdtachtig aan en nog steeds voert hij het tempo op. Nieuwe tegenliggers duiken op en vluchten luid toeterend naar de andere baan.

Verstijfd van angst zit Britt op haar plaats. Met één hand houdt ze de greep boven het portier vast, de andere heeft ze ongemerkt tot een vuist gebald.

Roy werpt een snelle blik op haar. 'Wees maar niet bang, ik schud ze wel af.' Hij grijnst breed en blijft lachen.

Hij vindt dit leuk! Britt kan het bijna niet geloven. Voor hen dreigt voortdurend gevaar van automobilisten die pas op het laatste moment zien dat zij spookrijden, achter hen jaagt de Duitse politie hen op, maar haar vader zit te lachen alsof hij in een kermisattractie zit.

De weg beschrijft een paar bochten en een paar duizelingwekkende seconden is het onbekend of er geen tegenligger is, dan mindert Roy vaart en slaat hij zo onverwacht af dat Britt tegen het portier smakt. Hij giert het weggetje over, dat langs graanvelden en stukken bos voert.

Achter hen wordt het rustig. Terwijl ze op een langzaam tempo overgaan, blijven ze beiden achteromkijken, maar de politiewagens komen niet in zicht.

'Ze zijn rechtdoor gereden. We hebben ze afgeschud!' Roy lacht weer en steekt zijn hand op voor een high five, maar Britt zit nog in dezelfde krampachtige houding.

'Relax,' zegt haar vader. 'Ze zijn weg, het is voorbij.'

Hij slaakt een juichkreet die uit het diepst van zijn borst lijkt te komen en trommelt met zijn vuisten op het stuur.

'Zo gemakkelijk laat ik me niet te grazen nemen!' schreeuwt hij. 'Niemand krijgt me te pakken!'

Lachend geeft hij zijn dochter een duw, wat Britt uit haar verstarde houding bevrijdt.

'En nu?' vraagt ze mat.

'Nu hebben we een andere auto nodig. Ik denk dat ze ons daarom wilden aanhouden, de auto is bekend. Met een Nederlands kenteken vallen we sowieso te veel op.'

'Heb je dan genoeg geld om een andere auto te kopen?'

Roy lacht. 'Maak je daar maar geen zorgen over.'

Ze maakt zich wel zorgen. Niet over de auto, maar over de vraag hoe het nu verder moet. In ieder geval zit ze niet in Polen, dat is het goede nieuws. Desondanks is de teleurstelling dat Roy de politie heeft afgeschud groot.

Verslagen kijkt ze naar buiten, naar het bos dat zich aan hen opdringt en lijkt te omsluiten.

'Gaat deze weg wel ergens naartoe?' vraagt ze.

'Ja, ik zag net een bord staan. Het zal wel niet veel voorstellen, maar er is leven hier.'

'Gaan we nu niet meer naar Polen?'

'Vanavond niet. We rijden eerst een flink stuk hiervandaan en dan zoeken we een plek om te overnachten. Morgen zien we wel verder.'

Britt knikt dankbaar. Voor het ochtend is, heeft zij misschien kans gezien om hulp te vragen.

Ze volgen de weg die door de bossen slingert.

'Een Gasthof.' Roy wijst naar een bordje. 'Dat is een pension. Daar gaan we naartoe.'

Het is nog een paar kilometer naar het Gasthof, dus Britts verbazing is groot als Roy opeens een bospad in slaat. De wielen hobbelen over keien, zakken weg in kuilen, en zelf worden ze als zakken graan op een laadwagen heen en weer geschud. Toch blijft Roy doorrijden. Als het weggetje overgaat in een onverhard wandelpad, remt hij en schakelt de motor uit. Even zit hij voor zich uit te kijken, dan wendt hij zich tot Britt.

'Hou je van wandelen?' vraagt hij.

37

De avond is lang en warm. Ook al had ze er in eerste instantie geen zin in, Lois moet toegeven dat ze het gezellig vindt. Na een paar wijntjes babbelt Tessa's vriendin Jacinta er druk op los over het grand café in Bergen dat ze samen met haar man drijft, maar Aimée is de echte ziel van de avond. Ze drinkt niet veel, maar lijkt ook geen alcohol nodig te hebben om de gangmaker te zijn. De anekdotes die ze vertelt over haar jeugd en die van Onno en hun twee zussen zijn zo grappig dat Lois slap van het lachen in haar stoel hangt.

Het doet haar goed, een avondje weg. Hoewel haar gedachten aldoor terugkeren naar Britt, zijn er ook momenten dat ze even niet aan haar denkt. Dat bezorgt haar elke keer een steek van schuldgevoel, maar ze houdt zich voor dat ze recht op ontspanning heeft. Dat het zelfs een vereiste is om wat afstand te nemen. Je kunt niet elke zaak mee naar huis nemen, er voortdurend aan denken en er 's nachts van wakker liggen. Dan zou ze beter een andere baan kunnen zoeken.

Meermalen vangt ze de blik van Onno op, die hartelijk meelacht om wat zijn zus te vertellen heeft, maar toch vooral op haar, Lois, is gericht. Het geeft haar een merkwaardig gevoel in haar buikstreek, een mengeling van gevleidheid, warmte maar ook onbehagen. Ze weet niet goed wat ze ervan moet vinden dat hij zich tot haar aangetrokken voelt. Eén woord of gebaar van haar en hij gaat er werk van maken, dat is duidelijk. Daarom doet ze net of ze zijn signalen niet opvangt en concentreert ze zich op Aimée.

Om een uur of tien staat ze op en loopt het donkere huis in, op weg naar het toilet. Ze knipt hier en daar een lichtje aan en gaat naar de imposante hal, waar zich een toiletruimte bevindt waar je een dansje zou kunnen maken. Als ze klaar is, wast ze haar handen en maakt van de gelegenheid gebruik om eens uitgebreid naar haar spiegelbeeld te kijken.

Ze ziet er een beetje moe uit. Opgewekt, maar wel moe. Die wallen, had ze die al langer of zijn ze recentelijk verschenen? Ze zou vaker iets leuks moeten gaan doen, vrije dagen genoeg. Waarom neemt ze die niet gewoon op?

Omdat je je werk belangrijker vindt, zegt ze in gedachten tegen zichzelf. Omdat je denkt dat je onmisbaar bent. Omdat je je geen raad zou weten met al die vrije tijd. Je hebt gewoon geen sociaal leven.

Vermoeid laat ze haar voorhoofd tegen het koude glas van de spiegel rusten, en zo blijft ze een paar seconden staan. Als ze geschuifel in de hal hoort, maakt ze zich los van de spiegel en opent de deur. Tessa zit op de onderste tree van de trap met een glas rosé in haar hand.

'Ga je nou naar de wc met een glas wijn?' zegt Lois verbaasd.

Een beetje afwezig kijkt Tessa naar beneden. 'Heb ik dat niet teruggezet? Dat had ik niet eens in de gaten. Het is zeker vergroeid met mijn hand.' Ze giechelt en zet het glas op de grond. 'Kom eens naast me zitten,' zegt ze en ze klopt op de traptrede.

Gehoorzaam laat Lois zich naast haar zus zakken.

'Het is een leuke avond,' zegt ze. 'Heel gezellig.'

'Ja, super.' Tessa plaatst haar elleboog op haar knie en ondersteunt haar kin met haar hand. Als ze Lois van opzij aankijkt, vallen haar lange blonde haren langs haar gezicht. 'Aimée is een leuke meid, vind je niet? Ze is freule, maar helemaal geen kouwe kak.'

'Totaal niet,' beaamt Lois. 'Wat is Onno eigenlijk?'

'Baron, geloof ik. Ja, baron. Hem is het nog wel aan te zien. Hij heeft iets... statigs. Ik weet niet hoe ik het uit moet leggen.' Tessa pakt het glas van de grond en neemt nog een slok. Ze laat de steel tussen haar vingers ronddraaien en zegt zonder Lois aan te kijken: 'Je weet toch wel dat hij hier voor jou is, hè?'

'Onno?'

'Ja. Hij zou met Aimée uit eten gaan, maar toen ik hem belde om te vragen of hij kwam barbecueën en ik zei dat jij ook kwam, heeft hij zijn plannen meteen veranderd.'

'Echt waar?'

Tessa knikt. 'Aimée vond het blijkbaar niet erg. Ze keek wel heel nieuwsgierig naar je toen ze aankwamen. Blijkbaar heeft Onno over je verteld.' Ze laat een stilte vallen en vraagt dan: 'Wat vind je eigenlijk van hem?'

'Ik vind hem heel aardig.'

'Is dat alles?'

'Ik ben niet verliefd op hem, als je dat bedoelt. Niet echt.'

'Hoezo, niet echt? Je bent wel of niet verliefd.'

Lois slaakt een diepe zucht. 'Ik weet niet hoe ik het moet uitleggen. Als ik hem zie ben ik blij, maar ik kan hem ook gemakkelijk heel lang níét zien. Dat lijkt me geen goed teken.'

'Je moet je ervoor openstellen, het een kans geven. Als je elkaar nooit ziet, verwateren gevoelens.'

'Hoe is het eigenlijk met jou en Guido?' De manier waarop Lois van onderwerp verandert is nogal abrupt, maar Tessa lijkt het niet in de gaten te hebben.

'Wel goed,' zegt ze vaag. 'Al hebben we nog steeds onze probleempjes over kinderen en werken en zo.'

'Dat hij kinderen wil en liever niet heeft dat je werkt,' zegt Lois, voor de goede orde.

'Ja...'

Iets in de manier waarop Tessa daar op de trap zit, met gebogen rug en haar haar als een gordijn langs haar gezicht, doet een alarmbelletje bij Lois afgaan. Ze slaat haar arm om haar zus heen en zegt: 'Wat is er? Zit je ergens mee?'

Ze schrikt als Tessa opkijkt en er tranen op haar gezicht te zien zijn. 'Tes, wat is er aan de hand? Gaat het zo slecht tussen jullie?'

Tessa schudt haar hoofd en strijkt haar haar naar achteren. 'Ik ben zwanger,' fluistert ze.

'Wát!' Van schrik laat Lois haar zus los, maar meteen daarna pakt ze haar bij de arm. 'Wat zeg je nou?'

'Het is echt waar. De test was positief.'

Geschokt kijkt Lois haar aan. Normaal gesproken zou haar eerste reactie een felicitatie zijn, maar Tessa's tranen nodigen daar niet toe uit. Bovendien weet ze dat haar zus geen kinderen wil.

'Wat zei Guido?' vraagt ze.

'Die weet het niet. Ik ben nog niet zo lang over tijd. Eergisteren heb ik een test gedaan.'

'Je gaat het hem toch wel vertellen?' zegt Lois op dringende toon.

'Waarom? Ik hou het kindje toch niet.'

De ene schok volgt de andere op, Lois kan het nauwelijks verwerken. 'Dat meen je toch zeker niet? Laat je abortus plegen?'

'Ja, ik wil geen kinderen. Daar ben ik altijd heel duidelijk over geweest. Waarom denk je dat ik vrolijk doordrink vanavond? Omdat het toch niet uitmaakt.'

'Tessa, denk er alsjeblieft nog even over na. Ik weet dat je geen kinderen wilt en ik weet ook waarom, maar dit kindje ís er al. Iets niet laten gebeuren is wat anders dan iets weg laten halen.'

'Het is een klompje cellen, meer niet.' Tessa neemt nog een slokje wijn.

'Het heeft een hartslag, het leeft!'

Verwijtend kijkt Tessa haar aan. 'Aan wiens kant sta je nou? Ik had wat meer steun en begrip verwacht.'

'Steun kun je krijgen, maar begrip... Het is wat anders als je na een avontuurtje zwanger raakt, of door verkrachting of zoiets. Dat is niet zo, je bent keurig getrouwd, hebt een leuke vent die graag kinderen met je wil, dus...'

'En dus moet het komen, ook al wil ik het niet,' maakt Tessa haar zin af.

'Je was er zelf bij, Tes. Je kunt niet weglopen voor de gevolgen.'

'Wel, hoor. Daar heb je abortusklinieken voor.'

Sprakeloos schudt Lois haar hoofd, dan vermant ze zich. 'Denk er nog even over na,' zegt ze nogmaals. 'Minstens een week. Je weet het nog maar twee dagen, dat is veel te kort om zo'n belangrijke beslissing te nemen.'

Tessa laat haar hoofd hangen. 'Ik vóél het toch,' zegt ze zacht.

'Wat bedoel je? Wat voel je?'

'Dat ik het niet wil! Als ik eenmaal een kind heb, zal Guido zeker van me eisen dat ik thuisblijf. Waarom denk je dat hij me die hond gegeven heeft? Ik was net aan het solliciteren naar een baan in de horeca. Jacinta wist iets voor me.'

'Weet zij dat je zwanger bent?'

'Nee, alleen jij. En je houdt je mond, hoor! Vooral tegen Guido!'

'Ik zeg niets,' belooft Lois. 'En als je het kindje echt niet wilt houden, dan steun ik je. Ik wil alleen niet dat je in een impuls beslist.'

Met een droevig gezicht tuurt Tessa naar haar glas, dat bijna leeg is. 'Wat een geweldige moeder zou ik worden. Als het een meisje is, kan ik haar wel Rosé noemen.'

'Voor die paar glaasjes hoef je geen abortus te laten plegen, dat weet je zelf ook wel. Stop met drinken en ga nadenken, Tessa. Doe geen dingen waar je later misschien spijt van krijgt.'

Tessa slaakt een heel lange, diepe zucht. Ze zet haar glas, waar nog een bodempje wijn in zit, weg en kijkt Lois aan met een blik die verraadt hoe moeilijk ze de situatie zelf ook vindt.

'Oké,' zegt ze zacht.

'Alles goed met Tessa?' Met een frons tussen zijn wenkbrauwen neemt Onno Lois op als ze is teruggekeerd op het terras. Tessa is naar de badkamer gegaan om zich op te knappen en komt kort erna achter haar aan, iets wat Onno natuurlijk meteen opvalt.

'Jawel,' zegt Lois. 'We hadden even iets te bespreken. Vrouwenzaken.'

'Vrouwenzaken?'

Lois schudt kort haar hoofd. Tot haar opluchting respecteert Onno dat en gaat hij over op een ander onderwerp.

Guido heeft het te druk met de barbecue om iets op te merken. Iedereen zit allang vol, maar hij legt nog maar eens een partij worstjes op het rooster.

'Nog meer?' kreunt Jacinta als ze dat ziet. 'Wil je ons vetmesten? Ik kan niet meer!'

'Als ik jou moet vetmesten ben ik nog wel even bezig. Kom op, Jacinta, neem er een. Je kunt het hebben!' Lachend pakt Guido met een tang een kruidig worstje van het rooster en houdt het omhoog.

'Of wil iemand soms ijs? Dat hebben we ook,' zegt Tessa, weer helemaal in haar rol van gastvrouw.

Iedereen wil ijs en Tessa verdwijnt naar binnen. Lois kijkt

haar zus na en pakt haar telefoon, die een ringtone laat horen.

'Toch geen werk, hoop ik?' vraagt Onno bezorgd.

Lois geeft geen antwoord maar leest ademloos het sms'je dat ze net heeft ontvangen.

Britt en haar vader gesignaleerd bij de Poolse grens, maar niet aangehouden. Zijn omgekeerd en nog steeds op de vlucht. Duitse politie zit erbovenop. Als je wilt, kun je morgen wel vrij nemen. Groet, Ramon.

Met andere woorden: ze kunnen toch niets doen. Het enige wat hun rest is wachten tot anderen het werk voor hen hebben opgeknapt. Heel frustrerend.

'Slecht nieuws?' vraagt Onno, die naast haar is komen zitten.

'Niet echt. Het kon slechter.'

'Dus je rent nu niet meteen weg?'

Lois lacht en laat haar mobieltje in haar tas glijden. 'Nee, ik ren niet meteen weg. Maar ik moet eigenlijk wel gaan. Het zijn lange dagen geweest, ik ben moe.'

'Wanneer zie ik je weer?' Onno buigt zich naar haar toe, zodat zijn gezicht opeens heel dicht bij dat van Lois is.

Een paar seconden kijken ze elkaar zwijgend aan en op dat moment gaat er iets door Lois heen wat ze nog niet eerder gevoeld heeft in zijn gezelschap. Het is net een elektrisch schokje, dat haar gevoelens reset en haar met een andere blik naar hem laat kijken. Want eigenlijk heeft hij best een leuk gezicht. En goed haar, als hij het wat korter zou knippen. Lieve ogen heeft hij ook, warm en geïnteresseerd. Ze stelt zich voor hoe het zou zijn als hij haar zou kussen, maar vreemd genoeg schrikt ze daar toch voor terug.

'Als je dit weekeinde niet hoeft te werken, wat ga je dan doen?' vraagt Onno, als ze niets zegt.

'Hardlopen, denk ik. Daar heb ik ontzettende behoefte aan.'

‘Ik kan ook wel wat beweging gebruiken. Vind je het leuk als ik met je meega?’

Onwillekeurig schiet Lois in de lach. Dit voorstel voelt als een date, het ís een date, maar de minst romantische die je kunt bedenken. Waar iedere andere vrouw zich zo aantrekkelijk mogelijk zou presenteren, gaat zij zich in het zweet rennen. Niet dat ze daarmee zit. Als hij haar echt leuk vindt, neemt hij haar zoals ze is, met roodaangelopen zweethoofd en al.

‘Je houdt erg van sporten, hè? Terwijl je zoveel beweging toch echt niet nodig hebt. Je bent hartstikke slank,’ zegt Aimée met een snelle blik op Lois’ figuur.

‘En dat hou ik graag zo. Trouwens, daar loop ik helemaal niet voor. Hardlopen is verslavend. Ik kan niet meer zonder,’ antwoordt Lois.

‘Sport staat inderdaad bekend om zijn verslavende werking,’ bevestigt Onno. ‘Je spieren ontspannen en je bent minder gevoelig voor stress. Het is niet voor niets dat artsen depressieve patiënten een abonnement op de sportschool voorschrijven.’

‘Dat heb ik gelezen, ja,’ zegt Tessa. ‘En ik heb ook weleens wat pogingen gedaan om meer te bewegen, maar ik zie er de lol niet van in. Ik wórd er juist depressief van. De enige voldoening die ik voel, is als ik ermee op mag houden.’

Onno schiet in de lach. ‘Ik zou toch een keer doorzetten. Na een paar keer goed sporten word je echt beloond. Als je flink beweegt komt er cortisol vrij, een hormoon dat stress bestrijdt.’

‘Wat doe je zelf?’ informeert Tessa op de man af.

‘Ik tennis,’ zegt Onno rustig. ‘Twee keer per week. En in het weekeinde loop ik hard.’

Lois kijkt op. ‘Echt waar?’

‘Je kijkt alsof het een grote verrassing voor je is,’ zegt Onno misprijzend. 'Zie ik er zo weinig sportief uit?'

'Nou, tennis had ik wel verwacht, of golf. Hardlopen zie ik inderdaad niet voor me,' zegt Lois.

Onno kijkt hulpzoekend naar zijn neef, die berustend zijn schouders ophaalt.

'Wen er maar aan,' zegt Guido. 'Die twee meiden zeggen precies wat ze denken. Wat dat betreft lijken ze sprekend op elkaar.'

'Daar kan ik wel tegen,' zegt Onno, en met een blik op Lois: 'Zullen we samen een keer hardlopen? Ik daag je uit.'

Tessa schiet in de lach. 'Weet wat je zegt. Lois rent zo vijfentwintig kilometer.'

'Ik hou haar wel bij,' zegt Onno, met een rustig zelfvertrouwen dat Lois wel bevalt.

'Goed,' zegt ze spontaan. 'Wij gaan komend weekend samen hardlopen. Afgesproken.'

'Hebben jullie nu een date?' vraagt Tessa belangstellend. 'Want dan moet ik je waarschuwen, Onno. Als Lois daarna nog iets met je wil drinken, zal het waarschijnlijk een groentesmoothie zijn.'

De anderen lachen en tegen wil en dank doet Lois mee.

'Zo erg ben ik ook weer niet,' verdedigt ze zich, maar haar zus knikt hevig.

'Zo erg ben je wel. Als ik met jou wil shoppen, komen we niet verder dan de natuurwinkel.'

Onno lacht nog steeds. 'Gaat dat altijd zo tussen jullie?'

'Let maar niet op Tessa,' adviseert Lois. 'Ze heeft altijd goed kunnen overdrijven.'

'Leef je echt zo spartaans?' vraagt Jacinta.

'Dat valt wel mee. Ik leef gezond, let goed op mijn voeding, eet geen suiker, drink geen alcohol en sport graag. Dan kijken ze je in deze wereld van fastfood algauw aan alsof je gek bent geworden.'

'Eet je geen suiker? Helemaal niet?' Jacinta's ogen worden groot.

'Zo min mogelijk. De meeste mensen weten wel dat het niet goed voor je is, maar niet dat het ronduit gif is voor je lichaam.'

'Wat jammer dat ik net mijn ijsje op heb,' zegt Aimée met dezelfde grijns die haar broer weleens op zijn gezicht heeft. 'Anders had ik het meteen weggegooid.'

'Dat hoeft nou ook weer niet. Een heel stuk minderen zou al schelen,' zegt Lois.

De anderen praten eroverheen, maken grappen en gaan zitten bedenken hoeveel suiker ze op een dag eten. In het rumoer buigt Onno zich naar Lois toe.

'Daar heb ik over gelezen, over het verband tussen suiker en kanker,' zegt hij. 'Een interessant artikel was dat. Daar moeten we het nog maar eens over hebben. Ik heb niet het gevoel dat je hier het juiste publiek voor je hebt.'

Ze kijken allebei naar Guido, die iedereen nog een ijsje toewerpt, en Lois schiet in de lach.

'Nee, maar het is ook niet bepaald een succesverhaal voor een gezellige avond. Wanneer wil je gaan lopen? Is zondag goed?'

'Zondag is prima.'

'Ik hoop dat je me kunt bijhouden,' plaagt Lois.

Onno grijnst breed. 'Daar ga ik mijn uiterste best voor doen.'

38

Eigenlijk vindt Britt het wel fijn om een paar kilometer te wandelen. Ze trekt haar nieuwe spijkerjasje aan, propt het vieze witte jack bij de andere kleren in een plastic zak en stapt de auto uit.

Na een volle dag rijden is ze stijf van het zitten en snakt ze naar beweging. De frisse lucht verdrijft zelfs haar teleurstelling dat de politie er niet in slaagde hen in te halen. Ook al was ze liever thuis en verlangt ze naar haar moeder, ze voelt zich inmiddels redelijk op haar gemak bij haar vader. Erg spraakzaam is hij niet, maar hij verlangt ook geen rare dingen van haar, zoals Lucas.

Terwijl ze het bos uit lopen, terug naar de weg, besluit Britt dat ze er het beste van moet maken. Als de politie hen te pakken krijgt, gaat haar vader terug naar de gevangenis en ondanks alles bezorgt dat idee haar een onplezierig gevoel. Waarom kan ze ook niet gewoon haar beide ouders zien? Waarom is alles zo ingewikkeld?

Langs de weg ligt een stapel gekapte bomen en in een opwelling springt ze erop.

De stammen zijn dun en smal, wat het lastig balanceren maakt op sneakers en met een plastic tas met kleding in haar hand, maar ze doet toch een poging.

'Kijk!' zegt ze met gespreide armen, als een klein kind.

'Pas op,' reageert Roy met een blik opzij. 'Straks kneus je je enkel en ik ga je niet dragen.'

'Dat hoeft ook niet. Ik heb zo vaak mijn enkel gekneusd.' Britt springt van de stapel boomstammen af, een keurige sprong waarbij ze met beide voeten tegelijk op de grond belandt. 'Gaan we nu niet meer met de auto? Moeten we lopend naar Polen?'

'Dat is niet eens zo'n gek idee. Als we door de bossen gaan, wandelen we zo Polen binnen. Ik heb alleen een pestpokkenhekel aan wandelen.'

'Ik niet. Ik heb een hekel aan lang in de auto zitten.'

Roy glimlacht. 'Je bent ook zo'n spring-in-'t-veld. Jij moet altijd bewegen, nietwaar?'

Britt weet niet wat een spring-in-'t-veld is, maar het klinkt wel leuk.

'Ik beweeg heel veel,' bevestigt ze. 'Ik train drie keer per week en zaterdag heb ik vaak turnwedstrijden. Zal ik een radslag doen?'

Zonder op antwoord te wachten legt ze de plastic tas op de grond, maakt twee radslagen achter elkaar en kijkt haar vader stralend aan.

'Goed hoor,' zegt hij met een scheef glimlachje. 'Dat lenige heb je niet van mij.'

'Ook niet van mama.' Britt bukt zich om haar tas op te rapen. 'Ze kan nog niet eens een koprol maken. Ik heb weleens geprobeerd haar een handstand te leren. We hebben zó gelachen.'

'Dat klinkt alsof je het wel leuk hebt met je moeder.'

Opeens valt Britt stil. Ze knikt en wendt haar gezicht af, waarna ze lange tijd niets meer zegt.

Na een klein uurtje lopen komen ze bij een hotel van donkerbruin geverfd hout. Aan de balkons hangen bakken met geraniums, op de gevel staat in sierlijke letters *Gasthof Am Waldesrand* te lezen. Naast het hotel ligt een ruime parkeerplaats.

'Gaan we hier slapen?' vraagt Britt.

'Nee, we gaan wat eten. We zullen wel gezocht worden, maar ik denk dat het hier veilig genoeg is. Zonder eten in onze maag komen we niet ver. Onthoud dat, Britt, altijd zorgen dat je goed eet.'

Ze gaan naar binnen, waar ze vriendelijk worden ontvangen door een oudere vrouw met grijs opgestoken haar, die hen naar het restaurantgedeelte begeleidt. Daar kiest Roy een tafel in de hoek, naast de gesloten tuindeuren. Als de vrouw weg is, probeert hij de deuren; ze gaan open.

'Wat wil je eten?' vraagt hij aan Britt terwijl hij gaat zitten.

Britt slaat de menukaart open en wijst iets aan. 'Wat is dat?'

Roy kijkt met haar mee. 'Schwartenbraten? Geen idee.'

'En dat?'

'Ik weet het niet, Britt. Ik spreek wel wat Duits, maar ik heb geen idee wat die gerechten voorstellen. Kies gewoon wat, dan zie je het wel.'

Als de serveerster komt, bestelt hij tweemaal Schwartenbraten, cola voor Britt en bier voor zichzelf. Terwijl ze wachten tot hun gerecht klaar is, spreken ze geen woord. Onophoudelijk gaat Roys blik door het restaurant, elke nieuwe gast observeert hij, geen beweging ontgaat hem.

Een kwartier later wordt hun eten geserveerd, en Britt buigt zich nieuwsgierig over haar bord. Ze proeft van het vlees, dat ze lekker vindt. Er zit alleen te veel saus over. De aardappelknoedels ernaast waren misschien lekker geweest als ze niet in het vet gedreven hadden. Van de groente, zuurkool, houdt ze eigenlijk niet, maar ze heeft honger genoeg om alles op te eten.

Ook Roy werkt zijn maaltijd in hoog tempo naar binnen. Intussen blijft hij het restaurant scherp in de gaten houden. Er komen nog steeds nieuwe gasten binnen en intussen zijn bijna alle tafels bezet.

'Klaar?' vraagt Roy als Britt haar mes en vork neerlegt.

Ze knikt en schuift haar bord van zich af.

'Dan gaan we.' Roy gooit wat geld op tafel en komt overeind. Het is een beetje dringen en laveren tussen de tafeltjes door om de uitgang te bereiken, en steeds als hij tegen stoelen opbotst, verontschuldigt Roy zich hoffelijk. In eerste instantie kijken de mensen een beetje geïrriteerd om, maar als ze Britt zien, glimlachen ze welwillend.

Even later staan ze weer buiten en heeft Roy een damestas in zijn hand. Hij grijpt Britts arm en trekt haar mee naar de parkeerplaats.

'Hoe kom je aan die tas?' vraagt ze.

Hij antwoordt niet. Pas als ze bij de geparkeerde auto's staan, zegt hij: 'En nu opletten.' Hij vist een autosleutel uit de tas en drukt op het knopje van de autosleutel. Een eindje verderop knipoogt een rode Peugeot naar hen.

'Daar staat ons nieuwe vervoersmiddel. Kom mee, Britt.'

Hij trekt haar mee naar de auto, laat haar instappen en schuift achter het stuur. Vervolgens start hij en rijden ze met hoge snelheid de parkeerplaats af, de weg op.

Roy slaakt een luide kreet van triomf. 'Gelukt! Die stomme doos heeft haar tas vast nog niet eens gemist.'

Lachend stuurt hij de auto over de bochtige weg, zo snel dat Britt er misselijk van wordt. Ze voelt de zuurkool omhoogkomen en kreunt.

'Ik ben een beetje misselijk.'

Haar vader slaat geen acht op haar woorden. Hij rijdt onverminderd hard door, remt abrupt in de bochten en trapt het gaspedaal zo diep in dat Britt achterover tegen de stoelleuning wordt gedrukt. Dit gaat verkeerd, ze voelt het aankomen.

Ze kreunt nog harder en deze keer kijkt Roy haar onderzoekend aan. 'Wat is er?'

'Ik denk dat ik moet spugen.'

Blijkbaar ziet ze bleek genoeg om hem te overtuigen, want hij vloekt hartgrondig.

'Niet in de auto, alsjeblieft! Doe het raampje maar open, dan krijg je wat frisse lucht.'

Gehoorzaam laat Britt het raam een stukje zakken en ademt de buitenlucht in. Niet dat het helpt, de zuurkool en de vette saus buitelen over elkaar heen in haar maag, stuwen het gekauwde vlees omhoog tot aan haar slokdarm.

Op het moment dat ze begint over te geven, trapt Roy op de rem en rijdt de berm in. Britt opent het portier en valt bijna naar buiten. Langs de kant van de weg leegt ze haar maag.

'Klaar?' roept Roy vanachter het stuur.

Bij wijze van antwoord geeft ze nog een keer over. Voorzichtig richt ze zich op en wacht af of er nog meer komt.

'We moeten verder, Britt!' roept haar vader vanuit de auto.

Britt kijkt naar het donkere stuk bos voor haar. Nu de zuurkool uit haar maag is, voelt ze zich een stuk beter. Boven verwachting veel beter zelfs. En ze zit vol energie. Ze is lenig en snel, ze kan hard rennen. Ze zou het kunnen proberen, maar dan is het alles of niets.

In een fractie van een seconde gaat de gedachte door haar hoofd, meteen daarna reageert haar lichaam alsof het geen verdere aansturing nodig heeft.

Met één sprong zit ze in het lage struikgewas, en als ze zich daardoorheen heeft geworsteld, lijkt het alsof ze vleugels krijgt. Zo hard ze kan rent ze tussen de bomen door, weg van de auto. Achter haar begint haar vader te schreeuwen.

Het zorgt ervoor dat Britt nog harder gaat lopen. Ze flitst tussen de dicht opeenstaande bomen door, ze hoort de snelle stap van haar voeten op de zandgrond, het opgewonden bonzen van haar hart.

En terwijl ze haar vader haar naam hoort roepen, denkt ze: Sorry pap, ik ga niet met je naar Polen. Ik ga naar huis.

39

Haar vader heeft de achtervolging ingezet. Britt hoort hem aankomen, vloekend en hijgend. Zijn voetstappen dreunen op de bosgrond, takken kraken. Hij kan grotere passen nemen, maar zij is klein en tenger. Als een schim schiet ze door hoge varens en kreupelhout. Ze springt over greppels en boomwortels die als lussen boven de grond uitsteken, ze holt over kleine open plekken, om zich daarna dankbaar weer te laten opnemen in het dichte groen.

Het geroep van haar vader klinkt steeds verder weg.

Hijgend staat Britt stil en zoekt steun bij een boom. Haar hartslag dreunt door haar lichaam, ze haalt piepend adem. Angstig kijkt ze om. Is ze al veilig? Heeft haar vader het opgegeven? Ze kan het zich moeilijk voorstellen. Het beste zou zijn om door te rennen, maar ze kan niet meer. Ze móét een paar minuten rusten.

Terwijl ze dat doet, houdt ze haar omgeving goed in de gaten. Het bos ligt roerloos om haar heen. Nog geen blaadje ritselt, geen takje kraakt. Alleen het geluid van een specht die tegen een boom klopt verbreekt de stilte, en ergens vliegt een kraai krassend op.

Als haar vader in de buurt is, zou ze hem moeten horen. Tenzij hij haar besluipt.

Onrustig kijkt Britt om zich heen. Hij zou haar ook kunnen horen, zo staat ze te hijgen. Ze probeert wat gelijkmatiger te ademen, maar het duurt een hele tijd voor haar hartslag tot bedaren komt.

Net als ze verder wil gaan, hoort ze iets. Gespannen luistert ze: gekraak van takken. Vlug verstopt ze zich achter de brede boomstam waar ze tegenaan geleund staat. Het gekraak komt dichterbij. Ze zou graag om de stam heen gluren om te kijken waar het vandaan komt, maar dat durft ze niet. In ieder geval ergens achter haar, dus ze staat hier goed.

Doodstil, bijna één met de boom, wacht ze af. En dan hoort ze haar vaders stem.

'Britt!' roept hij. 'Britt, kom op! Waar zit je? Je kunt niet aan één stuk door gerend hebben, je verstopt je.'

Zijn voetstappen komen tot stilstand, niet ver van de boom waar Britt achter staat. Ze houdt haar adem in.

'Ik begrijp dat je geschrokken bent,' gaat haar vader door, 'en dat het allemaal een beetje veel voor je is. Daar kunnen we over praten. We hoeven niet per se naar Polen. Ga je liever ergens anders naartoe? Dat kan, hoor. Het maakt mij niet uit.'

Er valt een stilte waarin alleen de vogels antwoord geven. Britt sluit haar ogen en hoopt dat haar vader niet zo gaat staan dat hij haar kan zien. Ze zou er heel wat voor over hebben om te weten waar hij stond. Het enige waar ze op af kan gaan, is het geluid van zijn stem, en die klonk achter haar. Wat doet hij nu? Staat hij daar nog steeds of verplaatst hij zich zonder dat ze het merkt?

Onverwacht klinkt zijn stem weer en ze maakt een kleine schrikbeweging.

'Ik denk dat we elkaar verkeerd begrepen hebben. Ik dacht dat jij het uiteindelijk ook leuk vond om samen wat tijd door te brengen. En dat huis in Polen is echt geweldig. Die vriend van me heeft ook dochters, je zou het er heel leuk vinden.'

Hij komt weer in beweging, merkt Britt. Hoe voorzichtig hij ook loopt, ze hoort het aan minieme geluidjes. Maar de belangrijkste aanwijzing is dat zijn ademhaling opeens een stuk dichterbij klinkt.

Bang om haar positie te verraden, haalt Britt pas adem als het echt moet. Haar hart bonst met felle slagen, het geluid dreunt in haar oren.

Kom niet dichterbij, kom alsjeblieft niet dichterbij, smeekt ze inwendig.

Aan het geschuifel van zijn voeten te horen, passeert Roy haar rakelings. Als hij opeens weer begint te roepen, schrikt ze zo dat ze een kreet nog maar net kan binnenhouden.

'Britt! Ik breng je naar huis als je dat liever wilt! Ik beloof het!'

Hij doet een paar stappen, waardoor ze een deel van zijn rug kan zien. Voorzichtig schuifelt Britt om de boom heen, uit het zicht.

Intussen verwerkt ze die laatste opmerking met enige aarzeling. Zou hij dat menen? Brengt hij haar echt terug naar huis als ze nu tevoorschijn komt? Ze kan het niet goed geloven. Ze heeft al zo vaak gezegd dat ze naar huis wil, en daar heeft hij niets mee gedaan. Waarom zou hij nu opeens wel luisteren?

Aan de andere kant weet je het maar nooit. Ze hebben een tijdje met elkaar opgetrokken, elkaar beter leren kennen. Misschien is hij daar tevreden mee. Hoe mooi zou het zijn als ze nu achter die boom vandaan kon stappen, door haar ongeruste vader in de armen zou worden genomen en naar huis gebracht werd. Het kan, er is een kans dat het zo zal gaan.

Desondanks blijft ze zo dicht tegen de boom aan staan alsof ze eraan vastgeplakt zit. De oudere, wijzere Britt in haar wijst haar erop dat Roy tot nu toe totaal geen rekening heeft gehouden met haar, en dat hij dat ook niet van plan is. Waarom hij haar heeft meegenomen is haar een raadsel, maar het is niet omdat hij zoveel van haar houdt.

Die nuchtere conclusie komt keihard aan en deze keer duwt Britt hem niet weg. Ze accepteert daarmee de harde werkelijkheid: haar vader heeft haar niets te bieden en ze zal zelf moeten zorgen dat ze weer thuiskomt.

Nog lang nadat ze Roy heeft zien weglopen, blijft Britt achter de boom staan. Pas als ze er zeker van is dat haar vader haar niet kan zien, komt ze tevoorschijn. Ze staat op een kleine open plek waar de avondzon nog net de toppen van de bomen weet te bereiken. Nog even en de zon is verdwenen en dan wordt het donker. Niet meteen aardedonker, maar dan wil je evengoed niet meer in een bos rondlopen. Het beste kan ze terugkeren naar de plek waar ze op de vlucht is geslagen. Maar daar gaat haar vader natuurlijk ook naartoe. Misschien wacht hij haar daar wel op.

Helaas heeft ze geen keus, ze weet niet waar ze is, dus ze moet wel terug. Als ze heel voorzichtig naar de weg loopt, kan dat geen probleem zijn. Haar vader kan moeilijk de hele route in de gaten houden.

Vastbesloten begint Britt te lopen. Er is geen pad, waardoor ze kriskras tussen de hoge dunne bomen slalomt. Dan is de grond opeens bedekt met stekelig struikgewas, waar ze met haar armen omhoog doorheen moet. Heeft ze zich daarnet ook doorheen geworsteld? Ze kan zich wel struiken herinneren, en takken van jonge bomen die haar in het gezicht sloegen. Maar niet dat het zó dicht op elkaar stond. Ze kan hier amper lopen, laat staan rennen.

Ze struikelt voort, duwt het groen uiteen en haalt opgelucht adem als de begroeiing dunner wordt. Tegelijk voelt ze zich onzeker worden. Hier is ze niet geweest. Tenminste, ze denkt van niet. Alles lijkt hier zo op elkaar, ze weet het eigenlijk niet.

Het komt goed, stelt ze zichzelf gerust. Als je gewoon door

blijft lopen, kom je vanzelf bij de weg.

Met wat meer zelfvertrouwen zet ze de pas erin, bedenkend wat ze zal doen als ze de weg bereikt heeft. Teruggaan naar het Gasthof? Daar zal haar vader zich in ieder geval niet meer durven vertonen na het stelen van die auto.

Ze besluit af te wachten waar ze uitkomt. Bij de eerste de beste woning zal ze naar huis bellen en veilig binnen op de politie wachten.

Na een kwartiertje lopen begint ze een beetje ongeduldig te worden. Komt er nog een eind aan dat stomme bos? Ze had intussen wel verwacht de weg te zien liggen, maar er verschijnen steeds meer bomen. Van een pad dat ze kan volgen is ook geen sprake, ze moet zelf bedenken welke kant ze op moet.

Met iets minder zelfvertrouwen blijft Britt staan. Weer roert zich iets in haar dat haar misselijk maakt. Ze loopt nu al veel langer dan zou moeten. Goed, ze heeft een heel stuk gerend, maar ze zou nu toch wel in de buurt van de weg moeten zijn. Dat ze niets hoort komt doordat er geen auto's rijden. Straks staat ze opeens in de berm en moet ze lachen om haar angst.

Voor het moment valt er echter niets te lachen. Terwijl de zon zich uit het bos terugtrekt, lijken de bomen naar elkaar toe te schuifelen, alsof ze haar omsingelen. Britt versnelt haar pas. Ze haalt onrustig adem en kijkt af en toe over haar schouder. Bij elke boom is ze bang dat er iets of iemand op haar af zal springen. Dat gebeurt niet. Het bos ligt roerloos om haar heen, zwijgend en afwachtend, alsof het haar bespiedt.

Nog steeds houdt ze zichzelf voor dat ze elk moment aan de rand van de weg kan staan, alleen wordt het bij elke nieuwe stap moeilijker te geloven.

Het wordt steeds donkerder. Schaduwen van bomen vallen over haar heen, tussen de stammen hangt een grauw waas. Ongemerkt is ze gaan rennen, wat afgestraft wordt als haar voet ergens achter blijft haken. Met een doffe bons belandt ze op de grond, haar armen voor zich uitgestrekt. Pijn schiet door haar armen en benen. Ze gaat niet huilen, maar ze komt ook niet meteen overeind. Ze werkt zich in zittende houding omhoog en kijkt verslagen om zich heen.

Het heeft geen zin om zichzelf nog langer iets wijs te maken. Ergens is ze de verkeerde kant op gelopen en nu heeft ze geen idee waar ze is. Links, rechts, terug, rechtdoor, het zou allemaal kunnen. Het bos ziet er overal hetzelfde uit.

Met een diepe ademteug probeert ze de opkomende paniek de baas te blijven. In een poging iets anders te zien dan groen, kijkt ze omhoog. Boven haar kleurt de lucht donker. De toppen van de bomen lijken zich over haar heen te buigen en de angst slaat door haar heen.

Ze móét de weg vinden. Straks wordt het echt donker en wat dan? Ze kan toch niet in het bos slapen?

Bij de gedachte alleen al begint ze ongecontroleerd te rillen. Om daar een einde aan te maken komt ze overeind en begint weer te lopen. Jammeren heeft geen zin, zolang het nog niet helemaal donker is blijft ze gewoon naar de weg zoeken.

Ze stapt dapper door, trekt verder en verder het bos in. Tot op een gegeven moment de schemering overgaat in duisternis, de zwarte gestalten van de bomen samensmelten en ze geen stap meer kan zetten zonder te struikelen of ergens tegenaan te botsen. Dan geeft Britt haar verzet op. Ze laat zich aan de voet van een dikke boom zakken, legt haar armen op haar knieën en laat haar tranen lopen.

40

'Ze hadden ze bijna,' zegt Ramon. 'Een heel arrestatieteam lag klaar achter het grensgebouw, maar De Graaf rook onraad. Op het laatste moment gooide hij het stuur om en ging ervandoor. De Duitse politie heeft de achtervolging ingezet, maar raakte hem kwijt.' Hij zit op een hoek van een tafel in de vergaderkamer, waar het team bijeengekomen is. 'Of Britt bij hem in de auto zat, is niet duidelijk. Het is wel aannemelijk. Kort nadat De Graaf de grens probeerde over te komen, zijn ze beiden gesignaleerd in een hotel-restaurant bij het plaatsje Lübben. Daar hebben ze gegeten en vervolgens heeft De Graaf de handtas van een van de andere gasten gestolen en is er met de auto, een rode Peugeot, van de dame vandoor gegaan. De zwarte Opel Astra waar hij zich eerder in verplaatste, is verlaten teruggevonden in het bos. Blijkbaar durfde De Graaf niet langer in die wagen te rijden en heeft hij een auto gestolen om ermee over de grens te komen.'

'Dat is intussen natuurlijk allang gebeurd,' merkt Nick op. 'Die is dezelfde avond op een andere plaats Polen binnengereden.'

'Dat hoeft niet per se,' zegt Ramon. 'De eigenares van de Peugeot kwam er al snel achter dat haar auto was gestolen, waarop groot alarm is geslagen. De plaatselijke politie was zo slim om de diefstal te koppelen aan het opsporingsbevel voor De Graaf. Ze waren ervan op de hoogte dat er problemen waren ontstaan bij de grens en dat hij ergens in de buurt rondreed. Toen de Opel Astra in het bos werd gevonden, is er meteen een verzoek uitgegaan naar de grensposten om uit te kijken naar de rode Peugeot. Als het De Graaf gelukt is om Polen binnen te komen, heeft hij dat in heel korte tijd klaargespeeld.'

'Wat niet onmogelijk is,' houdt Nick vol.

'Verder is die Peugeot vanochtend nog gesignaleerd in Lübben, zodat we zeker weten dat onze vriend zich nog in Duitsland bevindt,' gaat Ramon onverstoorbaar door. 'Naar de reden daarvan kunnen we alleen maar raden.'

'Ja, je zou verwachten dat hij zo snel mogelijk verder zou rijden,' zegt Lois. Ze is vanochtend met een glimlach op haar gezicht wakker geworden, heerlijk uitgerust na een lange nacht slaap. Toen de nieuwe werkdag begon met een briefing over de zaak-Britt, was ze meteen weer bij de les. Misschien juist wel omdat ze even afstand heeft kunnen nemen.

'Vanochtend vroeg kreeg ik een telefoontje uit Eindhoven dat het met Lucas Geerlings naar omstandigheden goed gaat,' gaat Ramon door. 'Hij heeft veel bloed verloren, maar een transfusie heeft hem gered. Inmiddels is hij van de beademing afgehaald en overgebracht naar medium care. Hij heeft zelf aangegeven dat hij wil praten, dus Lois, jij gaat daar straks naartoe. En neem Jessica mee.'

Met een verheugd gezicht schiet Jessica rechtop, maar om haar heen betrekken een paar gezichten.

'Is het niet beter om een ervarener rechercheur naar zo'n belangrijk verhoor te sturen?' probeert Nick, duidelijk geïrriteerd.

'Dat lijkt me niet nodig. Geerlings wil praten, dus een moeilijk verhoor zal het niet worden. Voor Jessica is het een goed leermoment en Lois is ervaren genoeg. De rest van het team heb ik nodig voor die roofoverval bij McDonald's en het lichaam dat in de Beverkoog is aangetroffen. Dus aan het werk, mensen, geen gezeur.' Ramon negeert de handen die omhooggaan en het gesputter dat klinkt.

Duidelijk in haar nopjes wacht Jessica bij de deur tot Lois zich bij haar voegt. 'We gaan naar Eindhoven. Cool!'

'Wat je cool noemt, twee uur heen, twee uur terug.'

'Is het zo ver?'

'Als je in de spits rijdt wel. De vorige keer hebben Fred en ik ruim twee uur over de heenweg gedaan. Laten we maar snel vertrekken. Heb jij eigenlijk een rijbewijs?' vraagt Lois, terwijl ze naar hun werkplek lopen.

Jessica knikt.

'Mooi zo. Dan rij ik heen en jij terug.'

Ze pakken hun spullen en willen de kamer verlaten, maar Nick verspert hun de weg.

'Nou, veel succes,' zegt hij met een ironische blik op Jessica's make-up en versierde nagels. 'Geerlings komt niet meer bij als jij aan zijn bed verschijnt.'

Jessica's mond gaat open en weer dicht. Uit het veld geslagen kijkt ze naar Lois, die Nick opzijduwt en zegt: 'Ga jij lekker naar McDonald's, Verhage. En onthoud dat je daar komt voor die overval, niet voor een Happy Meal.'

'Hoe is het toch mogelijk dat jij altijd de leuke klussen krijgt, Elzinga?' Opnieuw posteert Nick zich voor hen. 'Is Ramon gevoelig voor een leuk bekkie, of ben je echt zo goed? Want het begint wel op te vallen.'

'Er is maar één ding dat opvalt en dat is de zielige manier waarop jij in het leven staat. Doe gewoon je werk, man. Wat maakt het uit wie welke klus krijgt,' zegt Lois scherp. Ze is inmiddels wel gewend aan Nicks hatelijke opmerkingen, ze raken haar niet meer. Maar Jessica wel en Lois is niet van plan dat te pikken.

Ook al verspert Nick haar nog steeds de weg, ze loopt gewoon door, zodat haar schouder de zijne ramt.

'Trek je niets van hem aan,' zegt ze tegen Jessica, nog binnen gehoorsafstand van Nick. 'Hij is gewoon een lul met haar.'

Eigenlijk is dat soort grove opmerkingen niet haar stijl, maar soms is het even nodig.

'Wat heeft Nick tegen jou?' vraagt Jessica als ze in de auto zitten en wegrijden.

'Geen idee. En ik verdiep me er ook niet langer in.'

'Mij moet hij blijkbaar ook niet.' Jessica bestudeert haar lange nagels, die ze versierd heeft met glittertjes.

'Niets van aantrekken,' zegt Lois. 'Op elke werkvloer lopen mensen met wie je het goed kunt vinden en collega's met wie je niets hebt. Je hoeft niet met iedereen vriendjes te zijn. Maar Nick heeft wel een punt wat je uiterlijk betreft.' Ze kijkt opzij, naar Jessica's nagels. 'Als je verder wilt komen, is het handig om je een beetje aan te passen. Die zware make-up leidt af als je iemand moet verhoren en lange nagels zijn ook niet echt handig als je iemand in de boeien moet slaan. Heeft Ramon daar niets over gezegd?'

'Nee, hoezo? Is het zo erg?'

'Het is niet erg, het is alleen niet handig. Zeker niet voor een rechercheur.'

'Die lange nagels kan ik me wel voorstellen, maar wie heeft er last van mijn make-up? Die ene advocate, hoe heet ze ook alweer, draagt ook heel opvallende eyeliner en daar hoor je niemand over.'

'Als je bij de politie werkt, heb je een voorbeeldfunctie, dus denk erover na,' adviseert Lois. 'Waarom ben je eigenlijk bij de politie gegaan?'

'Dat vind je zeker helemaal geen beroep voor mij, hè?'

'Zei ik dat?'

'Nee, maar heel veel mensen reageren verbaasd als ik vertel wat voor werk ik doe. Misschien omdat ik zo met mijn uiterlijk bezig ben. Maar dat is maar één kant van mij,' zegt Jessica. 'Op de middelbare school wist ik al dat ik een beroep met actie wilde. Eerst was ik van plan om bij de marine te gaan, maar dan zit je alleen maar op een boot. Dat is niets voor mij. En toen heb ik me aangemeld bij de politieacademie. Ik kwam door de keuring, heb een open dag bijgewoond en toen wist ik dat dat het was. Mijn ouders schreeuwden moord en brand, mijn moeder wilde dat ik een meisjesachtiger beroep zou kiezen, maar ik was vastbesloten.'

'Goed van je.'

'Ik ben niet bang voor mannen als Nick. Dat type voelt zich gewoon bedreigd door vrouwen. Hij denkt nog in hokjes. Waarschijnlijk vindt hij dat vrouwen kapster of nagelstyliste moeten worden.'

Lois grinnikt. 'Waarschijnlijk wel. En die nagels van jou helpen hem niet op andere gedachten.'

'Ik ga ze echt niet afknippen voor hem. Alleen als het een vereiste is om in het team te komen, want daar heb ik alles voor over. Zelfs minder make-up dragen. Maar als het niet per se nodig is, blijf ik graag mezelf.'

Met nieuwe waardering kijkt Lois naar haar collega. Jessica is nog jong, vierentwintig als ze het zich goed herinnert, en aanvankelijk had Lois wat moeite met haar brutale, directe manier van doen. Blijkbaar is dat niet slechts een houding, maar beschikt ze over eigenheid en volharding, iets waar ze ver mee kan komen.

41

Lucas Geerlings ziet er een stuk beter uit dan gisteren. Hij heeft opnieuw een kamer voor zichzelf, die op de gang wordt bewaakt door twee agenten, en hij zit een tijdschrift te lezen als Lois en Jessica binnenkomen.

Zonder het blad weg te leggen, kijkt hij van de een naar de ander. 'Met wie heb ik het genoegen?' Hij kijkt Jessica wat langer aan en voegt eraan toe: 'Wil je me bang maken of zo?'

'Ik ben Lois Elzinga en dit is mijn collega Jessica Blanken van de Regionale Eenheid Noord-Holland Noord.' Lois komt naast zijn bed staan, maar steekt haar hand niet uit. 'We hadden begrepen dat je met ons wilde praten.'

Jessica schuift naast haar en Geerlings bekijkt hen vol overdreven verbazing. 'Werken er alleen vrouwen bij de recherche in Noord-Holland?'

'Heb je daar problemen mee?' Lois probeert haar irritatie te verbergen, maar slaagt daar niet helemaal in.

'Nee hoor, schatje. Integendeel. Ik mag dan gewond zijn, er zijn delen van mijn lichaam die nog uitstekend hun werk doen. Zal ik het eens laten zien?'

'Ik ben meer geïnteresseerd in wat je over Britt Strijbis te melden hebt,' zegt Lois. 'Ik moet je erop wijzen dat we je horen als getuige, niet als verdachte. Als je een voor jezelf belastende verklaring gaat afleggen, heb je recht op een advocaat. Je bent niet tot antwoorden verplicht.'

'Wat een opluchting,' zegt Geerlings. 'Al moet ik zeggen dat ik ook helemaal niet van plan ben om jullie vragen te beantwoorden.'

'Waarom zei je dan dat je wilde praten?' vraagt Jessica ongeduldig.

'Omdat Roy me een smerig kunstje geflikt heeft. En daar laat ik hem niet mee wegkomen.'

'Prima, dan hebben we het alleen over hem.' Lois vouwt haar armen over elkaar en kijkt Geerlings afwachtend aan. Hij wordt ervan verdacht zich schuldig te hebben gemaakt aan ontvoering en wederrechtelijke vrijheidsberoving, en als verdachte kan hij niet worden verhoord zonder de aanwezigheid van een advocaat. Maar hij kan hen wel informatie geven over Roy de Graaf.

'Gisteren bevestigde je dat De Graaf je neergeschoten heeft. Klopt dat?' vraagt ze.

'Was jij dat, gisteren?' zegt Geerlings verrast. 'Toen was je met iemand anders. Een vent.'

'Heeft Roy de Graaf je nou neergeschoten of niet?'

'Ja, dat heeft hij gedaan. De klootzak. Deed zich voor als mijn beste vriend, wachtte tot ik het vuile werk voor hem had opgeknapt en toen knalde hij me neer.'

'Zomaar?'

'Zomaar, ja. Ik wist dat hij een klerelijer was, maar dit...'

'Waarom wilde Roy zijn dochter opeens meenemen? Hij heeft al jaren geen contact met haar,' zegt Lois.

Er verschijnt een sluwe uitdrukking op Geerlings' gezicht. 'Dat wil ik best vertellen, maar dan moet er wel wat tegenover staan.'

'Laat me raden, je wilt strafvermindering.'

'Strafvermindering? Ik wil helemaal geen straf, ik ga niet terug naar de bajes. Jullie laten me gaan, anders zeg ik geen woord.'

Onverwacht doet Jessica een stap naar voren, duwt Lois opzij en brengt haar gezicht zo dicht bij dat van Geerlings dat hij schrikt. Vooral omdat haar hand vlak naast de wond op zijn borst rust.

'Jij gaat ons gewoon vertellen wat je weet, klootzak,' zegt ze met lage stem.

'Kijk uit, mens,' piept Geerlings. 'Ik ben neergeschoten!'

'Dat weet ik. En we zijn heel blij dat je het hebt overleefd, maar alleen omdat we willen horen wat je te zeggen hebt. Wat mij betreft had De Graaf je mogen afschieten.' Jessica's hand verplaatst zich naar de schotwond en Geerlings houdt zijn adem in.

Met een ruk trekt Lois haar collega terug en duwt haar achter zich. Ze gaat op de rand van Geerlings' bed zitten en zegt rustig: 'Je hebt als crimineel genoeg ervaring om te weten dat ik je niet van alles kan beloven. Daar ga ik niet over. Maar je weet zelf ook dat tipgevers milder gestraft worden door de rechter.'

'Ik heb een ander voorstel: ik kom helemaal niet voor de rechter.' Geerlings kijkt haar strak aan, een blik die Lois op dezelfde manier beantwoordt.

'Zoals ik al zei, ik ga daar niet over, maar ik kan me niet voorstellen dat mijn baas daarmee akkoord gaat. Je zult moeten zitten, Lucas, maar een stuk minder lang als je nu je mond opendoet.'

'En als jullie Roy te pakken krijgen? Straks kom ik hem in de bajes tegen!'

'Dat kan ik je wel toezeggen: als we Roy arresteren, komen jullie in verschillende gevangenissen. Dat is geen probleem.'

Secondenlang kijken ze elkaar aan, dan capituleert Geerlings. Hij begint te vertellen over Roy, die hij heeft ontmoet in de Penitentiaire Inrichting Vught. Daar moest hij een straf van enkele maanden uitzitten, en vanaf de eerste dag beloofde het een zware tijd te worden. Zijn medegevangenen verdachten hem ervan dat hij homo was, wat niet het geval is, en sarden hem vanwege zijn in hun ogen verwijfde optreden. Op een avond overvielen ze hem in zijn cel, sloegen hem tegen de grond en trokken zijn broek naar beneden. Een van hen wilde hem net van achteren nemen toen de cel verduisterd werd door een grote, brede gestalte. In de deuropening stond Roy met een paar maten, als de wrekende gerechtigheid. Met een paar rake klappen en scheldwoorden werkten ze zijn belagers de cel uit.

Vanaf die dag had Geerlings geen problemen meer in de gevangenis. Wat een maandenlange hel had kunnen zijn, werd een eentonig maar draaglijk bestaan waarin hij met rust werd gelaten.

Natuurlijk begreep hij wel dat hij Roys bescherming niet voor niets kreeg, en dat er een dag zou komen waarop de rekening vereffend moest worden. Dat vond hij geen probleem, zo luidden de mores van de criminele wereld nou eenmaal. Dus toen hij onlangs vrijkwam, dacht hij er niet aan om te weigeren toen Roy vroeg om zijn dochter op te halen. Hij wachtte Britt op, duwde haar in een busje en bracht haar naar het huis van zijn broer, die op dat moment zelf vastzat. Van tevoren had hij de kelder in orde gemaakt als slaapvertrek, want hij ging ervan uit dat Britt daar wel een tijdje zou blijven. Op dat moment wist hij nog niet wat Roy met haar van plan was.

'Wat was hij dan van plan?' dringt Lois aan, als Geerlings zwijgt.

'Wat dacht je? Wraak natuurlijk. Hij had me verteld dat zijn ex hem een oog had uitgestoken, en om de een of andere reden had hij moeite om dat te vergeten. Dus wilde hij haar ook treffen, met wat het allerbelangrijkst voor haar was,' zegt Geerlings.

'Haar dochter,' zegt Jessica.

'Maar wat wilde hij van Britt? Haar meenemen en bij zich houden?' vraagt Lois, die zich dat moeilijk kan voorstellen.

'Nee, natuurlijk niet. Zie je het voor je?' Geerlings lacht honend. 'Nee, hij heeft een vriendje in Polen die een tehuis heeft voor meisjes.'

'Wat voor tehuis?' reageert Lois gealarmeerd.

'Wat ik zeg, voor meisjes. Aantrekkelijke jonge meisjes die nergens naartoe kunnen omdat iemand hun paspoort heeft afgepakt. Meisjes die droomden van een ander leven, van huis zijn weggelopen of weggelokt en die inderdaad een heel ander leven hebben gekregen. Een huis waar Britt nooit meer vandaan zou komen.' Geerlings vertelt het zo onverschillig alsof hij het heeft over een hond die naar het asiel wordt gebracht.

Lois voelt hoe ijskoud kippenvel zich over haar lichaam verspreidt. Het is alsof een lichte aardbeving het ziekenhuis treft, alsof de muren trillen en de vloer op en neer golft.

Sprakeloos kijkt ze eerst Jessica aan en dan Geerlings.

'Je wilt toch niet beweren dat Roy zijn dochter aan een mensenhandelaar wil verkopen,' zegt ze vol afschuw.

Maar Lucas Geerlings knikt. 'Jawel, dat is precies wat hij wil doen. Hij gaat zijn dochter verhandelen.'

'O mijn god,' zegt Jessica ontdaan.

Totaal uit het veld geslagen kijken ze toe hoe Geerlings de naam van de Pool op een stukje papier schrijft: Bendek Kamiński.

Lois bergt het papiertje op in haar portemonnee. 'En waar woont die Bendek Kamiński?'

'Dat weet ik niet precies. In de omgeving van Warschau, geloof ik. Maar of dat huis daar ook staat...' zegt Geerlings weifelend.

'We vinden het wel,' zegt Lois grimmig.

Op de terugweg rijdt Jessica. Lois kijkt uit het raampje naar het landschap dat langs de snelweg aan haar voorbijtrekt. Zodra ze het ziekenhuis uit liepen, heeft ze Ramon gebeld om hem op de hoogte te stellen. Nu razen ze over de snelweg terug naar Alkmaar.

'Dat is toch niet te geloven?' zegt Jessica voor de zoveelste keer. 'Wie verhandelt nou zijn eigen dochter?'

'Als je een tijdje in dit vak zit, verbaas je je nergens meer over,' zegt Lois in mineur. 'De wereld is een rotte plek.'

'We moeten Britt vinden voor ze in dat huis belandt. Zodra ze daar binnenstapt, is het over en uit.'

'We vinden haar wel.'

'Ja, maar wat gebeurt er in de tussentijd? Ze gaan echt geen glaasje cola met haar drinken als die deur achter haar dichtslaat.'

Lois geeft geen antwoord. Ze blijft uit het raampje staren.

'Ik vraag me af hoe de verstandhouding tussen Britt en haar vader inmiddels is,' zegt Jessica. 'Ik bedoel, ze hebben gegeten in een wegrestaurant en ergens anders gedineerd. Kansen te over voor Britt om iemands aandacht te trekken. Waarom zou ze niet zijn weggerend, of om hulp hebben gevraagd?'

'Misschien omdat haar vader een pistool bij zich heeft. Lijkt mij een goede reden om te doen wat hij wil.'

'Zou ze echt bang zijn dat hij op haar schiet? Haar eigen vader?'

'Die vader verkoopt haar ook aan een mensenhandelaar, Jes.'

'Dat weet zij niet. Ik denk dat hij zoete broodjes aan het bakken is, haar vertrouwen probeert te winnen. Daarom verzet ze zich niet. Ze heeft geen idee wat haar boven het hoofd hangt.'

'Nee, hoe zou ze dat ook moeten weten? Dat kind weet

niet eens van het bestaan van dat soort praktijken af.' Lois slaakt een heel diepe zucht, die haar geen verlichting geeft.

'We vinden haar wel,' zegt ze nogmaals, maar het klinkt meer alsof ze zichzelf wil geruststellen dan dat ze ervan overtuigd is.

42

Na een kleine twee uur rijden parkeert Jessica de auto op het beveiligde terrein achter het bureau aan het Mallegatsplein. Ze halen snel een broodje en een kop thee in de kantine en lopen vervolgens regelrecht naar de rechercheafdeling.

Daar vormen alle werkplekken één groot zenuwcentrum. Iedereen is aan het bellen, overleggen of zit met zijn neus op een computerscherm. Het onderzoek naar Bendek Kamiński is in volle gang.

'Hij zit in elk geval in het systeem,' zegt Fred, wijzend naar de gegevens op zijn scherm. 'Lekker type, die Kamiński. Opereert vooral in de seksindustrie. Leeftijd slachtoffers van geen belang, hij doet ook zaken met pedofielen. Zet zelf hele netwerken op en verdient daar goed aan. Hij heeft een paar jaar geleden in Nederland gezeten, in beide betekenissen van het woord. Daar heeft hij weinig van geleerd, hij zette zijn praktijken gewoon voort. Er is een arrestatiebevel naar hem uitgegaan, maar ze hebben hem niet te pakken gekregen. Het vermoeden bestond dat hij naar Polen was gevlucht, wat nu wel bevestigd is.'

'En dat huis waar hij meisjes prostitueert?' vraagt Lois.

'Dat is niet zo gemakkelijk te achterhalen. We hebben wel zijn woonadres, maar daar zullen die meisjes niet zitten.'

'Is er al contact met de Poolse autoriteiten?'

'Ramon is ermee bezig.'

'Dus we moeten weer afwachten.' Stijf van het lange zitten rekt Lois haar rug.

'Ik ben bang van wel. O ja, Mirjam heeft voor je gebeld. Of je haar terug wilt bellen. Ze heeft een nieuwe mobiel, dit is het nummer.' Fred overhandigt haar een kaartje.

Lois zoekt een rustig hoekje op en belt Mirjam. Ze neemt meteen op.

'Lois?' zegt ze gespannen.

'Ja, met mij. Wat kan ik voor je doen, Mirjam?'

'Niets. Ik belde alleen om te vertellen dat ik naar Duitsland ga. Dus ik ben niet thuis, mocht er nieuws zijn.'

'Je gaat naar Duitsland? Waarom? Je weet toch niet waar Britt zit?'

'Dat kan me niet schelen. Je collega, Jessica, vertelde me dat Roy en zij gesignaleerd zijn aan de Poolse grens, maar dat ze er niet doorkwamen. En dat ze voor het laatst gezien zijn in Lübben.'

'Heeft ze je dat allemaal verteld?' Lois neemt zich voor even ernstig met Jessica te gaan praten.

'Ze wilde me geruststellen. Ik was zo bang dat Roy haar iets had aangedaan.'

'Maar daar zitten ze nu echt niet meer. Wat wil je daar doen?'

'Ik weet het niet. Ik heb begrepen dat ze proberen de grens over te komen, maar dat er overal strenge bewaking is. Op een gegeven moment zal Roy toch het risico moeten nemen en als ze hem dan te pakken krijgen, wil ik in de buurt zijn. Britt heeft me nodig, Lois. Ik kan niet langer thuis bij de telefoon zitten, ik word er gek van.'

'Ja, dat begrijp ik,' zegt Lois. Ze kijkt om zich heen of niemand haar hoort en vraagt: 'Heb je al gepakt?'

'Ik ben ermee bezig.'

'Als je klaar bent, wacht dan tot ik er ben. Ik ga met je mee.'

Ze weet dat ze een risico neemt. In Duitsland heeft ze geen opsporingsbevoegdheid, in feite heeft ze er niets te zoeken. En al helemaal niet in gezelschap van Mirjam, van wie ze enige afstand moet houden. Aan de andere kant wordt ze zelf ook gek van het afwachten, en iets zegt haar dat Roy nog steeds in Duitsland is. Gezien zijn staat van dienst is hij ongetwijfeld heel vindingrijk, maar zelfs voor hem zou het een huzarenstukje zijn om in een gestolen auto langs een zwaarbewaakte grenspost te komen. Nee, Roy schuimt de grens nog af, op zoek naar een kans, met de politie op zijn hielen. Het kan elk moment afgelopen zijn, en als het zover is, wil ze erbij zijn. Daarnaast vindt ze het niet verantwoord om Mirjam, overstuur en vermoeid als ze is, achthonderd kilometer in haar eentje te laten afleggen.

Ze loopt naar de kamer van haar baas en vraagt de rest van de dag en de verdere week vrij, wat Ramon wel even zijn wenkbrauwen doet optrekken.

'Ga je iets bijzonders doen?' vraagt hij.

'Even een paar daagjes ertussenuit,' antwoordt Lois. 'We kunnen verder toch niets doen.'

Ramon knikt afwezig en steekt zijn hand uit naar de telefoon, die gaat.

'Je hebt vrije dagen genoeg,' zegt hij. 'Neem jij je rust maar even. En Lois, mooi werk vanochtend.'

Hij knikt haar hartelijk toe en met een licht schuldgevoel verlaat Lois zijn kamer. Als het uitkomt dat ze met Mirjam weg is geweest, komt haar dat op een berisping te staan. En als ze Mirjam ook maar iets vertelt van wat ze allemaal weet, is dat schending van het ambtsgeheim en krijgt ze haar ontslag.

Nog even staat ze besluiteloos in de gang, dan loopt ze naar de recherchekamer, pakt haar tas en zegt haar collega's gedag.

'Ik ben zo blij dat je meegaat. Echt, dat waardeer ik enorm.'

Ze zoeven over de snelweg in de richting van Arnhem en Mirjam zit achter het stuur. Haar tempo is pittig, en ze rijdt zo zelfverzekerd dat Lois' zorg dat ze met een half hysterische wegpiraat te maken zou krijgen, al snel is verdwenen.

'Ik kon je toch niet in je eentje laten gaan,' zegt ze. 'Dit is geen afstand om helemaal alleen in één keer te rijden. Bovendien had je gelijk: als Britt gevonden wordt, moet er iemand voor haar zijn.'

Mirjam zet de radio wat zachter en kijkt opzij. 'Dus jij denkt dat er een kans is dat ze gevonden wordt? Ik bedoel, dat ze nog in Duitsland is?'

'Een kans is er altijd,' zegt Lois, en als ze ziet dat dat vrijblijvende antwoord Mirjam niet bevalt, voegt ze eraan toe: 'Het lijkt me een lastige opgave voor Roy om nu nog de Poolse grens over te komen. Die wordt overal streng bewaakt.'

'Waarom denken jullie dat hij op weg is naar Polen?'

'Omdat hij al een keer aan de grens heeft gestaan, bij Cottbus.'

'Maar daarom hoeft hij niet per se naar Polen te willen. Misschien is hij nu op weg naar Zwitserland.'

'Dat denk ik niet. In Zwitserland heeft hij niets te zoeken.'

'In Polen wel dan?'

Lois houdt een zucht in. Ze had kunnen weten dat het niet gemakkelijk zou worden om acht uur lang met elkaar in de auto te zitten en geen snippertje informatie te geven. Wat maakt het uit als ze Mirjam het een en ander vertelt? Het zal het onderzoek niet schaden, want dat voltrekt zich toch buiten hen om.

'Roy heeft een kennis in Warschau zitten,' zegt ze. 'Een vriendje met wie hij waarschijnlijk ooit gezeten heeft en bij wie hij nu terecht kan. Vandaar dat hij de grens over wil.' Het lijkt haar beter om niet het hele verhaal over Roys vriend te vertellen.

'Maar als dat echt niet lukt…'

'Dan probeert hij het waarschijnlijk via Tsjechië, al is dat een flink stuk om. Niet handig als je gezocht wordt, een meisje van elf bij je hebt en in een gestolen auto rijdt. En wat hij niet weet, maar wel kan vermoeden, is dat we de Tsjechische autoriteiten ook hebben ingelicht. Er is een internationaal opsporingsbevel van kracht.'

'Dus hij maakt eigenlijk geen kans.'

'Niet veel,' zegt Lois. En dat maakt zijn gedrag ook onvoorspelbaar en dus gevaarlijker, denkt ze in stilte.

Aan de verbeten trek rond Mirjams mond ziet ze dat haar gedachten dezelfde kant uit gaan.

'Ik heb gereserveerd bij Gasthof Am Waldesrand,' zegt ze na een lange stilte.

Behoedzaam kijkt Lois opzij. 'O ja? Waarom daar?'

'Omdat Roy en Britt daar voor het laatst gesignaleerd zijn.'

Even weet Lois niets te zeggen. 'Hoe weet je dat?' vraagt ze dan.

'Het stond in de Duitse krant. Ik heb de berichtgeving gevolgd op internet. Blijkbaar is de Duitse pers erachter gekomen dat ze in dat Gasthof zijn geweest.' Ze werpt een blik op Lois. 'Dat klopt toch?'

'Als het in de krant staat, zal het wel waar zijn,' zegt Lois zo neutraal mogelijk.

Mirjam glimlacht en kijkt weer voor zich. 'Dat denk ik ook,' zegt ze, en ze geeft een dot gas.

43

Je hebt wanhoop en angst, radeloosheid en paniek, maar niet een van die gevoelens komt in de buurt van wat Britt in de eerste uren van de nacht doormaakt. Wat zij ervaart graaft dieper, tot in een donker plekje in haar ziel. Daar, ver teruggetrokken in zichzelf, steekt ze haar eerste grote levensles op, namelijk dat een mens als het erop aankomt op zichzelf aangewezen is. En dat als huilen niet helpt, en gillen in de duisternis evenmin, er niets anders overblijft dan berusten in de situatie.

Het tweede dat ze leert is dat de situatie niet precies hoeft te zijn zoals je verwacht. Soms krijg je een kleine meevaller, zoals het tevoorschijn komen van de maan. De grote bleke schijf aan het hemelgewelf gooit haar een bundel koud maar krachtig licht toe, waardoor iets van de duisternis in het bos vervaagt. Tegelijk lijken de schaduwen zich te verdiepen en uit te strekken, als lange armen die naar haar reiken. Ze tekenen zich scherp af tegen de verlichte bosgrond en bewegen in de lichte bries die het loof doet wiegen.

Jezelf voortdurend inprenten dat er niets is om bang voor te zijn, kost veel energie. Op een gegeven moment stopt Britt daar dan ook mee. Er is niets mis met bang zijn, ze moet alleen niet meer zo gillen. De eerste keer dat ze dat deed, schrok ze zo van haar eigen stemgeluid dat ze zich liever inhoudt. En terwijl de uren verstrijken, neemt haar angst langzaam iets af.

Ze loopt hier geen gevaar, wolven en andere roofdieren komen hier niet voor, zover ze weet. Ze hoeft alleen maar te wachten tot het weer licht is, en dan is alles voorbij.

Ergens halverwege de nacht verschuift de schrik voor al het onzichtbare leven om haar heen – het gefladder, geschreeuw, geschuifel – naar ongemak. Haar maag is leeg na die spuugpartij en rommelt behoorlijk. Ze is moe, zit niet lekker tegen die harde boomstam en ze heeft het koud. Door en door koud is ze, ondanks haar nieuwe vestje en spijkerjasje. Wat zou ze graag een deken hebben om over zich heen te trekken, voor wat warmte en bescherming. Ze zit hier nu zo open en bloot, zo weerloos. Was ze maar eerder gestopt met rondlopen, dan had ze een hutje kunnen maken waar ze in kon slapen.

En als ze dat laatste sms'je, in de Raststätte, niet had gestuurd, dan had ze nu haar moeder kunnen bellen. Had, had, daar heeft ze niets aan. Toch blijft ze zichzelf er urenlang mee kwellen.

Britt slaat haar armen om zich heen en probeert niet al te hard met haar tanden te klapperen. Met nietsziende ogen staart ze het bos in en wacht tot de langste nacht van haar leven minuut na minuut voorbijgekropen is.

Ze ligt languit op de grond, in het zand en op de bladeren. De ochtendmist ligt als een koude, vochtige deken over haar heen. Ze krabbelt overeind en kijkt stomverbaasd om zich heen. Hoe het mogelijk is weet ze niet, maar ze heeft geslapen. Ze kan zich niet herinneren dat ze is gaan liggen, misschien is ze gewoon omgevallen.

Hoe dan ook, een belangrijk deel van de nacht heeft ze daardoor niet bewust meegemaakt. Dat die paar uurtjes slaap haar goed hebben gedaan kan ze niet beweren, ze voelt zich net een bejaarde.

Stijf en stram komt ze overeind. Haar kleren plakken aan

haar lijf van het vocht, en het zand kriebelt overal op haar huid. Maar de nacht is in ieder geval voorbij, al is het nog erg vroeg. Tussen de bomen hangt een grijzig licht dat aarzelend de nieuwe dag aankondigt.

Licht genoeg voor Britt, ze vertrekt meteen. Bij elke stap houdt ze zichzelf voor dat dit de laatste dag van haar ontvoering is. Vandaag komt ze dit bos uit, zoekt ze hulp, en dan gaat ze naar huis. De politie zal haar brengen, of haar moeder komt haar halen. Met een beetje geluk ligt ze vanavond weer in haar eigen bed.

Die gedachte doet een brede glimlach op Britts gezicht doorbreken. Vergeten is de spookachtige nacht die achter haar ligt. Haar natte kleren zijn koud en onaangenaam, maar ze verhinderen haar niet om stevig door te lopen. Niets houdt haar nu nog tegen.

Ze loopt dwars door natte varens en lage, stekelige begroeiing. Om haar heen komt het bos tot leven. Hoog in de bomen fladderen vogels, hun gezang klinkt vrolijk en geruststellend. Voor haar voeten schieten muizen weg, een eindje verderop ziet ze een paar eekhoorns rondhupsen. De diertjes lijken niet eens zo van haar te schrikken, ze rennen niet meteen weg als ze haar zien.

Desondanks voelt ze zich niet op haar gemak in dit woud, bijna een indringer. Het lijkt haar sterk dat hier veel mensen komen.

'Aan elk bos komt een eind,' zegt ze hardop tegen zichzelf. Het zou haar moeten bemoedigen, maar ze ziet niets dat die uitspraak bevestigt.

Na een uur lopen is er nog steeds geen pad te bekennen, zodat ze geen idee heeft welke kant ze op moet. Ze gaat op haar gevoel af en volgt een tijdje een smal wildspoor, tot ook dat in het groen verdwijnt.

Moeizaam werkt Britt zich erdoorheen, voortdurend gehinderd door takken die haar bij de haren grijpen en doorns die haar aan haar kleding terugtrekken. Wat is dit voor een bos? Ze heeft nog nooit meegemaakt dat je niet gewoon kunt doorlopen, dat voortdurend je weg versperd wordt. Hoe ver ze ook kijkt, ze ziet alleen struiken tussen de boomstammen staan. Het is te hopen dat daar snel een einde aan komt, anders loopt ze hier vanmiddag nog.

Nadat ze zich anderhalf uur moeizaam een weg gebaand heeft, wordt de begroeiing minder dicht en opeens ligt er een open veld voor haar.

Hijgend laat Britt zich op de zanderige grond vallen en voelt voorzichtig aan haar gezicht. Er verschijnt bloed aan haar vingers; ze moet zich flink opengehaald hebben. Het doet zeer, maar daar besteedt ze niet veel aandacht aan.

Ze heeft dorst. Wat begonnen is als een licht ongemak dat ze negeerde, dringt zich nu steeds sterker aan haar op. Haar mond is droog en haar keel voelt branderig.

De grasvlakte die voor haar ligt, is niet meer dan een bescheiden open plek in het woud. Er bloeien wilde bloemen in allerlei kleuren die de eentonigheid van al het groen verlichten. De zon staat nog niet zo hoog dat hij over de toppen van de bomen kan reiken. Een paar lage stralenbundels vallen tussen de stammen door en zetten een deel van de vlakte in een gloed.

Britt loopt erop af en geniet van de warmte. Door alle beweging heeft ze het niet koud, ze zweet zelfs een beetje, maar haar kleren zijn nog steeds klam. Het zou fijn zijn om hier een poosje in de zon te zitten en ze te laten opdrogen. Dat zou natuurlijk te lang duren. Ze heeft geen idee hoe ver de bewoonde wereld is, misschien wel heel dichtbij. En misschien moet ze nog wel een hele dag lopen.

Dat ze vanavond weer in haar eigen bed ligt, is iets waar ze in de loop van de ochtend steeds minder op durft te hopen. Daarvoor schiet ze te slecht op, zijn er te weinig signalen dat ze de rand van het bos nadert. Zoals het er nu uitziet, raakt ze er steeds verder in verdwaald.

Ze heeft de hoop nog niet opgegeven dat ze uiteindelijk op een wandelpad stuit en ze blijft er ook naar uitkijken, maar halverwege de dag heeft ze nog steeds niets dan zandgrond en bomen gezien.

De dorst begint nu echt een probleem te worden. Water heeft ze nodig. Koel, helder water waarmee ze het vies smakende speeksel in haar mond kan wegspoelen.

Waar vind je water in een bos? Dieren moeten toch ook drinken, waar doen ze dat?

Met trage stappen loopt ze voort. Honger heeft ze intussen ook, maar daar is ze beter tegen bestand.

Met haar kiezen op elkaar beklimt ze een steile heuvel, en eenmaal boven ploft ze op de grond om uit te hijgen. Ze is duizelig, het bos golft om haar heen. Als het er zo uitziet, open en zonnig, lijkt het een vriendelijk oord, maar Britt weet beter. Er is niets vriendelijks aan de natuur als je er niet voor uitgerust bent. Ook in een onschuldig ogend bos, waar vlinders ronddansen en eekhoorntjes boven je hoofd van tak naar tak springen, kun je omkomen van de honger, de dorst en van uitputting. Dit lijkt haar zo'n bos. Het is toch niet normaal dat ze nog geen mens gezien heeft? Zulke bossen heb je in Nederland niet. Daar dwaal je als je de weg kwijt bent hooguit twee uur rond, om dan op een trimbaan, een wandelpad of een pannenkoekenrestaurant te stuiten.

Britt weet niets van de Duitse bossen af, maar dat ze een stuk verraderlijker zijn, is duidelijk.

Ze kijkt omhoog naar het stukje blauwe lucht waar ze zicht op heeft en ziet dat de zon alweer over zijn hoogste punt heen is. Het moet vroeg in de middag zijn, een uur of twee.

Dat betekent dat ze nog wel een tijdje heeft om hieruit te komen. Zo niet, dan wacht haar opnieuw een lange, koude nacht, zonder eten en zonder drinken.

Het is dat schrikbeeld dat haar de kracht geeft om overeind te komen, haar vermoeidheid opzij te zetten en de tocht te hervatten.

Voorzichtig loopt ze de steile heuvel af, zich vasthoudend aan de jonge boompjes die her en der staan. Halverwege glijdt ze uit, en ze rolt gillend van schrik meters naar beneden. Terwijl ze een beetje beverig gaat zitten, takjes en bladeren van zich afveegt en afwacht of het ergens pijn gaat doen, vangt ze een zwak geruis op. Aanvankelijk dringt het niet tot haar door. Pas als ze zich van het geluid bewust wordt, draait ze haar hoofd er met een ruk naartoe.

Het is een weg. Een weg waar verkeer rijdt.

44

Britt komt zo haastig overeind dat ze bijna weer valt – er moet iets met haar evenwicht zijn, ze is ook al zo licht in haar hoofd – en ze grijpt zich vast aan de tak van een boom.

Iets rustiger daalt ze verder de heuvel af, en beneden aangekomen staat ze stil en concentreert ze zich. Ze hoort het geluid duidelijk, maar waar komt het vandaan? Het is nu heel belangrijk dat ze de goede kant op loopt en niet weer verdwaalt.

Ze besluit links af te buigen en het geluid van het verkeer in de gaten te houden. Zodra ze het niet meer hoort, weet ze dat ze in de verkeerde richting loopt.

Begeleid door het gekwinkeleer van vogels loopt ze tussen de bomen door. Het landschap loopt weer op, ze moet opnieuw klimmen en als ze boven is, trilt ze over haar hele lichaam en loopt het zweet in haar ogen.

Nog even en je kunt eten en drinken, houdt ze zichzelf voor. Volhouden Britt, je bent er bijna.

Het geraas klinkt veel luider hier, beseft ze opeens. Dat is vreemd, want dan zou ze al iets van de weg moeten zien en er ligt nog steeds alleen maar bos om haar heen.

Haar blik glijdt naar beneden, waar een donker lint zich snel voortbeweegt, hier en daar gehinderd door rotsblokken, waar het in een waaier van waterdruppels overheen spat.

Met open mond kijkt Britt ernaar. Een beek! De venijnige

steek van teleurstelling dat het geluid dat ze hoorde niet afkomstig is van een weg, wordt verzacht door een intense vreugde om wat het wél is.

Water! Koel, helder water!

Ze begint te rennen, struikelt, valt en krabbelt weer overeind zonder zich te bekommeren om nieuwe blauwe plekken. Ze heeft zoveel haast om bij de beek te komen, dat ze er bijna in valt als ze de oever bereikt.

Ze laat zich op haar knieën in de modder vallen, maakt van haar handen een kommetje en drinkt tot ze niet meer kan. Vervolgens richt ze zich op, veegt over haar mond en grijnst. Ook al is ze nog zo verfomfaaid, zitten haar kleren onder het vuil en doen haar benen pijn van het lopen, ze kan niet ophouden met glimlachen. Nog niet de lekkerste cola of chocolademelk – en ze houdt van allebei heel veel – heeft haar ooit zo goed gesmaakt als dit water. Ongelooflijk hoeveel beter ze zich nu voelt.

Britt neemt zich voor het beekje niet meer uit het oog te verliezen. Als ze de stroom volgt, komt ze vanzelf uit het bos en heeft ze aldoor water bij de hand.

Het is alleen niet gemakkelijk om over de oever verder te gaan. Het is er glibberig, ongelijk en op een gegeven moment verspert een dichte groep bomen en struiken haar de weg.

Ze loopt eromheen, en moet daarbij de heuvel beklimmen en een hooggelegen wildspoor volgen dat met slingerende bewegingen van de beek vandaan voert.

Af en toe vangt ze er een glinstering van op, en ze hoort hem continu ruisen.

Zolang je hem hoort is het goed, houdt ze zichzelf voor. Je moet gewoon zorgen dat je het water blijft horen.

Op een gegeven moment dwingt de dichte vegetatie haar te veel uit de richting, en vastbesloten begint ze over omgevallen bomen heen te klimmen en wurmt ze zich door het struikgewas heen. Het kost vreselijk veel tijd en ze schiet nauwelijks op, maar links begeleidt de beek haar, alsof hij haar de weg wil wijzen.

Zo ploetert ze de rest van de middag voort. Nu en dan neemt ze rust, zittend op een rotsblok, en dan frist ze haar gezicht op met een schep water. Dan drinkt ze wat, wacht tot ze niet meer zo hijgt en zweet.

De beek voert naar minder dichtbegroeid terrein, waar stukken grasland en kleine open plekken de duisternis van het woud afwisselen. Britt zuigt haar adem in van verrassing als ze op zo'n veldje een groep herten ziet staan. Een ervan lijkt haar nabijheid te voelen; het dier kijkt alert om zich heen, de oren gespitst. Dan springen ze opeens allemaal tegelijk weg, terug het bos in, alsof ze communiceren door elkaars gedachten te lezen.

Nu de betovering verbroken is, sjokt Britt het veldje over en laat ze zich eveneens door het bos opnemen. De zanderige bodem loopt langzaam op, waardoor de beek zich op een gegeven moment ergens beneden haar bevindt. Voor haar ligt moeilijk begaanbaar terrein, met veel struiken op een helling waar ze haar evenwicht nauwelijks kan bewaren. Aan de overkant van de beek is het een stuk vlakker, ziet Britt.

Er zit niets anders op dan voorzichtig af te dalen en over te steken. De bomen op de helling staan te ver uiteen om er steun bij te zoeken en dus schuift Britt zittend naar beneden. Ze bezeert zich aan rondzwervende stenen en ze wordt tot op haar onderbroek nat, maar ze komt heelhuids beneden. En op een goed punt: er liggen verschillende rotsblokken in het water die ze als stapstenen kan gebruiken.

Ze zoekt een lange, stevige stok en gaat via kleinere stenen, waar het water vrij overheen stroomt, op weg naar het grote rotsblok. Haar schoenen worden nat, maar ze laten geen water door.

Ze plant de stok in de grond, springt van steen naar steen en klautert op het rotsblok. De andere stenen zijn kleiner en zien er glibberig uit, maar ze denkt dat ze wel met droge voeten de overkant kan bereiken. Als ze tenminste niet uitglijdt en in de beek valt. Dat mag écht niet gebeuren, dan wordt ze nooit meer warm.

Ingespannen springt ze naar de volgende steen. Het water wordt nu dieper, ze voelt de stroming aan haar stok trekken.

Ze laat hem los en concentreert zich op het stenen pad dat voor haar ligt. Bevallig als de hinde die ze net op de open plek zag, vervolgt ze haar weg en opeens komt er een soort geluksgevoel over haar heen. Dit kan ze maar mooi, zo lenig van steen op steen springen en haar evenwicht bewaren.

'En daar gaat Britt Strijbis, op weg naar de beslissende fase in deze moeilijke oefening,' zegt ze hardop. 'Nu komt het aan op zelfvertrouwen en souplesse. De minste aarzeling kan een noodlottige val betekenen. Gaat ze het halen?'

Weer een sprong, opnieuw bereikt ze zonder problemen de volgende kei. Hij is glad, en even staat ze met haar armen te zwaaien om niet te vallen, maar dan is het gevaar geweken. Ze is al over de helft en de rest van de stenen ziet er niet moeilijk uit. Wel mist ze haar stok nu het ondieper wordt, maar daar is niets aan te doen. Ze gaat verder, voorzichtig, maar met voldoende zelfvertrouwen om niet uit te glijden.

De laatste stenen zijn geen probleem en met een mooie sprong landt ze op de oever.

'Foutloze afsprong,' roept ze triomfantelijk. 'Een tien!' Ze buigt om de jury te groeten en applaudisseert voor zichzelf.

Dan loopt ze verder langs de oever.

45

Terwijl Britt voortsjokt, keert langzaam maar zeker het gevoel van somberheid en moedeloosheid terug. De vreugde over het vinden van water verdwijnt met elke stap. De zon zakt al weg achter de boomtoppen en alsof de lente het daarmee ook opgeeft, begint het zachtjes te regenen.

Ze heeft er niet veel last van, de dichte boomkruinen houden de druppels goed tegen, maar ze maakt zich zorgen over wat komen gaat.

Het is dat ze geen andere keus heeft dan gewoon doorlopen, want eigenlijk ziet ze er geen heil meer in. Er zou zo langzamerhand toch een einde moeten komen aan dit bos? Loopt ze soms in kringetjes rond?

Ze wordt koud van schrik bij dat idee. Snel stelt ze zichzelf gerust met de gedachte dat dat niet kan nu ze de beek volgt. Hoe lang zou ze zonder eten kunnen? De honger knijpt nu al zo hard in haar ingewanden dat het zeer doet. Ze begint ook een beetje te beven en haar benen voelen slap aan. De ene voet voor de andere zetten lukt net, of ze nog een steile helling kan beklimmen betwijfelt ze.

En dan die regen. Wat als er een stortbui komt en ze in natte kleren moet rondlopen? Dan wordt ze ziek, en wie ziek is en ondervoed verliest zijn kracht.

Uit alle macht verzet Britt zich tegen de opkomende tranen. Ze is de hele dag dapper en positief geweest, maar nu ze de schemering opnieuw ziet invallen en een lange nacht in het bos een zekerheid is, breekt ze.

Huilend en struikelend beweegt ze zich voort, en ze kijkt angstig naar de duisternis tussen de bomen die op haar af sluipt.

Het dichte groen verandert in een grauw waas, de bomen in zwarte staken die dreigend boven haar uittorenen. Tot overmaat van ramp gaat het harder regenen. Heel het bos druipt, het water glijdt zo van de bladeren op haar hoofd, haar gezicht, in haar nek.

Aangezien dit een van de vele dingen is waar ze geen controle op kan uitoefenen, accepteert ze dat ze nat wordt en loopt gelaten verder.

Voor het eerst daagt het besef dat ze het misschien niet gaat redden. Dat ze dood kan gaan in deze bossen. Op een dag zal hier iemand lopen, een boswachter of wandelaars, en dan zullen ze haar lichaam vinden. Wat een schok zal dat voor die mensen zijn om zomaar een dood meisje aan te treffen.

Of misschien wordt ze nooit teruggevonden. Weet zij veel hoe groot dit bos is. Waarom zou je ergens gaan wandelen waar geen paden zijn? Je zou wel gek zijn als je dat deed. Als zij hier uitkomt – de gedachte is even onvoorstelbaar als heerlijk – gaat ze nooit meer een bos in, dat is zeker.

Volledig overgeleverd aan sombere gedachten merkt ze lange tijd niet op dat de bomen niet meer zo dicht op elkaar staan. Er verschijnen meer stukken grasland en veldjes met struiken. En de beek, waar is de beek!

In paniek draait Britt in het rond. Door de regen is het haar niet opgevallen dat ze het ruisen van de beek niet meer hoorde, en nu is hij verdwenen.

Ze draait zich om, kijkt het donkere bos in en huivert. Wat nu, teruggaan of doorlopen? Er is iets met deze plek, iets wat haar onderbewustzijn haar heeft getoond maar wat ze niet heeft opgeslagen.

Zoekend kijkt ze in het rond. Misschien is het gewoon de overgang van het donkere bos naar deze betrekkelijk lichte plek, waar de schemering zich nog niet heeft genesteld.

Ze loopt langs het gras over iets wat geen pad is maar wat er ook niet zo wild uitziet als de route achter haar. En dan ziet ze het opeens: het zogenaamde pad leidt niet een nieuw stuk bos in, het voert erlangs. Verderop is wel de donkere zoom van nieuw woud zichtbaar, maar links ervan ligt open grasland.

Op een holletje gaat ze ernaartoe en aan de rand laat ze haar blik ronddwalen. Voor haar ligt uitgestrekt terrein, de bomen beginnen in de verte pas weer. En ergens op dat open veld ziet ze koeien staan.

Koeien! Die leven niet in het wild, ook in Duitsland niet. Dit zijn dieren die door mensen worden gehouden. En die mensen kunnen niet ver uit de buurt wonen.

Met nieuwe moed gaat Britt verder. Verbazingwekkend wat hoop met je kan doen. Ook al pijnigt de honger haar maag nog steeds en sloft ze meer dan dat ze loopt, er stroomt nieuwe energie door haar lichaam die haar voortdrijft. Hoe lang de tunnel nog is, weet ze niet, maar ze ziet licht aan het einde.

De mogelijkheid dat er vanavond al een einde komt aan deze nachtmerrie, houdt haar onvermoeibaar in beweging. Ze ziet niet langer haar dode lichaam in het bos voor zich, ze ziet zichzelf in een warme kamer zitten, omringd door bezorgde mensen die de politie bellen en een warme maaltijd voor haar klaarmaken. Hoe het daarna verder moet, hoe ze weer thuiskomt, weet ze niet. Daar houdt haar fantasie op, maar dat is van later zorg. Eerst moet ze die mensen zien te bereiken.

Tussen de dichte bomen dacht ze dat het al ver in de avond was, dat ze op het randje van de duisternis liep. Hier in het open veld heeft de nacht niet zoveel haast, is het zelfs nog vrij licht.

Dat het opeens zo schemerig werd, lag natuurlijk ook aan de regenwolken. Britt schat dat het een uur of zes is. Dat betekent dat ze nog een heel tijdje kan doorlopen voor de nacht invalt.

Als het aan haar doorzettingsvermogen lag, zou ze de hele nacht kunnen doorlopen om de bewoonde wereld te bereiken. Haar lichaam denkt daar heel anders over. Dat wil rust nemen en probeert haar daartoe te dwingen door elke spier in opstand te laten komen.

Wanhopig kijkt Britt voor zich uit. Hoe ver is het nog? Is ze eigenlijk wel vlak bij huizen en mensen, of heeft ze te veel waarde gehecht aan die paar koeien?

Nee, dit is duidelijk een pad. Onverhard en weinig gebruikt, maar het is een pad, aangestampt door voeten. Ze meent zelfs bandensporen te zien, al is ze daar niet zeker van.

En dus blijft ze voortstrompelen, haar ogen gericht op het zandweggetje dat steeds in nieuwe bochten langs het bos meandert.

Het wordt steeds moeilijker om iets van haar omgeving te zien, en als ze na de zoveelste bocht een grote vierkante vorm ziet, blijft ze verward staan en fronst haar wenkbrauwen. Het duurt even voor het tot haar doordringt dat dat grijze blok niet iets is wat haar geest heeft opgeroepen om haar voor de gek te houden. Het is een huis, een echt huis met een puntdak, gesloten luiken en een strenge uitstraling. Er brandt geen licht en het ziet er niet uit alsof het op bezoekers zit te wachten, maar Britt slaakt een zachte kreet van vreugde en rent er zo snel als ze kan naartoe.

Bevend van opluchting laat ze de ouderwetse, koperen klopper op de deur vallen. Het geluid weergalmt in de gang. Ze wacht. Waarom hoort ze geen voetstappen? Er is toch wel iemand thuis? Alsjeblieft, laat er iemand thuis zijn.

Britt leunt tegen de deurpost aan. Ze heeft een hele dag gelopen, maar deze laatste minuut kan ze bijna niet meer staan. Haar benen trillen zo dat ze bang is dat ze erdoorheen gaat zakken.

Nogmaals bonst ze met de klopper op de deur, en ze roept om hulp door de brievenbus.

Geen reactie.

Ontdaan kijkt Britt naar de dichte deur. Dat zal toch niet waar zijn. Heeft ze eindelijk een huis gevonden, is er niemand. Wat nu?

Wachten, besluit ze. De bewoners zijn blijkbaar weg, maar op een gegeven moment moeten ze thuiskomen.

Het begint harder te regenen en Britt loopt om het huis heen om beschutting te zoeken. Op het erf heeft ze aanbouwsels gezien met een overkapping en daar gaat ze onder staan. Ze drukt zich met haar rug tegen de wand, slaat haar armen om zich heen en kijkt naar het huis. Van achteren ziet het er nog onvriendelijker uit dan van voren, met dat rommelige erf vol plassen. Ze vraagt zich af wat voor soort mensen hier wonen en of het wel verstandig is om bij wildvreemden aan te kloppen. Tot een paar dagen geleden had ze nog vertrouwen in mensen, nu niet meer. Toch zal ze het risico moeten nemen. In de verre omtrek is geen ander huis te bespeuren, en het is vast nog een pittige wandeling naar een dorp of stadje.

Haar been begint te slapen en Britt verplaatst haar gewicht. Daarbij stoot ze met haar elleboog tegen de klink van het schuurtje waar ze tegenaan gedrukt staat, en tot haar verrassing gaat de deur open.

Hoopvol kijkt ze naar binnen. Het is een gewoon schuurtje, vol rommel. Er is net genoeg ruimte om wat rond te lopen. Nu er toch niemand thuis is, durft ze het licht wel aan te doen, en tot haar grote blijdschap ziet ze kussens van tuinmeubilair liggen. Ze zijn een beetje vochtig en er zitten vieze vlekken op, maar ze zijn zachter en warmer dan de grond.

Britt legt twee kussens naast elkaar en daarna nog twee erop, zodat ze een comfortabel bedje heeft. Nu nog iets om onder te liggen. Haar ogen blijven rusten op een stuk oranje dekzeil. Goed genoeg. Ze doet het licht weer uit en trekt de deur stevig dicht.

Dat ze gaat liggen zou te beschaafd klinken, ze valt bijna op de tuinkussens. Vervolgens trekt ze het dekzeil over zich heen en ondanks haar rommelende, pijnlijk knijpende maag valt ze als een blok in slaap.

46

Bijna elk jaar gaat ze kamperen met haar moeder, en elk jaar klaagt ze over een leeggelopen luchtbed, of het te harde veldbedje. 'Verwend' noemde haar moeder haar, en misschien is ze dat ook wel. Want na één nacht op de harde bosgrond ligt dat tuinkussen als een zacht matras. Het zeil waar ze onder ligt, kan ze wat moeilijker met een dekbed vergelijken, maar ze heeft in ieder geval iets om over zich heen te trekken.

Diep in de nacht wordt Britt wakker van een kletterende regenbui op het dak, en al heeft ze het best koud, ze is heel dankbaar voor deze slaapplaats.

Tot haar verbazing slaapt ze nog een beetje uit ook. Het is al volop licht als ze wakker wordt.

Stijf en verkreukeld komt Britt overeind. Een duizeling overvalt haar en ze moet zich aan een stapel plastic tuinstoelen vastgrijpen om niet te vallen. Slikken doet pijn, haar keel voelt dik en branderig en haar hoofd bonst.

Tussen de rommel door schuifelt ze naar het vuile raampje van de schuur en kijkt naar buiten. Op het erf liggen grote plassen en het huis ziet er nog even verlaten uit. Toch moet er iemand thuisgekomen zijn, want er staat een grijze auto geparkeerd die er gisteravond niet was.

Besluiteloos blijft Britt nog even staan. Zal ze bij het huis aankloppen of verdergaan? Misschien worden de bewoners wel boos als ze horen dat ze zomaar in hun schuur heeft overnacht.

Aan de andere kant weet ze niet of ze wel in staat is om een flink stuk te lopen. Bij het opstaan werd het al zwart voor haar ogen en haar maag doet zo verschrikkelijk pijn dat ze steeds ineenkrimpt.

Net op het moment dat ze besluit om toch maar hulp te vragen, gaat de achterdeur open en komt er iemand naar buiten. Het is een stevige, zwaargebouwde man die een donkerblauw jack en groene kaplaarzen draagt. Hij kijkt niet op of om, maar beent met grote passen het erf af.

Britt drukt haar wang tegen het raampje om te zien waar hij naartoe gaat. Zo te zien het veld in.

Ze duwt de deur een klein stukje open en kijkt waar de man gebleven is.

Aarzelend duwt ze de deur wat verder open en stapt naar buiten. Als ze de man nu naroept, hoort hij haar nog en komt hij vast terug. Ze weet alleen niet of ze daar wel behoefte aan heeft. Iets in zijn uiterlijk en zijn manier van lopen stelt haar niet op haar gemak.

Haar blik gaat naar de achterdeur van het huis. Ze zou naar binnen kunnen glippen en haar moeder kunnen bellen. Dan blijft ze hier in de buurt wachten tot ze wordt opgehaald.

Nogmaals kijkt ze in de richting van de man, die nog steeds met de rug naar haar toe het veld in loopt. Britt haalt diep adem en rent het erf over. Voor ze naar binnen gaat, kijkt ze nog één keer naar de man, die inmiddels behoorlijk ver weg is, en dan gaat ze naar binnen.

Ze belandt in een bijkeuken, waar een wasmachine en een paar kasten staan. Het ruikt er een beetje muf.

Voorzichtig gaat ze door de openstaande deur de keuken in en daar blijft ze staan. Wat ontzettend stom om er niet aan te denken dat er nog iemand in het huis aanwezig kan zijn.

Ze heeft geluk gehad, want er zit niemand en de tafel is gedekt voor één persoon. De man is net klaar met zijn ontbijt, maar heeft niet de moeite genomen af te ruimen. Een halve zak volkorenbrood ligt midden op de tafel, met een stuk kaas, een pot jam, een doosje crackers en een pak melk eromheen.

Britt heeft niet veel tijd nodig om in actie te komen. Haar hongerige lichaam wint het van haar verstand en neemt het gewoon van haar over.

Ze grist de zak brood naar zich toe, haalt er twee sneetjes uit en belegt die met dikke plakken kaas. Vanwaar ze staat kan ze het veld achter het huis in de gaten houden en dus ook de bewoner. Hij staat iets onduidelijks te doen bij de afrastering.

Met haar ogen strak op hem gericht, propt Britt de boterhammen naar binnen en drinkt ze de melk op, zo uit het pak. Daarna maakt ze nog een stapel boterhammen klaar, die ze in het nu lege zakje stopt en meeneemt naar de huiskamer.

Die is vrij donker, door de gesloten luiken, en staat vol ouderwetse, zware meubels. Ze zoekt naar een telefoon en ziet een gsm liggen op een dressoir van donker eikenhout. Ze grist hem naar zich toe.

Terwijl ze met zichzelf afspreekt dat ze later, als ze thuis is, het mobiele nummer van haar moeder uit haar hoofd zal leren, toetst ze het telefoonnummer van de vaste telefoon in.

Toen ze op haar verjaardag haar smartphone kreeg, heeft haar moeder haar uitgebreid uitgelegd hoe telefoneren vanuit het buitenland werkt. Waarom begreep Britt niet, want ze gingen zelden naar het buitenland. Nu snapt ze het beter. Was haar moeder toen al bang dat haar vader op een dag zou opduiken om haar mee te nemen?

Waarschijnlijk wel, want ze moest haar moeders mobiele en vaste nummer uit het hoofd leren, wat haar niet goed lukte. Alleen het kortere vaste nummer kent ze. En ze weet ook dat ze er eenendertig voor moet zetten en een nul van het netnummer moet afhalen.

Gespannen luistert Britt hoe de telefoon overgaat. In gedachten ziet ze het toestel thuis staan, op het tafeltje naast de bank. De bank waar ze zich altijd lekker lui op uitstrekt om tv te kijken, vaak met Tinkerbel in haar armen.

Een golf van emotie overvalt haar en ze duwt het beeld van de gezellige huiskamer, haar poes en haar moeder weg. Intussen blijft de telefoon maar overgaan. Waar is haar moeder? Waarom zit ze niet naast de telefoon te wachten?

Wanhopig hoort ze de voicemail aanslaan en de opgewekte stem van haar moeder vertellen dat Britt en zij niet thuis zijn en vragen of ze een boodschap in wil spreken. Dat moet dan maar. Ze had er heel wat voor over gehad om haar moeder te spreken, maar het gaat erom dat ze weet waar ze zit.

'Mama, met mij,' zegt ze met trillende stem. 'Ik ben nog steeds in Duitsland, maar ik weet niet precies waar. Ik ben bij papa weggelopen en een beetje verdwaald. Ik heb een huis gevonden en daar bel ik nu, met de telefoon van die meneer. Kom je me alsjeblieft snel ophalen? Dag, mama.'

Ze staat nog even met de telefoon in haar hand, maar kan niets bedenken wat ze eraan toe moet voegen. Dus verbreekt ze de verbinding en legt het toestelletje terug op het dressoir. Even speelt ze met de gedachte om de telefoon mee te nemen, maar dat vindt ze toch wel erg ver gaan. Nee, ze wacht gewoon in het bos tot ze haar moeder ziet. Of de politie, die ze wel snel zal waarschuwen. Ze heeft te eten, ze redt zich wel.

Misschien staat er ook wel iets te drinken in de koelkast dat ze mee kan nemen. Dat is ook stelen, maar het is niet anders.

In de keuken stopt ze nog een appel en een banaan in haar jaszak en dan trekt ze de koelkast open. Er staan alleen flesjes bier, bewaardoosjes met kliekjes, en een pak yoghurt.

Britt doet de koelkast dicht en kijkt naar buiten. Tot haar schrik is de man op weg naar het huis. Als ze ongezien wil wegglippen, moet ze nu gaan.

Net als ze de bijkeuken in gaat, hoort Britt een auto stoppen aan de voorkant van het huis. Verschrikt staat ze stil. Wat nu?

Ze stapt het erf op en rent naar de bijgebouwen. Niet ergens naar binnen gaan, dan zit ze vast. Achter en tussen die schuren is plek genoeg om zich te verstoppen. Als die man maar niet merkt dat er iemand binnen is geweest die hem van zijn brood en melk heeft beroofd.

Met het plastic zakje in haar hand schuift ze in de nauwe ruimte tussen twee houten gebouwtjes en gaat op haar hurken achter een regenton zitten.

Vanwaar ze zit kan ze het geluid van de klopper door het huis horen galmen. Niet lang daarna hoort ze voetstappen die in de richting van het erf komen. De bezoeker staat ergens achter het huis stil en wacht tot de bewoner naar hem toe komt.

Britt hoort hen met elkaar praten, maar verstaat niet wat ze zeggen. Daarvoor staan ze net te ver van haar vandaan en bovendien spreken ze Duits.

Wat ze wel hoort, is de klank van hun stemmen, en met name van een van hen. Ze kan bijna niet geloven dat ze het goed hoort. Voorzichtig sluipt ze iets voorbij de regenton en kijkt om het hoekje van de schuur. Verschrikt trekt ze zich terug. Haar vader! De bezoeker die met de eigenaar van het huis staat te praten, is haar vader.

Het liefst was ze zo hard mogelijk weggerend, maar het is onmogelijk het erf te verlaten zonder gezien te worden. De bijgebouwen sluiten één kant van het erf af, en als ze ertussendoor vlucht, komt ze in het open veld terecht.

En dus wacht Britt bewegingloos tot de andere kant van

het erf vrijkomt. Ze verwacht dat haar vader zal weggaan nadat hij tevergeefs naar haar geïnformeerd heeft, maar tot haar verrassing gaan de twee mannen het huis binnen.

Ze grijpt meteen haar kans en sluipt achter de bijgebouwen langs naar de zijkant van het huis. Daar loopt ze in gebukte houding onder het keukenraam door tot ze aan de voorkant komt.

De rode wagen die haar vader gisteren bij het Gasthof gestolen heeft – wat wel een week geleden lijkt – staat voor de deur geparkeerd.

Door de gesloten luiken voelt Britt zich veilig genoeg om gewoon over het pad weg te rennen, in de richting waar haar vader vandaan moet zijn gekomen.

Ze vraagt zich af waarom hij zoveel moeite doet om haar terug te vinden. Is hij bezorgd om haar? Wil hij zó graag met haar op vakantie?

Ze zou het graag willen geloven, maar eigenlijk doet het er niet toe. Zij wil niet met hém op vakantie en als hij ongerust is, is dat zijn eigen schuld. Ze kan zich er niet druk om maken. Jarenlang heeft ze het zonder vader moeten doen, ze redt zich nu ook wel.

Met het zakje brood zwaaiend in haar hand rent ze zo hard ze kan het pad langs het bos op.

47

Ze rijden de hele middag en avond door. Nu en dan houden ze een korte stop om hun benen te strekken, te tanken of iets te eten en te drinken te kopen, dan wisselen ze van plaats en rijden verder.

Op de Duitse Autobahn kunnen ze goed opschieten en rond de grote steden ondervinden ze weinig oponthoud. Wel wordt het weer steeds minder mooi. De zon verdwijnt achter hoge bewolking die snel dikker wordt. Als het donker wordt, begint het zachtjes te regenen.

Rond een uur of elf arriveren ze bij Gasthof Am Waldesrand.

Vermoeid draait Lois de auto het grind van de parkeerplaats op en wendt zich tot Mirjam.

‘Eindelijk, we zijn er.’

Mirjam reageert niet. Onbeweeglijk zit ze op haar stoel en kijkt naar de verlichte gevel van het Gasthof. Pas als Lois voorstelt om naar binnen te gaan, knikt ze en opent haar portier.

Ze halen hun bagage uit de kofferbak en gaan het hotel binnen.

‘Wat een vreemd idee dat Britt hier gisteravond nog was.’ Er staan tranen in Mirjams ogen.

Lois strijkt Mirjam bemoedigend over haar arm en glimlacht naar de vrouw bij de receptie. Ze is gezet, heeft hoogblond opgestoken haar en stelt zich voor als Gisela.

In haar beste Duits vertelt Lois wie zij zijn en wat ze komen doen. Ondanks haar gehakkel en de mengeling van Nederlands en Duits begrijpt Gisela wat ze bedoelt. Meewarig slaat ze haar handen ineen.

'Als ik dat toch geweten had! Toen ze weg waren, kwam ik er pas achter dat die man gezocht werd en dat het meisje dat hij bij zich had was ontvoerd. Bent u de moeder?'

'Nee, dat is zij.' Lois wijst naar Mirjam, die een foto uit haar tas opdiept waar Britt en zij met de armen om elkaar heen op staan.

Hoofdschuddend bekijkt Gisela de foto. 'Het is vreselijk. Had ik het maar geweten. Er was niets bijzonders aan hen te zien. Gewoon een vader en dochter, dacht ik. Het meisje was wel wat stilletjes en bleek, maar ze zag er niet uit alsof ze ontvoerd was, als jullie begrijpen wat ik bedoel.'

'Hebben ze nog iets gezegd?' vraagt Mirjam. 'Iets waaruit kan blijken waar ze naartoe gingen?'

'Nee, dat heeft de politie me ook al gevraagd. Ze hebben helemaal niets gezegd.' Gisela schudt spijtig haar hoofd. 'Ze hebben hier gegeten, in de eetzaal. Daar, in het hoekje. En opeens gingen ze weg. Ik zag dat er geld op tafel lag, dus ik ging snel kijken. Ik vond het wel vreemd dat ze zo overhaast vertrokken, maar het bedrag klopte, dus dat was in orde. Tot even later een van de gasten haar tas miste en bleek dat ook haar auto was gestolen. Toen herinnerde ik me het opsporingsbericht dat ik op televisie had gezien en ik vond dat die man wel wat leek op de foto die ze hadden laten zien. Dus dat heb ik de politie verteld. Ze waren erg geïnteresseerd en wilden precies weten wat er was gebeurd, wat hij had gezegd en hoe hij eruitzag. Daarna zijn ze weggegaan. Meer kan ik er niet over vertellen.'

'Dank u wel,' zegt Mirjam. 'Wilt u ons op de hoogte houden van wat er op tv en in de krant over gezegd wordt?'

Gisela knikt bereidwillig. 'Ik zal de kranten op uw kamer laten bezorgen.'

Ze nemen elk een eigen kamer en dragen hun reistassen twee trappen op. Gisela is zo aardig om nog wat te eten op hun kamers te laten bezorgen.

Uit Mirjams kamer komt nog een tijdje het geluid van de douche, maar Lois kruipt meteen haar bed in. Hoe gehorig het hotel ook is, zodra ze ligt, hoort ze niets meer, en ze zinkt weg in een diepe slaap.

De volgende ochtend wordt Lois al vroeg gewekt door haar telefoon. Gealarmeerd neemt ze op.

'Lois, met Fred. Sorry dat ik je zo vroeg wakker maak op je vrije dag, maar ik dacht dat je wel op de hoogte gehouden zou willen worden.'

'Ja, absoluut. Wat is er aan de hand?' Lois slingert haar benen over de rand van het bed en wacht gespannen af.

'Britt heeft net, een paar minuten geleden, contact opgenomen met haar moeder. Mirjam nam niet op. Deze keer belde Britt naar de vaste telefoon in plaats van naar haar moeders mobieltje, maar het is wel vreemd dat Mirjam niet opnam. Goed dat we er een tap op hebben gezet.'

'Wat heeft Britt gezegd?'

'Dat ze is ontsnapt aan haar vader en verdwaald was. En dat ze een huis heeft gevonden waar ze kon bellen.'

'Dus ze is terecht! Goddank! De bewoners van dat huis hebben zich zeker over haar ontfermd?'

'Ik heb geen idee, daar heeft ze niets over gezegd. Haar stem klonk nogal angstig en gejaagd, maar dat kan als je bij wildvreemde mensen zit. En helemaal na wat ze heeft moeten doorstaan.'

'Wat is het adres van dat huis?' vraagt Lois.

'Ik weet het niet precies, ergens in de buurt van Lübben aan de rand van een bos.'

'Wil je het voor me opzoeken?'

'Hoezo? Wat moet jij daar nou mee?' zegt Fred verbaasd.

'Ik wil het gewoon graag weten.'

Even is het stil, en in die paar seconden sluit Lois berustend haar ogen. Fred kent haar te goed, hij kan aan haar stem horen dat er iets niet klopt. Ze telt af van vijf naar één en jawel, daar informeert hij al wat er aan de hand is.

'Er is niets aan de hand. Ik wil gewoon dat adres bekijken op Google Earth,' probeert ze nog, maar tevergeefs.

'Jij zit toch niet in Duitsland, hè?' zegt Fred, en als antwoord uitblijft: 'Ach, nee toch! Zeg dat het niet waar is. Ben je echt naar Duitsland gegaan?'

'Ja, samen met Mirjam. We zitten nu in het hotel waar Roy en Britt maandagavond gegeten hebben. Mirjam was vastbesloten om te gaan. Wat had ik dan moeten doen? Haar dat hele eind alleen laten rijden? Dat was onverantwoord.'

'Wat onverantwoord is, is dat jij zonder Ramons toestemming in Duitsland zit. Want ik neem aan dat hij daar niet van op de hoogte is.'

'Ik zei dat ik er even tussenuit wilde en dat is precies wat ik heb gedaan. Mag ik in mijn vrije tijd niet doen wat ik wil?'

Fred slaakt een diepe zucht. 'Zo eenvoudig ligt het niet, dat weet je best.'

'Je vertelt het toch aan niemand, hè?'

'Dat zou ik juist onmiddellijk moeten doen. Dit is niet de eerste keer, Lois.'

'Ik ga Britt vinden,' zegt Lois halsstarrig. 'Als je me nou dat adres geeft, dan gaan we daar meteen naartoe. Waarschijnlijk zijn we er nog eerder dan onze Duitse collega's.'

'Het lijkt me op z'n zachtst gezegd niet handig als je ze voor de voeten gaat lopen.'

'Natuurlijk doe ik dat niet. Ik zou hun onderzoek nooit verstoren, dat weet je best. Kom op, Fred, doe niet zo moeilijk! Denk eraan hoe blij dat kind zal zijn als ze haar moeder ziet.'

Met een nieuwe zucht geeft Fred zich gewonnen. 'Ik zal het voor je uitzoeken, op voorwaarde dat je je op de achtergrond houdt. Neem eerst contact op met de plaatselijke politie, oké? Ik stuur je zo een sms.'

'Beloofd. Dank je, Fred. Je bent een schat.'

'Ja ja,' bromt haar collega. 'Gekke Gerrit bedoel je.'

48

Lois stuurt een sms naar Mirjam en binnen tien minuten wordt er op haar kamerdeur geklopt.

Mirjam ziet er niet uit alsof ze veel geslapen heeft. Onder haar ogen vormen zich dikke kussentjes van slaapgebrek en haar gezicht is bleek.

'Je zei dat je nieuws had. Wat is er?' vraagt ze gespannen.

'Britt heeft een halfuurtje geleden naar je vaste telefoon gebeld. Door de tap hebben we het bericht onderschept.'

'Wat zei ze?' Mirjam grijpt Lois bij de arm.

'Dat ze weggelopen was. Volgens mijn collega zit ze in een huis aan de rand van een bos. Ze heeft heel kort gebeld, meer informatie gaf ze niet.'

'En Roy? Waar is Roy?'

Lois maakt een hulpeloos gebaar met haar handen. 'Ik weet het niet. Als ze van hem weggelopen is, zal hij daar niet zijn. Toch klonk het volgens mijn collega alsof ze maar weinig tijd had om te bellen.'

'Weet je waar het is? Gaan we ernaartoe?'

Op dat moment maakt Lois' telefoon een tinkelend geluid, ten teken dat er een sms is binnengekomen. Ze kijkt op het display en knikt. 'Laten we gaan.'

Zonder te ontbijten verlaten ze het hotel, en ze rennen naar de auto. Terwijl Mirjam start, voert Lois haastig het adres in in de navigatie. Even later scheuren ze weg.

'Het is op een kwartiertje afstand van hier. Wat hebben ze al die tijd gedaan?' zegt Mirjam niet-begrijpend. 'Ik had verwacht dat ze allang weg waren.'

'Ik denk dat ze al eerder ontsnapt is, gisteren al. En dat Roy naar haar op zoek is.' Lois houdt beurtelings de weg en de instructies op de navigatie in de gaten. 'Het is zo dichtbij, het kan bijna niet anders. Britt is ontkomen, heeft zich al die tijd schuilgehouden voor haar vader en heeft nu hulp gezocht.'

'Waar heeft ze dan vannacht geslapen? In dat huis? Dan had ze toch wel eerder kunnen bellen?'

'Misschien in het bos.'

Ontzet kijkt Mirjam opzij. 'Dat zal toch niet? Nee, dat kan niet. Ze heeft vast ergens een schuilplaats gevonden.'

Dat lijkt Lois niet waarschijnlijk, maar ze zegt niets meer. Mirjam is al overstuur genoeg – ze rijdt zo hard en slordig dat Lois spijt heeft dat ze zelf niet achter het stuur is gaan zitten.

Gelukkig dwingt de slechter wordende weg Mirjam tot een wat kalmer tempo. Ze hebben de doorgaande weg verlaten en worden over hobbelige zandpaden het bos in geleid.

'Waar gaan we nu in hemelsnaam naartoe?' Mirjam werpt een blik op het schermpje van de navigatie.

'Als Britt na haar ontsnapping de bossen in is gerend, klopt deze route wel. Dan heeft ze net zolang rondgezworven tot ze een huis zag,' zegt Lois.

Het idee van haar dochter die in haar eentje in het bos ronddoolt, doet Mirjam haar ogen even sluiten. Ze prevelt iets wat Lois niet verstaat en stuurt verbeten om kuilen en hobbels heen.

Er lijkt geen einde te komen aan het pad. Het slingert maar voort, langs weiden en akkers, dicht langs de bosrand en af en toe ook tussen dichte begroeiing door.

Lois en Mirjam zeggen niet veel meer. Beiden kijken ze op de navigatie of om zich heen.

'Nog vijf minuten,' zegt Lois. 'Hé, wat is dat?'

Het gebrom van een auto komt snel dichterbij en even later moeten ze uitwijken om hem door te laten. Niet lang daarna volgt er een tweede en daarna een derde, en dat zijn politiewagens.

Ze kijken elkaar aan.

'Politie,' zegt Mirjam zenuwachtig. 'Ze zijn al bij het huis geweest. Wat nu? Achter hen aan?'

Lois twijfelt. Ze heeft geen meisje op de achterbank zien zitten, er zat helemaal niemand. Dus ze hebben Britt niet gevonden en ook geen arrestatie verricht. Vreemd dat ze hen niet hebben aangehouden, terwijl op deze weg hun enige doel dat huis kan zijn.

'Rij maar door,' zegt ze. 'We gaan er een kijkje nemen en als het niets oplevert, rijden we wel naar het politiebureau voor informatie. Eerst wil ik zelf zien waarvandaan Britt heeft gebeld.'

In een drukkende stilte rijden ze door. De sfeer was daarnet gespannen, maar ook verwachtingsvol, en slaat nu om. Zo te zien is de politie voor niets gekomen, dus zelf hoeven ze ook niet veel te verwachten.

Als na een paar minuten de stem van de navigatie opgewekt 'Bestemming bereikt' zegt, kijken ze elkaar zonder veel hoop aan.

'Nou, dan gaan we maar,' zegt Lois en ze gooit het portier open.

Mirjam volgt haar het tuinpad op naar het grijze huis, dat een gesloten, massieve indruk maakt.

Lois laat de klopper op de deur vallen. Het duurt even voor ze een teken van leven horen, dan komt er iemand aanlopen.

Een breedgeschouderde, boomlange man trekt met een ruk de deur open en kijkt hen nors aan.

Lois doet het woord. In het Duits vertelt ze dat ze op zoek

zijn naar een meisje dat vanaf dit adres naar huis heeft gebeld.

De man hoort het onbewogen aan. 'De politie is al geweest,' zegt hij als Lois uitgesproken is. 'Dat meisje is hier niet meer, dat heb ik ze net verteld.'

'Maar ze is hier dus wel geweest?' Mirjam doet een stap naar voren en diept de foto van Britt en haar uit haar tas op. 'Alstublieft, vertelt u ons wat u weet. Ik ben haar moeder en ik maak me zoveel zorgen over haar!'

De man werpt een blik op de foto en knikt. 'Kom binnen.'

Mirjam staat al binnen zodra hij de deur wat verder geopend heeft, Lois volgt wat rustiger. Oplettend kijkt ze om zich heen terwijl ze het ouderwets en spaarzaam ingerichte huis binnenloopt. De man gaat hun voor naar de keuken.

'Hier heeft ze wat gegeten,' zegt hij met een gebaar naar de keukentafel. 'Brood en kaas. En ze heeft mijn laatste pak melk leeggedronken.'

'Sorry,' zegt Mirjam automatisch, alsof dat van enig belang is. De man lijkt er niet mee te zitten, hij stelt alleen iets vast.

'Hebt u haar gezien of gesproken?' vraagt Lois.

Hij schudt zijn hoofd, zodat zijn warrige, donkere haar voor zijn ogen valt. Met een ongeduldige beweging schudt hij het weer weg.

'Ik heb haar maar één keer gezien, toen ze wegrende. Ik stond hier en die vent stond tegenover me. Dáár, dus hij zag haar niet. En ik heb niets gezegd.'

'Wie was dat dan?' vraagt Mirjam vol angstige verwachting.

'Hij zei dat hij haar vader was. Daar geloofde ik natuurlijk geen biet van. Er was iets met die vent wat me niet beviel. Ik weet niet wat, maar ik vertrouwde hem niet. En op dat moment zag ik haar over het pad rennen.'

'Waar? Welke kant ging ze op?' Mirjam gaat voor het raam staan.

‘Die kant, richting Lübben. De andere kant ga je het bos in.’

‘Ze heeft hiervandaan gebeld, dus ze is binnen geweest. Hebt u daar niets van gemerkt?’ vraagt Lois.

‘Later pas, toen ik de ontbijtspullen wilde opruimen. Toen ben ik eens gaan rondkijken.’

‘En?’ zegt Mirjam gretig.

‘Loop maar even mee.’

Ze volgen de man door de keukendeur naar buiten, het erf op. Daar staan wat vervallen schuurtjes en rommelhokken.

‘De deur stond een stukje open,’ zegt de man, met een knikje naar een van de schuurtjes. ‘Daarom ging ik er even kijken. Toen zag ik dit.’

Hij opent de deur, zodat Lois en Mirjam kunnen zien wat hij bedoelt. Op de grond liggen twee tuinkussens naast elkaar. Een oranje zeil ligt er half overheen.

‘Een bedje,’ zegt Mirjam schor. ‘Ze heeft een bedje gemaakt.’

‘Ik zei toch dat ze een schuilplaats had gezocht? Ze heeft in ieder geval niet in de openlucht hoeven slapen.’ Lois slaat haar arm om Mirjam heen.

‘Ze heeft gebeld en zich hier verstopt, wachtend tot ik haar kwam halen. En toen verscheen Roy en is ze ervandoor gegaan. Mijn god, misschien heeft hij haar wel te pakken gekregen!’

‘Volgens deze meneer hier heeft Roy haar helemaal niet gezien. De kans is groot dat ze uit zijn handen heeft weten te blijven.’

‘Maar waar ís ze dan nu? Als ze naar dat plaatsje verderop is gegaan, zou ze toch wel naar de politie zijn gegaan? Dan hadden ze dat toch moeten weten?’ Mirjam veegt een paar tranen weg.

‘Misschien zit ze daar intussen ook wel. We rijden ernaartoe, oké? De politie weet vast meer.' Lois glimlacht dankbaar naar de man naast haar, die het gesprek in het Nederlands niet heeft kunnen volgen, en nu een beetje hulpeloos naar de huilende Mirjam staat te kijken.

'Dank u,' zegt ze. 'We zijn u erg dankbaar voor de informatie. Heeft de politie nog iets tegen u gezegd?'

'Alleen dat ik moest bellen als ik dat meisje weer zag. En dat die vent gezocht werd. Maar dat had ik meteen wel door.'

Ze bedanken hem nogmaals, schudden handen en lopen om het huis heen terug naar de auto.

Als ze op hun plaats zitten, kijken ze elkaar aan.

'Dus we gaan naar het politiebureau?' vraagt Mirjam.

Lois knikt. 'Ja, dat lijkt me het beste.'

'Misschien is ze daar intussen wel.'

'En anders zoeken we heel Lübben af tot we haar gevonden hebben.' Lois wrijft bemoedigend over Mirjams arm. Voor Roy haar vindt, denkt ze erachteraan terwijl ze wegrijden.

49

Er is iets mis met haar. Britt voelt het met elke stap die ze zet, alsof dat korte sprintje bij het huis vandaan haar in één keer van haar krachten heeft beroofd. Dat is natuurlijk niet zo, ze weet best dat ze ziek is. Haar keel staat in brand, haar hoofd bonst en haar bewegingen zijn zo traag en zwaar dat het lijkt alsof ze door dikke stroop loopt.

Ze probeert nog wat te eten, maar krijgt het vaste volkorenbrood dat ze uit het huis heeft meegenomen nauwelijks weg nu ze niets te drinken heeft. Veel sneller dan ze had verwacht, keert ook de dorst weer terug. Bij de eerste diepe regenplas die ze tegenkomt, hurkt ze neer en schept het water op met haar hand. Daarmee krijgt ze ook wat zand binnen, en wie weet wat nog meer, maar daar maakt ze zich allang niet druk meer om. De herinnering aan de kwellende dorst van gistermiddag heeft haar overlevingsinstinct in werking gesteld en zorgt dat ze drinkt wanneer ze kan.

Ze vraagt zich af hoe ver het dichtstbijzijnde dorp of stadje nog is. Als je een hele dag door de bossen hebt gedwaald en eindelijk een huis tegenkomt, verwacht je dat je in de bewoonde wereld bent teruggekeerd. Voorlopig ziet het daar niet naar uit. Het enige wat ze om zich heen ziet zijn weiden, akkers en bos. Gelukkig houdt het pad niet op. Misschien moet ze nog kilometers lopen, maar verdwalen zal ze niet meer.

Dat is ook het enige lichtpuntje, want er komt geen einde aan al die natuur. Britt weet niet hoe lang ze al loopt. Dat is moeilijk in te schatten als je je niet goed voelt. Het pittige tempo dat ze er gisteren inhield, ondanks de dorst en de vermoeidheid, heeft plaatsgemaakt voor sjokken en strompelen. Geen wonder dat ze niet opschiet.

Een enorme modderplas verspert haar de weg en Britt blijft staan. Daar kan ze niet overheen springen. Aan de linkerzijde van de plas steekt ze behoedzaam over, als een ballerina, op de neuzen van haar schoenen. De poel is dieper dan ze had gedacht en een modderstroompje dringt door haar veelbeproefde sneakers en doorweekt haar sokken.

Tot haar ergernis ziet ze verderop nog veel meer plassen, en dan maakt het haar ook niet meer uit. Ze krijgt natte voeten en modderige schoenen, helaas pindakaas.

Zonder zich er verder om te bekommeren loopt ze dwars door de poelen en zuigende modder heen. Waar ze wel voor moet oppassen is dat ze niet uitglijdt, want het pad loopt nu flauwtjes naar beneden af en vormt één glibberige uitdaging.

Door de hoofdpijn kost het haar zoveel moeite niet te vallen dat ze in eerste instantie de auto achter zich niet hoort. Als het geluid van de motor uiteindelijk tot haar doordringt, is het te laat.

Met een sprong waarvan ze niet had gedacht dat ze hem nog in zich had, is ze bij de bosrand. Ze wil tussen de bomen wegvluchten, maar een brede greppel verspert haar de weg en ze valt er half in. Tegen de tijd dat ze overeind gekrabbeld is en ze een struik vastgrijpt om zich aan op te trekken, is haar vader al uit de auto gestapt.

Tot Britts verrassing komt hij haar niet achterna. Hij doet rustig het portier dicht en gaat aan de rand van de greppel staan, met zijn handen in zijn zij.

'Britt,' zegt hij. 'Britt, wat doe je? Kom hier, meisje, dit gaat toch niet langer zo?'

De warmte en bezorgdheid in zijn stem doen Britt omkijken. Met al haar krachten hijst ze zich aan het struikje de greppel uit en dan draait de wereld om haar heen. Hijgend laat ze zich op de grond zakken. Het is voorbij. Ook als ze nu opstaat en wegrent, maakt ze geen enkele kans. Van ellende slaat ze haar handen voor haar gezicht en begint te huilen.

Meteen is haar vader bij haar en gaat naast haar op de grond zitten.

'Hé,' zegt hij troostend en hij legt één hand voorzichtig op haar schouder.

Britt schudt hem niet af. Wat maakt het ook allemaal uit. Dan gaan ze toch naar Polen, als ze daar maar in een lekker warm bed mag liggen.

'Waar heb je toch al die tijd gezeten?' vraagt Roy. 'Ik heb me rot gezocht.'

'In het bos,' zegt Britt, moeizaam door haar zere keel.

'Hoezo, in het bos? Je hebt toch niet aldoor in het bos rondgelopen?'

'Jawel. Ik was verdwaald.'

'Maar je bent maandagavond weggerend. Het is nu woensdag. Waar heb je geslapen?'

'Dat zei ik toch, in het bos. En één nacht in het schuurtje, bij dat huis.'

In opperste verbazing kijkt Roy zijn dochter aan. 'Je hebt in het bos geslapen? In de openlucht?'

Britt is het moe om alles te herhalen wat ze zegt en reageert niet.

'Wauw,' zegt Roy, als hij van zijn verbazing bekomen is. 'Ik ken topcriminelen die daar nog voor zouden terugdeinzen. Was je niet bang?'

Britt haalt haar schouders op. Het respect van haar vader doet haar om de een of andere reden goed, ze is niet van plan om toe te geven dat het de ergste nacht van haar leven was.

‘Waarom deed je dat eigenlijk? Wegrennen, bedoel ik,’ vraagt Roy met een ernstig gezicht. ‘Ik dacht dat we het wel leuk hadden samen. Heb ik iets fout gedaan?’

‘Ik wil niet naar Polen,’ is het enige wat Britt eruit geperst krijgt.

Even is het stil tussen hen. Roy speelt met een takje dat hij in steeds kleinere stukjes breekt.

‘Dat begrijp ik,’ zegt hij ten slotte. ‘Je wilt naar huis, hè?’

Britt knikt.

‘Dan zorg ik dat je thuiskomt. Het is mooi geweest. Ik dacht dat het een leuk plan was om samen op reis te gaan, maar je voelt je doodongelukkig. Sorry dat ik niet naar je geluisterd heb.’

Zonder antwoord te geven draait Britt haar hoofd weg.

‘Wat is er? Geloof je me niet?’ Met onverwachte tederheid pakt Roy haar kin en dwingt haar zo hem aan te kijken. ‘Je bent mijn dochter, Britt. Ik wilde je leren kennen en ik héb je leren kennen. Je bent dapper, vindingrijk en je staat je mannetje. Daar hou ik van, dat herken ik. We lijken op elkaar, weet je dat?’ Hij laat haar kin los. ‘We zijn ook allebei koppig en drijven graag onze zin door. Ik wil op reis, jij wilt naar huis. Daar gaan we niet langer over strijden. Jouw belangen staan voorop, meisje. Ik breng je naar huis.’ Roy komt overeind en steekt zijn hand naar haar uit. ‘Ga je mee?’

Nog een paar seconden twijfelt Britt, dan pakt ze haar vaders hand beet. Ze weet nog steeds niet of ze hem kan vertrouwen, maar het heeft ook geen zin om weg te rennen of aan de kant van de weg te blijven zitten. En misschien meent hij wat hij zegt. Daar ziet hij in ieder geval wel naar uit, met dat ernstige gezicht en die zachte blik. Zo heeft hij nog niet eerder naar haar gekeken, maar het is waar ze vroeger van droomde als ze aan haar vader dacht.

Britt laat zich over de greppel heen helpen en loopt langzaam naar de auto toe. Nog steeds die rode, gestolen wagen.

'Is de politie niet naar deze auto op zoek?' vraagt ze als ze op haar plaats zit.

'Vast wel. Maar ze kunnen hem niet vinden.' Roy maakt zijn gordel vast en lacht naar haar. Het is een warme, innemende lach die haar wantrouwen nog wat verder doet wegsmelten.

'En rij je hiermee naar Nederland?'

'Zo ver als we kunnen komen, ja. Misschien zet ik je voor de grens op de trein. Ik ben bang dat ik anders problemen krijg. Vind je dat erg?'

Britt haalt haar schouders op. Het maakt haar niet uit, als ze maar thuiskomt.

'En wat ga jij dan doen?' vraagt ze.

'Hoe bedoel je?'

'Nou, waar ga je naartoe? Je kunt toch niet altijd op de vlucht blijven voor de politie.'

'Jawel, hoor. Ik ken mensen genoeg die dat heel succesvol doen. Als je maar geld hebt. Geld is waar het om draait in de wereld, Britt. Onthoud dat goed.'

'Heb je geld?'

'Niet veel,' moet Roy toegeven. 'Maar daar komt verandering in. Voor we naar huis gaan, heb ik nog een afspraak met iemand die me geld verschuldigd is. Dat halen we even op, en dan gaan we.'

'Waar is dat dan?' In een flits is Britts wantrouwen terug.

'Hier niet ver vandaan. Een uurtje rijden of zo.'

'In Polen?'

Lachend kijkt Roy haar van opzij aan. 'Wat denk je nou, dat ik je stiekem toch probeer mee te nemen? Nee, niet in Polen. Maar het gaat wel om die vriend van me die daar woont. Ik wilde er niet alleen naartoe omdat we er een tijdje konden logeren, maar ook omdat ik nog geld van hem krijg. Véél geld. En omdat wij niet naar Polen kunnen komen, komt hij deze kant op.'

'Om het geld te brengen,' begrijpt Britt.

'Precies. En daarvan kan ik een andere auto kopen, waarmee ik jou veilig thuis kan brengen. Misschien wel tot aan de voordeur.'

Onverwacht ernstig kijkt Britt haar vader aan. 'Dat moet je niet doen. Straks pakt de politie je op.'

'Zou je dat erg vinden?'

Britt knikt. 'Best wel.'

'En als het zou gebeuren, zou je me dan komen opzoeken in de gevangenis?'

'Ja,' zegt Britt, en ze meent het. Deze vader, zoals hij nu naast haar zit en met haar praat en lacht, is de vader die ze zich had voorgesteld. En het is de enige die ze ooit zal hebben.

'Mooi.' Roy glimlacht, maar Britt is nog niet klaar.

'Als het van mama mag,' voegt ze eraan toe.

Roy staart voor zich uit en breekt met een knak het laatste stuk van de tak doormidden. 'Ja, natuurlijk,' zegt hij. 'Laten we vooral mama niet vergeten.'

50

'Ik weet nog zo goed hoe Britt als klein meisje was,' zegt Mirjam als ze over de hobbelige landweg terugrijden. 'Een klein, tenger ding. Altijd een kop kleiner dan haar vriendinnetjes. Ik heb me vaak zorgen over haar gemaakt.'

'Was dat nodig?' vraagt Lois, met haar blik op de bosrand gericht.

'Nee, eigenlijk niet. Ze liet zich bepaald niet op de kop zitten. In feite speelde ze altijd de baas over haar vriendinnen. Niet op een vervelende manier, maar ze wist wat ze wilde.'

'Een pittig kind dus.'

'Ja, pit had ze wel. En nog steeds.' Afwezig stuurt Mirjam om een diepe modderkuil heen. 'Ik vraag me af hoe dat gaat, zij en Roy samen.'

'Hoezo? Denk je dat het botst?'

'Ik weet het niet. Ik vind het vervelend om toe te geven, maar qua karakter lijkt ze meer op hem dan op mij. Niet in negatieve zin hoor, Britt is altijd lief en eerlijk geweest. Maar ze is gewoon heel anders dan ik vroeger. Ik was verlegen en teruggetrokken, een dromertje. Britt houdt ervan om in het middelpunt van de belangstelling te staan. Ze is helemaal geen dromer, ze heeft ambitie, wil op hoog niveau turnen en gaat er ook voor.'

'Ze heeft doorzettingsvermogen.'

'Ja, en ze is niet snel bang.'

'Dat zal haar dan goed van pas gekomen zijn deze dagen.'

'Eigenlijk is dat waar ik me zorgen over maak. Het kan twee kanten op gaan: Roy herkent zichzelf in haar en vindt dat leuk, of ze haalt zich zijn woede op de hals.' Mirjam zwijgt even terwijl ze een bocht neemt. 'Zoals ik ooit deed.'

Lois kijkt haar van opzij aan. 'Wat is er precies gebeurd? Of vind je het vervelend om erover te praten?'

'Nee, dat valt wel mee. Ik heb dat deel van mijn leven inmiddels verwerkt. Ik heb Roy leren kennen toen ik net achttien was. Hij was drieëntwintig en werkte in de beveiliging. Ja, ik weet het, dat klinkt raar.' Mirjam lacht even en vertelt verder. 'Ik denk dat hij op die manier in het criminele wereldje terechtgekomen is. Dat hij omgekocht werd en verkeerde vrienden maakte. Niet dat ik dat in de gaten had. We gingen al vrij snel samenwonen, maar het duurde een tijdje voor ik me iets ging afvragen. Hoe het kwam dat hij altijd geld had, bijvoorbeeld. Veel geld, terwijl hij niet zoveel verdiende. En waarom er steeds dozen met spullen op zolder en in de schuur stonden opgeslagen. Partijtjes, noemde hij dat. Hij bewaarde ze voor vrienden, die ik bijna nooit te zien kreeg. Ik werkte niet omdat ik op mijn negentiende al zwanger was van Britt, maar ondanks dat ik de hele dag thuis was, had ik geen idee wat Roy allemaal uitvoerde.'

'Hoe kwam je er uiteindelijk achter?' vraagt Lois.

'Dat ging heel geleidelijk. Ik was natuurlijk niet gek, ik begreep best dat er iets niet klopte. Maar dat het zó erg zou zijn... In de laatste maanden van mijn zwangerschap zat Roy voor het eerst vast. Verschrikkelijk was dat, ik schaamde me dood. Hij was gelukkig wel op tijd terug om de bevalling mee te maken. Toen heb ik even een heel andere Roy gezien. Trots als een pauw was hij op zijn dochter. Ze was de mooiste, liefste en slimste baby die hij kende. Niet dat hij er zoveel kende. Alles wat volstrekt normaal is in de ontwikkelingsfase van een kind, beschouwde hij als een teken van haar bovenmatige intelligentie.' Mirjam lacht schamper. 'Terwijl hij zelf amper een opleiding heeft gehad, maar goed. Ik vond het een goed teken dat hij zoveel van Britt hield. Een tijdlang heb ik echt geloofd dat alles in orde zou komen, dat haar komst hem zou veranderen. Niet dus. Hij pikte zijn oude leven gewoon weer op, werd gepakt, zat vast. Niet voor lange tijd, maar toch. In die periode begon hij ook gewelddadig te worden. Tegen mij, en ook tegen Britt. Als ze te veel huilde, behandelde hij haar heel ruw. En als ik niet precies deed wat hij me opgedragen had, zijn lievelingseten koken of een bepaald kledingstuk wassen, kreeg ik er ook van langs. Ging alles naar wens, dan was hij de liefste man van de wereld. Geen moeite was hem dan te veel, wij waren zijn prinsessen en hij nam ons mee uit om met ons te pronken. Dat werd vaak veel te laat voor Britt, die toen nog maar één was, dus ik liep de hele avond op zo'n stom feest met een oververmoeid kind rond. Maar nee zeggen was geen optie.'

Inmiddels ligt het bos achter hen en passeren ze het bordje Lübben.

'Ik zal je een lang verhaal besparen,' gaat Mirjam door. 'Op een gegeven moment was ik het zat om op eieren te lopen en het meneer naar de zin te maken. Ik wilde een normale relatie, waarin ik mijn man hoogstens moest missen omdat hij moest overwerken, niet omdat hij in de bak zat. En van de blauwe plekken had ik ook genoeg. Dus bereidde ik me voor op een scheiding. Stiekem natuurlijk, want ik was doodsbang voor Roys reactie. Ik huurde een flatje en bracht heel geleidelijk mijn spullen ernaartoe. Helaas kwam Roy een keer vroeger thuis dan ik had verwacht. Ik sjouwde net een doos naar beneden toen hij in de gang stond. Wat er toen gebeurde! Mijn hemel, het huis was te klein.'

Mirjam haalt diep adem, overmand door emoties.

‘Hij flipte?’ vraagt Lois voorzichtig.

‘Dat kun je wel zeggen. Ik had hem nog nooit zo meegemaakt. Hij ging volledig door het lint, schreeuwde dat we van hem waren, dat we helemaal nergens naartoe gingen en dat ik zeker zijn dochter niet meekreeg. En toen ging hij me te lijf. Hij joeg me eerst de hele benedenverdieping door en toen ik viel, sprong hij boven op me en kneep mijn keel dicht.’

‘Verschrikkelijk,’ zegt Lois geschrokken. ‘Wat zul je bang geweest zijn.’

‘Eigenlijk had ik de situatie al snel opgelost. Ik herinnerde me wat mijn vader eens gezegd had, namelijk dat als een man me aanviel, ik me op zijn ballen moest richten en anders op zijn ogen. Mijn vader had een vooruitziende blik,’ zegt Mirjam met een flauw lachje. ‘Dus dat heb ik gedaan. In een reflex stak ik mijn vinger in Roys oog, steeds dieper, tot hij me losliet. Toen had ik een paar flinke blauwe plekken in mijn hals en hij was zijn oog kwijt.’

‘Goeie god.’ Lois is onder de indruk. ‘Waar was Britt toen dat gebeurde?’

‘Gelukkig was ze bij mijn ouders, zodat ik mijn handen vrij had met inpakken. Ze heeft haar vader daarna niet meer gezien.’

‘Nooit meer?’

‘Nee, ik was niet van plan om mijn dochter mee te nemen naar de bezoekuren in de gevangenis. Het was over en uit, ik wilde niets meer met hem te maken hebben.’

‘Hij kwam tussendoor toch ook weer vrij? Probeerde hij dan niet met jullie in contact te komen?’

Mirjam schudt haar hoofd. ‘Ik heb hem nooit meer gezien. Hij heeft ook nooit geschreven, gebeld, niets. Toen Britt tien werd, heb ik haar verteld hoe het zat met haar vader. Daar schrok ze wel van, maar ze was er snel overheen.

Voor haar was hij natuurlijk een grote onbekende, dus ze voelde er niet veel bij.'

'En nu heeft Roy haar ontvoerd. Zomaar, zonder zich ooit iets van haar aangetrokken te hebben,' zegt Lois. 'Waarom zou hij dat gedaan hebben?'

Met een veelbetekenende blik kijkt Mirjam haar aan. 'Omdat het deze maand tien jaar geleden is dat ik hem zijn oog uitstak en we uit zijn leven verdwenen,' zegt ze uiterlijk kalm. 'Hij wil wraak.'

Het eerste wat Lois en Mirjam doen als ze het pittoreske plaatsje Lübben binnenrijden, is de weg naar het politiebureau vragen. Een man met een hondje verwijst hen naar de Bahnhofstraße en even later parkeren ze hun auto voor het bureau.

Binnen worden ze vriendelijk maar gereserveerd ontvangen door hoofdinspecteur Klaus Fischer. Als hij hoort dat Mirjam de moeder van het gezochte meisje is, verandert zijn houding op slag. Ze worden uitgenodigd met hem mee te lopen naar achteren en krijgen koffie en een Berliner bol. Dan ontvouwt zich een voorzichtig gesprek over de stand van zaken in het onderzoek.

Lois kent dat soort gesprekken. Ze worden gevoerd onder het motto *nice to know, need to know,* ofwel: niet alle informatie wordt zomaar prijsgegeven. Zelfs als ze zou onthullen dat ze van de Nederlandse recherche is, wat ze natuurlijk niet van plan is, zou ze niets te horen krijgen.

Wel kan Klaus Fischer hun vertellen dat er een ware klopjacht op Roy de Graaf aan de gang is, en dat veel inwoners van Lübben zich als vrijwilliger hebben aangemeld voor een zoektocht naar Britt.

'Al is de kans natuurlijk aanwezig dat Herr De Graaf het meisje inmiddels gevonden heeft,' zegt hij. 'Hij zat haar dicht op de hielen. En in dat geval denk ik niet dat het zin heeft om hier in Lübben naar hen uit te kijken.' Hij begint te vertellen over het huis waar Britt de nacht in de schuur heeft doorgebracht. Lois en Mirjam laten hem zijn verhaal doen zonder te zeggen dat ze daar zelf ook zijn geweest.

Na een halfuurtje hebben ze de zaak doorgenomen zonder dat ze veel verder zijn gekomen. Ze wisselen telefoonnummers uit met hoofdinspecteur Fischer, en na zijn belofte dat hij onmiddellijk contact met hen opneemt als er nieuws is, verlaten ze het bureau.

Buiten kijken ze elkaar aan. 'En nu?' vraagt Mirjam.

'Er is niet veel wat we kunnen doen. Laten we eerst maar eens wat gaan eten. Op alleen een Berliner bol komen we de dag niet door.'

Op een gezellig plein vol kleurige gevels zoeken ze een restaurantje uit, waar ze aan een tafel bij het raam plaatsnemen.

'Hij was aardig, die hoofdinspecteur,' zegt Mirjam met haar ogen gericht op de menukaart. 'Ik had wel het gevoel dat de zaak hem bezighoudt. Persoonlijk, bedoel ik. En dat hij er erg op gebrand is om Britt te vinden.'

'Ja, ik ook. Dat moet hij natuurlijk ook zijn, maar het is waar dat sommige zaken je extra raken. Vaak zijn dat zaken waar kinderen bij betrokken zijn.' Lois kijkt op naar de serveerster die hun bestelling komt opnemen.

Nadat ze allebei besloten hebben voor de Kartoffelsalat te gaan, verdwijnt het meisje naar achteren en kijken Lois en Mirjam zwijgend uit het raam.

Op zonnige dagen is Lübben vast een heel sfeervol stadje, maar onder de laaghangende bewolking biedt het een wat sombere aanblik. Als hun maaltijd wordt gebracht, vraagt Lois het meisje of ze een kaart van de omgeving heeft.

De serveerster knikt en zegt dat veel toeristen daarom vragen en dat ze daarom in het restaurant te koop zijn. Ze loopt naar achteren en komt even later terug met een gevouwen kaart, die ze met een vriendelijke glimlach aan Lois overhandigt.

'Danke schön,' zegt Lois en ze spreidt de kaart uit op tafel.

Samen met Mirjam buigt ze zich eroverheen. Eerst zoeken ze het Gasthof op waar ze hebben overnacht en daarna lokaliseren ze het huis waar ze die ochtend geweest zijn.

'Roy en Britt hebben maandagavond in het Gasthof gegeten, maar vanochtend is ze nog hier, vlak bij Lübben, gezien,' zegt Lois. 'Dus waarschijnlijk is ze gisteren aan Roy ontkomen en de bossen in gevlucht. Als Roy haar vanochtend toch bij dat huis heeft zien wegrennen, of later, toen hij daar wegging, heeft hij haar óf te pakken gekregen, óf ze is opnieuw het bos in gevlucht. Als ze niet te ver gaat, kan ze de wandelpaden volgen en komt ze of hier, of hier, of hier uit.' Met haar wijsvinger tikt ze beurtelings op een paar dorpjes die op de kaart aangegeven zijn.

'Dan gaan we daar zoeken,' zegt Mirjam. 'En flyeren. Ik heb hier een kopieerwinkel gezien. Daar kunnen we afdrukken laten maken van Britts foto.'

Opeens heeft ze genoeg gegeten en ze neemt een gespannen houding aan, waardoor Lois de laatste happen snel naar binnen werkt. Ze rekenen af, nemen de kaart mee en lopen naar het kopieerbedrijfje. Een kwartier later komen ze naar buiten met een flinke stapel papier onder de arm, met Britts lachende gezicht en Mirjams telefoonnummer erop. Ze delen een aantal flyers uit op het pleintje van Lübben, hangen ze op aan lantaarnpalen en, nadat ze toestemming hebben gevraagd, in winkeletalages. Daarna stappen ze in de auto en beginnen aan hun zoektocht.

51

Tot haar grote ergernis is ze in slaap gevallen. Zomaar, in de auto, terwijl ze reden. Dat moet al vroeg zijn gebeurd, want ze kan zich niet veel van de rit herinneren. Alleen het hobbelige pad, waardoor ze heen en weer werd geschud als een zak bonen. Zo voelde ze zich ook, alsof alles in haar lichaam los zat en willoos omhoog en omlaag stuiterde. Zodra ze het pad hadden verlaten en de auto over een glad wegdek zoefde, is ze ingedommeld.

Nu is ze klaarwakker en kijkt ze verschrikt om zich heen. Ze is helemaal alleen in de auto.

Britt maakt haar gordel los, zodat ze beter achter zich kan kijken. Om haar heen liggen golvende korenvelden, onderbroken door een karrenspoor waar de auto geparkeerd is.

Niet ver van de wagen staat haar vader een sigaret te roken, met zijn rug naar de auto toe. Uit zijn houding, wijdbeens en starend naar de lucht, maakt Britt op dat hij ergens over staat na te denken. Of op iemand wacht. Zijn Poolse vriend, die geld moet komen brengen?

Ze vraagt zich af hoe laat het is. Ergens eind van de ochtend of begin van de middag, schat ze.

Ze opent het portier en stapt uit. Het geluid dat ze daarbij maakt, doet haar vader omkijken.

'Hé, ben je eindelijk wakker?'

'Heb ik zo lang geslapen dan?' vraagt Britt.

'Een uurtje of twee.'

'Echt? Ik dacht maar een halfuurtje.'

'Je was natuurlijk kapot.' Roy inhaleert flink en kijkt haar onderzoekend aan. 'Hoe voel je je nu?'

'Beter,' zegt Britt naar waarheid. Haar hoofd bonst niet meer zo, en hoewel haar keel nog wel zeer doet, voelt ze zich niet meer zo ziek als vanmorgen.

'Slapen is altijd goed. Je lichaam herstelt het snelst als je het rust geeft. Daarom heb ik je laten liggen.'

'Waar zijn we?' vraagt Britt met een blik om zich heen. Niets in de omgeving geeft ook maar iets prijs van waar ze zich bevinden. Geen huizen, geen plaatsnaambordjes, alleen velden. Het regent zachtjes en ze onderdrukt een huivering.

'In de buurt van Neuzelle, bij de Poolse grens,' zegt haar vader.

'Komt die vriend van je hiernaartoe?'

Roy knikt en neemt weer een haal van zijn sigaret.

'Hoe kan hij ons dan vinden? Er is hier niets.'

'O, hij vindt ons wel. Maak je maar geen zorgen.'

De miezerige regen die in een vlaag over de velden trekt, gaat over in een flinke bui.

'Ga in de auto zitten. Het kan nog wel even duren voor Bendek er is,' zegt Roy met een handgebaar.

Bendek, wat een rare naam, denkt Britt terwijl ze weer in de auto stapt. Echt Pools.

Ze hoopt dat hij opschiet. Ze heeft het koud, voelt zich rillerig en heeft dorst. In het zijvakje van het portier aan de bestuurderskant ziet ze een flesje water liggen. Ze pakt het en drinkt het in één keer leeg. Daarna zakt ze onderuit op haar stoel en staart voor zich uit naar het koren, dat in één beweging, alsof een reusachtige hand het platstrijkt, overhelt in de wind.

Haar gedachten gaan naar thuis, naar haar moeder, naar

Tinkerbel. Naar haar gezellige meisjeskamer en haar vriendinnen. Naar de turnclub. Wat voor dag is het vandaag? Woensdag. Vanavond is de eerste training voor de selectie.

Britt staart zo strak voor zich uit dat haar ogen vanzelf gaan tranen. Ze wil niet huilen, ze gaat immers naar huis. Dat heeft haar vader beloofd en ze gelooft hem. Waarom weet ze niet, maar het is zo. Er is iets veranderd in zijn houding en in de manier waarop hij naar haar kijkt, iets subtiels wat ze niet onder woorden kan brengen.

Buiten hoort ze haar vaders telefoon overgaan en ze kijkt om. Roy neemt op en zegt kort iets. Daarna luistert hij een tijdje.

'Nee, we zijn hier. Allebei, ja. We staan hier al een uur, dus schiet een beetje op.'

Daarna zegt de ander weer wat, waarop Roy iets bromt en hij de verbinding verbreekt. Hij steekt een nieuwe sigaret op en inhaleert diep.

Na ongeveer tien minuten komt over het karrenspoor een lage, zwarte auto aanrijden, die achter hen stopt. Britt wil uitstappen, maar Roy gebaart dat ze moet blijven zitten. Nieuwsgierig kijkt ze toe hoe haar vader naar de zwarte auto toe loopt en met zijn handen in de zakken van zijn jack blijft staan. Het portier gaat open en een man met halflang, lichtbruin haar stapt uit. Hij veegt het haar dat voor zijn ogen hangt opzij en schudt Roy de hand.

Britt draait zich helemaal om op haar stoel zodat ze alles goed kan zien. Hoe eerder die twee klaar zijn, hoe sneller ze weg kunnen.

Ze ziet de mannen met elkaar praten, met gebogen hoofden, kijkend naar de grond, dan weer naar de korenvelden, en ten slotte naar de rode auto. Naar haar.

Britt aarzelt. Haar moeder heeft haar goed opgevoed, ze is gewend om zich netjes voor te stellen. Maar iets zegt haar dat

dat nu niet nodig is, al kijkt Bendek herhaaldelijk in haar richting.

Uiteindelijk komt haar vader naar haar toe en zegt: 'Stap even uit, Britt.'

Gehoorzaam komt Britt naar buiten en kijkt naar Bendek, die is blijven staan. Moet ze nu naar hem toe om een hand te geven? Ze zet een stap in zijn richting, maar haar vader legt zijn hand op haar schouder.

'Dit is Britt,' zegt hij zonder zijn stem te verheffen om de afstand te overbruggen. Blijkbaar draagt de zware klank ver, want Bendek heft zijn kin, laat zijn ogen over haar glijden en knikt.

'Ze is wel jong,' zegt hij in het Nederlands, met een licht accent.

'Net elf,' bevestigt Roy.

'Ze oogt jonger.' Met trage stappen komt Bendek op hen af lopen. 'En klein. Maar dat geeft niet. Dat geeft helemaal niet.'

Niet-begrijpend kijkt Britt hem aan. Nog steeds wil een deel van haar glimlachen en zich voorstellen, terwijl een ander deel zich afsplitst. Ze werpt de Pool een achterdochtige blik toe.

'Graag of niet,' zegt Roy. 'Heb je het geld bij je?'

Bendek knikt en haalt een envelop uit zijn binnenzak.

Britt kijkt van de een naar de ander. Ze begrijpt niet wat zich hier afspeelt, maar dat het over haar gaat is wel duidelijk. Herinneringen komen bovendrijven, aan Lucas, aan de rare houdingen die ze moest aannemen, aan de foto's die hij van haar maakte. Iets in Bendeks blik roept die geheugenflitsen bij haar op.

Intuïtief zoekt ze bescherming bij haar vader, leunt tegen hem aan en laat haar hand in de zijne glijden.

'Pap?' fluistert ze, terwijl ze omhoog kijkt.

Hij kijkt niet terug. In plaats daarvan haalt hij iets uit zijn binnenzak en richt het op zijn vroegere vriend. 'Wat dacht je nou, klootzak? Dat ik dit echt ging doen?' zegt hij minachtend.

Bendek, die hem net de envelop wilde overhandigen, bevriest in zijn bewegingen.

'Dat geld kreeg ik nog van je. Gooi het maar op de grond,' commandeert Roy.

Bendeks mond vertrekt tot een smalle streep, zijn ogen krijgen iets verbetens. 'Wat lul je nou, man! Wat moet je met dat pistool, hoe kom je daaraan? We hadden een deal!'

'Dat heb jij ervan gemaakt,' zegt Roy met koude stem. 'Ik heb nooit ingestemd. Ik wilde alleen het geld terug dat je me schuldig bent.'

Bendek begint zo hard te vloeken, in het Pools en in het Nederlands, dat Britt verbleekt. Zijn hand glijdt naar zijn kontzak, maar treft daar niets aan.

'In de auto laten liggen, hè? Ik zag het.' Roy lacht en voegt er minachtend aan toe: 'Stommeling.' Dan kijkt hij naar zijn eigen auto en zegt: 'We gaan ruilen. Ik neem die van jou en jij krijgt deze. Er zit alleen niet veel benzine meer in. En de sleuteltjes zitten nog in mijn broekzak. Die gooi ik straks wel uit het raam. En jij bent natuurlijk niet zo stom om me te achtervolgen.'

'Roy, kom op, man. Hoe moet ik nou met die kar van jou thuiskomen?'

'Bedenk maar iets. Je was ook creatief genoeg om uit de gevangenis te blijven en er met mijn geld vandoor te gaan, dus je verzint er nu ook vast wat op. Ga in die auto zitten en doe het portier dicht.'

'Ik zweer je, als ik je ooit in mijn handen krijgt, dan...' Bij gebrek aan inspiratie gaat Bendek stotterend over in het Pools.

'Daar begrijp ik geen reet van. Ga zitten, of ik los het anders op.'

Met een vuile blik passeert Bendek hen. In de twee, drie stappen die hij nodig heeft om bij de auto te komen, doet hij een uitval naar Britt.

Ze ziet hem op zich af komen, gilt en verschuilt zich achter haar vader. Die aarzelt geen moment en schiet.

Even realiseert Britt zich niet wat er gebeurt. Als in slow motion ziet ze de Pool vallen, en dan is er bloed. In een dikke straal loopt het uit Bendeks buik, doorweekt zijn shirt en wordt geabsorbeerd door het zand waarop hij ligt.

Britt hoort zichzelf gillen. Of huilt ze? Ze weet het niet precies. In ieder geval maakt ze geluid, met haar mond wijd open.

Roy bukt zich om de envelop van de grond te grissen. Heel even staat hij met gebogen rug naar Bendek toe en op dat moment komt de Pool half overeind. Waar hij het opeens vandaan haalt weet Britt niet, maar in zijn hand heeft hij een mes.

'Pap!' roept ze.

Voor Roy zich kan omdraaien, heeft Bendek het mes in zijn rug geplant. Met een kreun zakt Roy op zijn knieën. Hij draait zich half om, het pistool nog in de hand, en schiet nogmaals. Weer valt de Pool neer, zijn hoofd maakt een vreemde stuiterbeweging als hij neerkomt. Er stroomt bloed uit en zijn ogen staren levenloos naar de bewolkte lucht.

Een vreemd geluid komt uit Britts keel. Ze heeft het gevoel dat ze moet overgeven, maar er gebeurt niets. Wel begint het te stortregenen, alsof de hemel met haar meehuilt.

Ze hurkt neer bij haar vader, die kermend van pijn op zijn zij is gevallen, en nu geen geluid meer maakt.

'Pap,' zegt ze dringend. 'Pap, zeg eens wat! Je bent toch niet dood?'

Angstig kijkt ze naar al het bloed op zijn rug en naar zijn lijkwitte gezicht. Maar zijn oogleden trillen en ze ziet zijn hand bewegen, alsof hij iets wil pakken.

Britt komt overeind en kijkt radeloos om zich heen. Er is geen huis te bekennen, waar moet ze hier in hemelsnaam hulp halen? Ze heeft een telefoon nodig, ze moet bellen.

Terwijl de regen haar doorweekt voelt ze in de binnenzak van haar vaders jasje en vindt zijn telefoon. Ze holt ermee naar de zwarte Mercedes van Bendek om er te schuilen en te kijken hoe de telefoon werkt.

Haar natte haren slierten om haar gezicht terwijl ze zich over het toestelletje buigt. Het is niet moeilijk, ontgrendelen en aanzetten. Een pincode heeft ze niet nodig, ze kan meteen bellen.

Thuis gaat de telefoon eindeloos over, niemand neemt op. Waar zit haar moeder toch? Van frustratie begint ze te huilen, en als de voicemail aanslaat, spreekt ze haperend een boodschap in.

'Mama, met mij. Ik weet niet precies waar ik nu ben, maar het is ergens in Duitsland. In de buurt van een plaatsje dat Neusel heet of zo. Er is hier niemand, alleen maar korenvelden. Papa is gewond en die andere man is dood. Kom me alsjeblieft halen!'

Ze verbreekt de verbinding en laat haar hoofd hangen. Heel even blijft ze zo zitten, dan vermant ze zich. Haar vader is gewond, hij heeft haar nodig. Er ligt vast een verbandtrommel in de auto.

Britt kijkt in het dashboardkastje en onder de stoelen. Geen trommel te vinden. Terwijl de regen op het dak roffelt kijkt ze naar buiten. Haar vader maakt geen enkele beweging. Vanaf haar plaats kan ze het mes in zijn rug zien zitten en ze huivert. Wat moet ze in vredesnaam beginnen? Het enige wat ze kan doen is zorgen dat haar vader daar niet helemaal alleen buiten ligt.

Regen of niet, Britt stapt weer uit en loopt naar hem toe. En terwijl het blijft regenen en de plassen water zich aaneensluiten, wacht ze naast het lichaam van haar vader op hulp, met zijn hand in de hare.

52

'We weten waar ze is.' Met die woorden belt Fred aan het einde van de middag. 'Ze zit bij de grens, in een plaatsje dat Neuzelle heet. De politie is onderweg.'

'Echt waar!' roept Lois. 'Wat is de situatie?'

'Dat is niet helemaal duidelijk. Britt belde naar huis en gaf een vrij summier verslag. Haar vader zou gewond zijn en een andere man dood. Ze had het over een plaatsje dat Neusel heette, Neuzelle dus, en zei dat ze zich in een korenveld bevindt. De Duitse politie gaat met een helikopter naar haar op zoek.'

'Is alles goed met haar?'

'Zo klonk ze wel. In ieder geval leeft ze nog.'

'Goddank. Wij gaan er meteen naartoe. Bedankt, Fred!' Zonder verdere plichtplegingen verbreekt Lois de verbinding en wendt zich tot Mirjam. 'Ze weten waar ze is. Kom op, we gaan.' Zij rijdt deze keer, Mirjam is er te nerveus voor.

Onderweg naar Neuzelle brengt ze haar op de hoogte.

'Is Roy gewond? En wie is die andere man? Mijn hemel, wat is er allemaal gebeurd?' zegt Mirjam geschokt.

'Ik heb geen idee, maar het belangrijkste is dat Britt ongedeerd is. Ze heeft niet gezegd dat ze gewond was en zo klonk ze ook niet. De Duitse politie stuurt een helikopter, dus die heeft haar zo gevonden.'

Mirjam haalt diep adem en laat de lucht langzaam weer

ontsnappen. 'Goddank,' fluistert ze. 'Eindelijk!'

Bemoedigend legt Lois even een hand op Mirjams arm. Ze hebben de hele middag over landweggetjes, door gehuchten en dorpen gereden, uitkijkend naar Britt. Iedere wandelaar die ze tegenkwamen hebben ze ondervraagd, overal hebben ze een flyer met Britts foto achtergelaten, maar hun speurtocht leek op niets uit te lopen. Vervolgens is het gaan regenen, en niet zo'n beetje ook. Ze wilden net de hele route nog een keer langsgaan, toen het verlossende telefoontje van Fred kwam.

Nu rijdt Lois zo snel mogelijk naar de doorgaande weg die naar Neuzelle leidt. Volgens de navigatie zullen ze er een uur en een kwartier over doen om in Neuzelle te komen. Gedurende de rit zwijgen ze lange tijd, en als Mirjam iets zegt, is het steeds hetzelfde.

'Wat zou er gebeurd kunnen zijn? Als Britt maar niets mankeert. Wat zei die Fred precies?'

Na een uurtje rijden wordt Mirjam steeds zenuwachtiger. 'Kun je Fred niet even bellen? Misschien weet hij intussen meer.'

'Dat denk ik niet,' zegt Lois. 'Als de operatie achter de rug is, brengt de Duitse politie verslag aan ons uit. Eerder hebben ze daar geen tijd voor.'

Nerveus bijt Mirjam op het laatste stukje dat nog over is van haar nagel. 'Maar er is al bijna een uur voorbij. Er kan intussen van alles gebeurd zijn. Die helikopter heeft Britt toch zo gevonden?'

'Ja, maar vergeet niet dat hij eerst nog ergens vandaan moet komen. Waarschijnlijk uit Berlijn.'

'Dat is toch niet zo ver.'

'Nee, maar er moet er wel meteen een beschikbaar zijn,' zegt Lois.

Na die opmerking blijft het weer lange tijd stil tussen hen, wat Lois wel prettig vindt. Het heeft weinig zin om te speculeren en je steeds hetzelfde af te vragen, al begrijpt ze dat Mirjams gedachten in een cirkeltje rondgaan. Dat is bij haar al het geval. Ook zij voelt zich gespannen, en tegelijk hoopvol. Britt was lichamelijk en geestelijk in staat om naar huis te bellen, dat is een goed teken.

Waar ze zich zorgen over maakt is Roys toestand. Hoe gewond is gewond, en hoe groot is de bedreiging die hij nog vormt?

Ze merkt dat Mirjam regelmatig op de snelheidsmeter kijkt, al zegt ze niets. Dat heeft ook geen zin, want ze rijdt al veel harder dan is toegestaan. Mede daardoor, en door het gebrek aan oponthoud onderweg, arriveren ze binnen een uur in Neuzelle. Het is een lieflijk plaatsje aan de rivier, met goed onderhouden gele en roze huizen, maar daar heeft Lois noch Mirjam veel oog voor. Via de doorgaande weg verlaten ze Neuzelle met dezelfde vaart weer. Het is niet moeilijk om te bepalen welke kant ze op moeten: onderweg komen ze twee politieauto's tegen die eveneens het stadje verlaten en ergens in de verte hangt een helikopter in de lucht.

Ze volgen de politiewagens en komen in een landelijke omgeving met korenvelden.

'Daar!' Mirjam kijkt gespannen naar buiten en wijst naar links. 'Daar staat nog meer politie. Je moet die landweg op.'

Lois heeft het al gezien, ze geeft richting aan en hobbelt achter de wagens aan over het weggetje. Daar ontvouwt zich een chaotisch tafereel, met politieauto's en ambulances die op de weg of gewoon in het koren geparkeerd staan, met brancards die worden weggedragen en een agent die voor hun auto komt staan en het stopteken geeft.

Lois remt, draait haar raampje open en legt uit wat ze hier komen doen. De agent stuurt een collega eropuit om de hoofdinspecteur te halen.

Ze zien hem al van verre aankomen, met grote stappen en een diepe frons tussen zijn wenkbrauwen.

'Wat kijkt hij somber,' zegt Mirjam angstig.

'Volgens mij kijkt hij altijd zo. Vanochtend in ieder geval wel,' stelt Lois haar gerust.

Ze stappen uit en worden met een handdruk begroet door Klaus Fischer.

'Ik heb goed nieuws voor u, mevrouw Strijbis,' zegt hij, Mirjams naam met een Duitse tongval uitsprekend. 'Uw dochter is ongedeerd. Ze zit daar, in die politiewagen. Loopt u maar mee.'

Mirjam rent naar de auto die Fischer aanwijst. Dwars door de modderplassen, botsend tegen agenten en hulpverleners die met elkaar staan te praten, bereikt ze de wagen. 'Britt!' schreeuwt ze.

Het portier gaat open en een klein, kletsnat figuurtje stapt uit. Zonder een woord te zeggen vliegt ze in de armen van haar moeder. Midden op het pad blijven ze zo staan, zonder te merken dat ze in een diepe plas staan, omgeven door mensen die behoedzaam om hen heen lopen of glimlachend toekijken.

'Wat is er precies gebeurd?' vraagt Lois aan de hoofdinspecteur.

Klaus Fischer haalt zijn schouders op. 'Dat is nog niet helemaal duidelijk. Het lijkt erop dat er een afrekening heeft plaatsgevonden. Eén man is dood aangetroffen met een schotwond in zijn buik, de ander, Roy de Graaf, is neergestoken. Hij leeft nog, maar zijn toestand is kritiek. We gaan het allemaal zo snel mogelijk uitzoeken. Het belangrijkst is dat het meisje veilig en wel is teruggevonden.'

Lois kijkt naar moeder en dochter, die nog steeds in een innige omhelzing staan.

'Ja,' zegt ze met een glimlach, 'dat is absoluut het belangrijkst.'

53

Ze ligt goed op schema. Het eerste rondje om het meer heeft ze in tweeëntwintig minuten gelopen, dus dat is ongeveer twaalf kilometer per uur.

Lois houdt haar pas iets in en kijkt op haar sporthorloge om haar hartslag te controleren. Die is 173. Ze knikt tevreden en terwijl ze in een rustig tempo verder rent, neemt ze de tijd om een beetje om zich heen te kijken. Het Geestmerambacht ligt er mooi bij vandaag. De zon schijnt uitbundig, waardoor het water blinkt en schittert, en de brede rietkragen wuiven in een zachte bries.

'Lekker is dit, dat zou ik veel vaker moeten doen,' zegt Onno, die naast haar jogt, enigszins buiten adem.

'Waarom doe je het dan niet?' vraagt Lois.

'Tja, tijd. Ik maak lange werkdagen.'

'Ik ook,' zegt Lois. 'Maar als het even kan, maak ik tijd om te hardlopen. Ik mis het als ik er te lang niet aan toe kom.'

'Missen is een groot woord, maar ik voel me wel beter als ik sport. Zeker samen met jou.' Met een ontwapenende grijns kijkt hij haar aan en Lois lacht terug. Ze is inmiddels gewend aan de complimentjes en dubbelzinnige opmerkingen die haar in het begin deden schrikken.

Al voelt ze dat er meer achter zit, ze zoekt er niet langer meteen een huwelijksaanzoek achter.

'Bewegen is niet alleen goed voor je lichaam, ook voor je

geest,' zegt Onno. 'De laatste tijd heb ik veel te weinig aan sport gedaan.'

'Je hebt toch best een goede conditie. Je houdt me makkelijk bij.'

'Doorzettingsvermogen, Lois. Doorzettingsvermogen en tomeloze ambitie. Je denkt toch niet dat ik in de berm naar zuurstof ga liggen happen als ik met jou kan rennen?'

Lois lacht weer. 'Je zult toch een beetje conditie moeten hebben om dit tempo vol te houden, dus het kan niet alleen met doorzettingsvermogen te maken hebben.'

'Ik heb getraind deze week,' geeft Onno toe. 'Eigenlijk al veel eerder.'

'Goed van je,' prijst Lois. 'Wil je nog een rondje of zullen we even uitblazen?' Ze wijst naar een bankje met uitzicht op het meer.

'Uitblazen lijkt me een goed idee. Je moet je conditie rustig opbouwen,' zegt Onno en hij zet meteen koers naar het bankje.

Even later zitten ze naast elkaar naar het glanzend blauwe meer te kijken.

'Ik ben blij dat het goed is afgelopen met Britt,' zegt Onno na een korte stilte.

'Ik ook. Ze krijgt wel psychische hulp, want ze heeft heel wat meegemaakt. Volgens Mirjam is ze op zich wel vrolijk, maar kan ze ook heel teruggetrokken buien hebben.'

'Hoe is het met haar vader?'

'Niet zo best. Die messteek heeft schade toegebracht aan zijn ruggengraat, waardoor hij verlammingsverschijnselen heeft. Hij is geopereerd en zit nu in een penitentiair ziekenhuis in Duitsland. Het is nog de vraag of hij ooit weer zal kunnen lopen.'

'Heftig,' zegt Onno. 'Maar ik ben blij dat hij het is en niet zijn dochter.'

'Hij heeft het zichzelf aangedaan,' beaamt Lois. 'Toch hoop ik dat hij erbovenop komt. Voor Britt, omdat zij graag wil dat hij herstelt. Ondanks alles wil ze toch contact met hem blijven houden.'

'Daar zal Mirjam blij mee zijn,' zegt Onno ironisch.

'Ach, op dit moment is ze dolgelukkig dat ze haar dochter terug heeft. De rest zien ze later wel,' zegt Lois. Er valt een stilte, waarin ze in gedachten verzonken over het water uitkijkt. Bij thuiskomst heeft ze het wel even benauwd gehad dat haar ongeoorloofde uitstapje naar Duitsland zou uitkomen. Gelukkig is dat niet gebeurd en heeft Mirjam in haar verklaring haar mond gehouden over het feit dat ze met z'n tweeën op pad waren.

Alleen Fred heeft haar een kwartier lang staan uitfoeteren.

'Dit was de laatste keer dat je mij betrekt bij zo'n domme actie,' zei hij kwaad, toen hij thuis bij haar langskwam. 'Ik dek je niet meer, Lois. Heb je dat gehoord?'

Deemoedig heeft ze geknikt en beloofd zich voortaan strikt aan de regels te houden. Daarna is Fred met grote stappen vertrokken. Maar gisteravond hebben ze samen wat gedronken, alles uitgesproken en geproost op de goede afloop.

Een hond komt aanrennen, springt tegen Lois op en holt weg nadat ze hem een aai heeft gegeven. Even later komt de eigenaar voorbij wandelen, knikt hen glimlachend toe en loopt verder.

'Leuk, een hond. Ik zou er ook wel een willen.' Met een spijtige blik kijkt Lois het enthousiaste dier na.

'Dan neem je die van Tessa een keer mee. Hoe is het trouwens met haar?'

'Goed, hoezo?'

Onno aarzelt even, besluit dan open kaart te spelen. 'Ik kon niet helpen dat ik jullie gesprek hoorde toen we aan het barbecueën waren. Ik moest naar de wc en hoorde jullie praten op de trap.'

'O,' zegt Lois. 'Wat hoorde je precies?'

'Dat ze zwanger is.'

Lois slaakt een diepe zucht. 'Ja, en Guido weet van niets. Heb je dat ook gehoord?'

'Ja, en dat ze het wil laten weghalen.' Onno kijkt haar van opzij aan. 'Wil ze dat nog steeds?'

'Ik weet het niet, door alle toestanden met Britt heb ik haar niet meer gesproken. Misschien moet ik vanavond even naar haar toe gaan.'

'Dat zou ik doen,' zegt Onno. 'Ze heeft je nodig. Zelfs als ze iets heel anders besluit dan jij wilt.'

Lois knikt een paar keer nadenkend en strijkt een lok haar uit haar gezicht. 'Ik weet niet precies hoe ik erin sta. Misschien heeft Tessa gelijk en is ze niet geschikt om een kind groot te brengen. Maar het is er nou eenmaal. Abortus is wel erg heftig. Ik ben bang dat ze er later spijt van krijgt.'

Na een lange stilte geeft Onno een klapje op Lois' been en zegt: 'Genoeg daarover. We zouden een leuke middag hebben, dat heb je nodig. Je hebt iets gespannens over je, Lois, zelfs als je ontspannen zou moeten zijn.'

'O ja?'

'Ja. Wanneer heb je voor het laatst gelachen, echt heel erg gelachen? Wanneer ben je uit geweest en heb je je even helemaal laten gaan?'

'Laatst nog, met die barbecue. Maar meestal ben ik er te moe voor. Het meeste plezier heb ik als ik een avond vroeg naar bed kan.'

'Dat bedoel ik, dat is niet gezond. Guido vertelde me dat het volgend weekeinde Zomer op het Plein is in Alkmaar. Ken je dat?'

'Ja, natuurlijk. Dan zijn er openluchtoptredens van artiesten en staat heel Alkmaar te feesten. Dat heb ik van horen zeggen, hoor, ik ben er nooit naartoe geweest.'

'Dat wordt dan hoog tijd,' zegt Onno terwijl hij overeind komt. 'Ik stel voor dat we volgende week naar Zomer op het Plein gaan en meefeesten. Wat vind je daarvan?'

Lois kijkt naar hem, hoe hij daar staat met zijn handen in zijn zij, in zijn hagelnieuwe hardloopoutfit van het duurste merk dat ze kent, de onderkant van zijn iets te lange haar nat van het zweet, zijn gezicht lachend en al een beetje bruin, zijn ogen vol warme vriendschap. Ze voelt iets over zich komen dat haar verrast en pleziert. Het verlangen om hem te omhelzen en zijn armen om zich heen te voelen.

Ze ademt diep in en uit, maar het gevoel verdwijnt niet. Om zich een houding te geven buigt ze zich over haar sportschoen en trekt de veter wat strakker aan.

'Je geeft geen antwoord.' Onno's stem klinkt teleurgesteld. 'Heb je geen zin?'

Met een glimlachje kijkt Lois naar hem op. 'Jawel,' zegt ze. 'Ik vind het een goed idee. Ik ga graag met jou feesten op Zomer op het Plein.'

Een brede lach verheldert Onno's gezicht. 'Dat is dan afgesproken. Leuk! En nu ga ik je eruit lopen.'

Onverwacht trekt hij een sprintje naar het looppad en jogt weg.

'Hé!' roept Lois. 'Dat is niet eerlijk!' Ze lacht, springt overeind en zet de achtervolging in.

DANKWOORD

Met dank aan Serhat Basoglu en Marco Visser, inspecteurs bij de Divisie Regionale Recherche van de Regionale Eenheid Noord-Holland, met wie ik de verhaallijn voor *Morgen ben ik weer thuis* heb doorgesproken, die tijdens het schrijven mijn vragen hebben beantwoord en het manuscript hebben gelezen. Dankzij hen kan ik Lois' beroep waarheidsgetrouw beschrijven.